Soms lieg ik

Bezoek onze internetsite www.awbruna.nl voor informatie over onze boeken, volg @AWBruna op Twitter of bezoek onze Facebook-pagina Facebook.com/AWBrunaUitgevers.

Alice Feeney

Soms lieg ik

A.W. Bruna Uitgevers

Oorspronkelijke titel
Sometimes I Lie

Vertaling
Mary Bresser
Omslagbeeld

Omslagontwerp
Wil Immink Design

ISBN 978 94 005 0975 7
NUR 332

Voor mijn Daniel. En voor haar.

Mijn naam is Amber Reynolds. Er zijn drie dingen die je over me moet weten:

1. Ik lig in coma.
2. Mijn man houdt niet meer van me.
3. Soms lieg ik.

Nu

Tweede kerstdag, december 2016

Ik heb de vrije val tussen slapen en ontwaken altijd ervaren als een moment van vervoering. Die wonderlijke, halfbewuste seconden voor je je ogen opent, wanneer je je laat begoochelen en denkt dat je droom je werkelijkheid is. Een moment van intense vreugde of verdriet, vóór je zintuigen opnieuw opstarten en je duidelijk maken wie en wat en waar je bent. Maar deze keer gun ik mezelf een extra seconde en laat ik me meevoeren door de uit mezelf voortkomende waan die me laat geloven dat ik iedereen kan zijn, overal kan zijn, dat er van me gehouden wordt.

Achter mijn oogleden schemert licht, en ik ben me bewust van de platina ring om mijn vinger. Hij voelt zwaarder dan anders, alsof er een gewicht aan mijn hand hangt. Er ligt een laken over me heen, het ruikt niet vertrouwd en ik overweeg de mogelijkheid dat ik in een hotel ben. Mijn droombeelden ontglippen me. Ik probeer ze vast te houden, iemand te zijn die ik niet ben, ergens te blijven waar ik niet ben, maar het lukt niet. Ik ben weer gewoon mijn oude ik en ik ben hier, op een plek waarvan ik nu al weet dat ik er niet wil zijn. Mijn ledematen doen pijn en ik ben zo vreselijk moe dat ik mijn ogen niet open wil doen. Tot ik me herinner dat ik dat ook niet kan.

Een gevoel van paniek trekt als een ijskoude windvlaag

door mijn lichaam. Ik weet niet wat 'hier' is of hoe ik hier terecht ben gekomen, maar ik weet wel wie ik ben. *Mijn naam is Amber Reynolds; ik ben vijfendertig jaar; ik ben getrouwd met Paul.* Die drie dingen blijf ik in mezelf herhalen, ik klamp me eraan vast, ze zijn mijn redding, maar ik ben me ervan bewust dat een deel van het verhaal weg is, dat de laatste bladzijdes uit het boek gescheurd zijn. Wanneer ik mijn herinneringen voor zover mogelijk bij elkaar heb geraapt, stop ik ze weg tot ze zich koest houden en ik ruimte heb om te denken en te voelen, om te proberen te begrijpen wat ze betekenen. Eén herinnering weigert zich te schikken, vecht zich terug naar de oppervlakte, maar ik wil haar niet geloven.

Het geluid van een machine boort zich mijn bewustzijn binnen, steelt mijn laatste snippertjes hoop en laat me achter met het onwelkome besef dat ik me in een ziekenhuis bevind. De gedesinfecteerde ziekenhuislucht is om van te kokhalzen. Ik haat ziekenhuizen. Ze herbergen dood en te laat gekomen berouw. Als bezoeker zullen ze me er niet snel zien, laat staan dat ik er wil liggen.

Er waren net mensen hier, mensen die ik niet ken, opeens herinner ik het me weer. Ze gebruikten een woord dat ik niet wilde horen. Ik herinner me heel veel onrust, stemmen die zich verhieven, angst, en niet alleen die van mij. Ik spit zo diep als ik kan, maar mijn geheugen laat me in de steek. Er is iets heel ergs gebeurd, maar ik herinner me niet wat of wanneer.

Waarom is hij er niet?

Het kan gevaarlijk zijn een vraag te stellen waarop je het antwoord al weet.

Hij houdt niet van me.

Ik sla die gedachte op voor later.

Ik hoor een deur opengaan. Voetstappen, en dan keert de

stilte terug, maar zij is aangetast, het is geen pure stilte meer. Ik ruik een doorwasemde sigarettenlucht, ik hoor een pen over papier krassen rechts van me. Links van me wordt gekucht en ik besef dat ze met zijn tweeën zijn. Vreemden in het donker. Ik krijg het nog kouder en voel me ongelooflijk nietig. Nog nooit heb ik iets meegemaakt wat zo beangstigend is als dit.

Zei iemand maar wat.

'Hoe heet ze?' vraagt een vrouwenstem.

'Geen idee. Arme meid, wat een ravage,' antwoordt een andere vrouw.

Hadden ze maar niets gezegd. Ik schreeuw: *Ik ben Amber Reynolds! Ik ben radiopresentatrice! Waarom weten jullie niet wie ik ben?*

Ik blijf het schreeuwen, maar ze doen alsof ze me niet horen omdat ik, van buitenaf gezien, stil ben. Van buitenaf gezien ben ik niemand en heb ik geen naam.

Ik wil mezelf zien zoals zij me hebben gezien. Ik wil gaan zitten, mijn armen uitstrekken en hen aanraken. Ik wil weer kunnen voelen. Iets. Iemand. Ik heb wel duizend vragen. Ik geloof dat ik daar antwoord op wil krijgen. Zij gebruikten het woord dat ik eerder hoorde ook, het woord dat ik niet wil horen.

De vrouwen gaan weg. Ze trekken de deur achter zich dicht, maar het woord blijft achter, alleen met mij in de kamer, zodat ik me er niet langer voor kan afsluiten. Ik kan mijn ogen niet opendoen. Ik kan me niet bewegen. Ik kan niet praten. Het woord borrelt omhoog, spat uit elkaar en ik weet dat het waar is...

Coma.

Eerder

Een week voor kerst – maandag 19 december 2016

Ik loop in alle vroegte op mijn tenen de trap af, zachtjes, zodat hij niet wakker wordt. Alles staat er nog net zo bij als anders en toch weet ik zeker dat er iets ontbreekt. Ik trek mijn dikke winterjas aan om me te wapenen tegen de kou en loop naar de keuken om mijn ritueel af te werken. Ik begin bij de achterdeur, waar ik een paar keer de deurkruk naar beneden duw om me ervan te verzekeren dat hij echt op slot zit.

Op, neer. Op, neer. Op, neer.

Dan stel ik me op voor het grote fornuis, mijn armen licht gebogen alsof ik het indrukwekkende gaspittenorkest ga dirigeren. Mijn vingers nemen de vertrouwde positie in: mijn wijs- en middelvinger tegen de duim, links en rechts. Ik fluister zacht in mezelf terwijl ik mijn blik langs alle knoppen en wijzertjes laat gaan om te controleren of ze in de uit-stand staan. Driemaal ga ik alles langs, waarbij mijn vingernagels een tikkend geluid maken, een morsecode die alleen ik kan ontcijferen. Wanneer ik heb vastgesteld dat alles veilig is, loop ik richting de deuropening, waar ik even aarzel en me afvraag of het zo'n dag is dat ik het hele ritueel nog een keer moet afwerken. Zo'n dag is het niet vandaag.

De vloerplanken kraken onder mijn voeten als ik de gang in sluip, waar ik mijn tas pak en de inhoud controleer. Telefoon, portemonnee, sleutels. Ik maak hem dicht, maak hem weer open, en controleer alles nog een keer. Telefoon, portemonnee, sleutels. Onderweg naar de voordeur controleer ik alles voor de derde keer. Ik blijf nog even voor de spiegel staan. Geschokt kijk ik naar de vrouw die me aanstaart. Ik heb het gezicht van iemand die vast mooi was, ooit, maar van die iemand zie ik weinig terug. Een gemengd palet van licht en donker. Lange, zwarte wimpers omlijsten mijn grote, groene ogen, die droeve, donkere wallen hebben gekregen. Boven mijn ogen volle, bruine wenkbrauwen. Mijn huid is als vaalwit doek over mijn jukbeenderen gespannen. Mijn haren zijn donkerbruin, tegen zwart aan. Slome pieken hangen recht naar beneden tot op mijn schouders, bij gebrek aan een beter idee. Ik haal mijn vingers door mijn haren, trek ze dan uit mijn gezicht en bind ze met een elastiekje dat om mijn pols zit in een staartje bij elkaar. Mijn lippen gaan van elkaar, alsof ik iets ga zeggen, maar er ontsnapt alleen lucht uit mijn mond. Een radiogezicht staart me aan.

Ik besef opeens hoe laat het is, en dat de trein niet wacht. Ik heb nog niet gedag gezegd, maar ik denk niet dat het iets uitmaakt. Ik doe het licht uit en trek de deur dicht, controleer driemaal of hij op slot zit en loop dan het maanverlichte tuinpad af.

Het is nog vroeg, maar ik ben laat. Madeline is er al, de kranten zijn gelezen, de goede verhalen geplunderd. De producers hebben de restjes uit de papieren kadavers gepikt, en met een snauw en een grauw de opdracht gekregen om voor haar de beste interviews te regelen voor het programma van vanochtend. Taxi's zijn al onderweg om de veel te gespannen en slecht voorbereide gasten op te halen en bij ons af te zetten. Elke ochtend is anders, en toch is het routine. Sinds een halfjaar maak ik deel uit van het team van *Coffee Morning*, maar het gaat niet als gepland. Veel mensen zouden denken dat ik een droombaan heb, maar een nachtmerrie is ook een droom.

Ik loop even naar de foyer om voor mezelf en een collega koffie te halen en neem dan de stenen trap naar de vijfde verdieping. Ik houd niet van liften. Voor ik onze kantoorruimte binnenstap, plooi ik mijn gezicht tot een glimlach en herinner ik mezelf eraan dat dat mijn sterkste kant is: me aanpassen aan de mensen om me heen. Ik kan 'Amber de vriendin' doen, of 'Amber de echtgenote', maar nu is het tijd voor 'Amber van *Coffee Morning*'. Ik kan alle rollen vertolken die het leven me heeft toebedeeld, ik ken alle bijpassende teksten. Ik oefen ze dan ook al heel lang.

De zon is nog maar net op, maar, zoals ik al dacht, het gehele, voornamelijk vrouwelijke team is al aanwezig. Drie fris ogende producers, aangedreven door cafeïne en ambitie, zitten gebogen over hun bureau. Omgeven door stapels boeken, oude scripts en lege bekers hameren ze op hun toetsenbord alsof hun leven ervan afhangt. In de achterste hoek zie ik het schijnsel van Madelines lamp, in haar eigen kantoortje. Ik ga aan mijn bureau zitten en zet mijn computer aan, beantwoord warme glimlachjes en begroetingen van de anderen. Mensen zijn geen spiegels, zij zien je niet zoals jij jezelf ziet.

Madeline heeft er dit jaar al drie persoonlijke assistenten doorheen gejaagd. Voor ze goed en wel ingewerkt zijn staan ze alweer op straat. Ik hoef geen kantoor voor mezelf en ook geen PA. Ik vind het prettig om hier te zitten, bij alle anderen. De plaats naast mij is leeg. Het gebeurt zelden dat Jo er nog niet is en ik vraag me bezorgd af of er misschien iets aan de hand is. Ik kijk naar de tweede beker koffie die koud staat te worden en spoor mezelf aan hem naar Madelines kantoortje te brengen. Als zoenoffer, zeg maar.

In de deuropening blijf ik staan, als een vampier die wacht tot hij uitgenodigd wordt binnen te komen. Haar kantoor is lachwekkend klein, het is letterlijk een omgebouwde voorraadkast, want ze wil absoluut niet bij de rest van het team zitten. Elke centimeter van de nepwandjes wordt in beslag genomen door ingelijste foto's van Madeline met een bekend persoon, en achter haar bureau staat een prijzenkastje. Ze kijkt niet op. Ik bestudeer haar lelijke, korte stekeltjeshaar, waarvan de grijze uitgroei alweer zichtbaar is. Haar kinnen rusten op elkaar, maar de rest van haar vetrollen wordt goddank verhuld door haar ruimvallende zwarte kleren. De bureaulamp beschijnt het toetsenbord waarboven Madelines beringde vingers zweven. Ik weet dat ze me ziet.

'Ik dacht dat je hier wel aan toe zou zijn,' zeg ik, teleurgesteld over de eenvoud van mijn woorden, waar ik namelijk best lang naar had gezocht.

'Zet maar neer,' antwoordt ze zonder haar blik van het scherm af te wenden.

Geen dank.

In de hoek sputtert een ventilatorkacheltje, de verschroeid ruikende warmte kruipt op langs mijn benen en houdt me nog even daar. Ik merk dat ik naar de moedervlek op haar wang sta te staren. Soms doen mijn ogen dat: dan vestigen ze zich op onvolkomenheden van anderen, en ben ik me er even niet van bewust dat die anderen zien dat ik dingen van hen zie die ze liever ongezien willen houden.

'Heb je een goed weekend gehad?' probeer ik.

'Ik ben nog niet aan een gesprek toe,' zegt ze. Ook goed.

Weer terug achter mijn bureau neem ik de stapel post door die na vrijdag is binnengekomen: een paar afgrijselijk uitziende romans die ik nooit zal lezen, wat fanmail en een uitnodiging voor een liefdadigheidsgala, die mijn aandacht trekt. Ik neem kleine slokjes koffie terwijl ik mijmer over wat ik aan zou trekken en wie ik mee zou nemen als ík zou gaan. Ik zou meer aan liefdadigheid moeten doen, maar het komt er nooit van. Madeline is niet alleen het gezicht van *Coffee Morning* maar ook van Crisis Child. Ik heb haar nauwe verbondenheid met 's lands grootste kinderfonds altijd een beetje vreemd gevonden, omdat ze een hekel heeft aan kinderen en ook geen kinderen heeft. Ze is niet eens getrouwd. Ze is alleen, maar nooit eenzaam.

Na het sorteren van de post lees ik de briefing voor het programma van vanochtend door, het is altijd nuttig om een beetje achtergrondkennis te hebben voor we met de uitzending beginnen. Ik kan mijn rode pen niet vinden, dus loop ik naar de kast waar de kantoorbenodigdheden liggen.

De voorraad is aangevuld.

Ik kijk snel achterom en dan weer naar de keurig opgestapelde spullen. Ik pak een handvol Post-it-blokjes en een paar rode pennen en prop alles in mijn zak. Ik blijf doorgaan tot de doos rode pennen helemaal leeg is. De andere kleuren laat ik liggen. Niemand kijkt op als ik weer naar mijn bureau loop, ze zien niet dat ik de hele handel in mijn bureaula stop en die op slot draai.

Net als ik begin te vermoeden dat de enige vriendin die ik hier heb vandaag niet komt, zie ik Jo binnenkomen en naar me lachen. Ze draagt hetzelfde als anders, een blauwe spijkerbroek met een witte top, alsof ze maar geen afscheid kan nemen van de jaren negentig. De laarsjes waarvan ze zegt dat ze ze stom vindt hebben afgelopen hakken en haar blonde haren zijn vochtig van de regen. Ze gaat aan het bureau naast het mijne zitten, tegenover de andere producers.

'Sorry dat ik zo laat ben,' fluistert ze. Maar buiten mij merkt niemand haar op.

De laatste die binnenkomt is Matthew, de redacteur. Dat is niets nieuws. Zijn skinny chino spant om zijn benen en hangt laag, om zijn uitpuilende buik de ruimte te geven. De broek is iets te kort voor zijn lange benen, zodat je zijn kleurige sokken boven zijn bruine, glimmende schoenen ziet. Zonder goedemorgen te zeggen beent hij regelrecht naar zijn opgeruimde bureau bij het raam. Waarom een vrouwelijk team dat een vrouwenprogramma maakt onder leiding van een man staat is mij een raadsel. Maar goed, Matthew durfde het wel aan mij deze baan te geven toen mijn voorgangster van de ene op de andere dag weg was, dus ik kan niet anders dan hem dankbaar zijn.

'Matthew, kun je even bij me komen nu je er eindelijk bent?' roept Madeline van de andere kant van de afdeling.

'En hij dacht nog wel dat hij het ergste vanmorgen had gehad,' fluistert Jo. 'Gaan we nog iets drinken na het werk?'

Ik knik, opgelucht dat ze niet meteen na de uitzending weer verdwenen zal zijn.

We zien Matthew zijn aantekeningen voor de briefing meegrissen en zich naar Madelines kantoor haasten, terwijl de zijpanden van zijn flamboyante jas achter hem aan wapperen als de vleugels van een nog niet vliegvlugge vogel. Een ogenblik later stormt hij met een rode kop geagiteerd weer naar buiten.

'Laten we maar naar de studio gaan,' onderbreekt Jo mijn gedachten. Dat lijkt me een goed plan, gezien het feit dat we over tien minuten in de lucht gaan.

'Ik zal eens kijken of Hare Majesteit zover is.' Een antwoord waar Jo tot mijn genoegen om moet glimlachen. Ik vang Matthews blik op als hij met een hoog opgetrokken wenkbrauw mijn kant op kijkt. Dat had ik niet hardop moeten zeggen.

Terwijl de klok de laatste minuten naar het hele uur wegtikt, neemt iedereen zijn positie in. Madeline en ik begeven ons naar de studio, naar onze plek midden op het verduisterde podium. We worden geobserveerd vanuit een veilige ruimte aan de andere kant van een enorme glazen ruit, als twee totaal verschillende dieren die per ongeluk in een kooi bij elkaar zijn gezet. In die ruimte zitten Jo en de overige producers. Het is er licht en lawaaiig, en er zijn wel een miljoen verschillende gekleurde knoppen die verschrikkelijk ingewikkeld ogen voor zoiets simpels als we doen: met mensen praten en net doen alsof we dat leuk vinden. De studio daarentegen is flauw verlicht en de stilte die er hangt is ongemakkelijk. Er staan alleen een tafel, een paar stoelen en een paar microfoons. Madeline en ik, in het halfduister, negeren elkaars aanwezigheid en wachten tot het ON AIR-lampje rood wordt en het eerste bedrijf kan beginnen.

'Goedemorgen. U luistert naar *Coffee Morning*, het is maandag, en ik ben Madeline Frost. Later in ons programma een gesprek met bestsellerauteur E.B. Knight, maar eerst gaan we het hebben over het toenemende aantal vrouwelijke kostwinners. En we nodigen de luisteraars van vandaag uit om ons te bellen en mee te praten over het onderwerp ingebeelde vrienden of vriendinnen. Misschien had u er wel een als kind, of hebt u er nog steeds een. Laat het ons weten.'

De vertrouwde klank van haar radiostem werkt rustgevend, ik schakel over op de automatische piloot en wacht tot het mijn beurt is om iets te zeggen. Ik vraag me af of Paul al wakker is. Hij is zichzelf niet de laatste tijd: hij blijft tot laat in zijn schrijfschuurtje zitten, kruipt pas in bed tegen de tijd dat ik opsta, of slaat zijn nachtrust helemaal over. Hij noemt het schuurtje liever een huisje. Ik noem dingen liever bij hun naam.

We hebben een keer een avond met E.B. Knight doorgebracht, toen Pauls debuutroman werd gelanceerd. Dat is alweer ruim vijf jaar geleden, vlak nadat we elkaar hadden leren kennen. Ik werkte toen bij de televisie, als verslaggeefster. Lokaal nieuws, niets bijzonders. Maar omdat je op het scherm verschijnt, word je gedwongen meer aandacht aan je uiterlijk te besteden, wat bij radiowerk niet nodig is. Ik was slank in die tijd, ik kon niet koken. Vóór Paul had ik niemand om voor te koken, en voor mezelf vond ik het meestal te veel moeite. Bovendien had ik het te druk met mijn werk. Ik maakte meestal korte reportages over gaten in het wegdek of gestolen lood van kerkdaken, tot een gelukkige samenloop van omstandigheden daar verandering in bracht. Onze showbizzverslaggeefster werd ziek en ik moest in haar plaats een of andere nieuwe hotshotauteur gaan interviewen. Ik had zijn boek niet eens gelezen. Ik had een kater en baalde ervan dat ik het werk van een ander over moest nemen, maar dat alles veranderde toen hij de kamer binnenkwam.

Pauls uitgever had een suite in het Ritz gehuurd voor het interview, het leek wel alsof ik in een toneelstuk belandde, en ik voelde me een actrice die haar tekst nog niet kende. Ik weet nog dat ik op was van de zenuwen, maar toen hij in de stoel tegenover me plaatsnam, besefte ik dat hij nog nerveuzer was dan ik. Het was zijn eerste televisie-interview en op de een of andere manier lukte het me om hem op zijn gemak te stellen. Toen hij na afloop mijn visitekaartje vroeg, zocht ik er niets achter, anders dan mijn cameraman, die, terwijl we terugliepen naar de auto, de hele tijd liep te geinen over de 'chemie' tussen ons. Ik voelde me een schoolmeisje toen hij me diezelfde avond nog belde. Het was zo'n ontspannen gesprek dat het leek alsof we elkaar al jaren kenden. Hij zei dat hij over een week naar een boekengala moest en geen date had. Hij had zich afgevraagd of ik tijd en zin zou hebben. Dat had ik. Tijdens de bekendmaking zaten we aan de tafel van E.B. Knight, het voelde alsof ik uit eten was met een legende. Het was een first date om nooit te vergeten. E.B. Knight was charmant, slim en grappig. Al vanaf het moment dat ik hoorde dat zij in ons programma te gast zou zijn verheugde ik me op het weerzien.

'Fijn u te zien,' zeg ik als de producer met haar de studio in komt.

'Insgelijks,' antwoordt ze terwijl ze gaat zitten. Geen zweem van herkenning. Zo makkelijk word ik vergeten.

De kenmerkende witte bob omlijst het fijne, tachtigjarige gezicht. Ze is onberispelijk, zelfs haar rimpels zijn netjes gearrangeerd. Ze heeft een zachte uitstraling, maar haar geest is scherp en snel. Haar konen zijn roze van de blusher en haar blauwe ogen zijn wijs en alert, flitsen door de studio voor ze zich scherpstellen op hun doel. Ze glimlacht Madeline warm toe, alsof ze een heldin ontmoet. Dat doen onze gasten soms. Het stoort me niet, niet echt.

Na de uitzending slentert iedereen naar de vergaderkamer voor de debriefing. We gaan zitten, wachtend op Madeline, en vallen stil wanneer ze eindelijk binnenkomt. Matthew neemt de items door, wat wel werkte en wat niet werkte. Madelines gezicht staat niet blij, ze vertrekt haar mond zo dat het lijkt alsof ze met haar billen een toffee uit zijn papiertje probeert te wurmen. Niemand zegt iets, en ik laat mijn gedachten weer afdwalen.

Twinkle, twinkle, little star...

Madelines wenkbrauwen gaan omhoog.

How I wonder what you are.

Ze maakt afkeurende geluidjes, rolt met haar ogen.

Up above the world so high...

Als Madeline door haar woordeloze kritiek heen is, staat iedereen op en schuifelt naar de deur.

Like a diamond in the sky.

'Amber, kan ik je even spreken?' Matthew haalt me ruw uit mijn dagdroom. Aan zijn toon te horen heb ik geen keus. Hij sluit de deur van de vergaderkamer en ik ga weer zitten. Zijn gezicht verraadt niets, het is zoals gewoonlijk ondoorgrondelijk, van elke emotie verstoken. Zelfs als zijn moeder net overleden zou zijn, zou je niets aan hem zien. Hij neemt een koekje van de schaal die we altijd op tafel zetten als we gasten hebben en gebaart mij hetzelfde te doen. Ik schud nee. Wanneer Matthew een punt wil maken, lijkt dat altijd via een omweg te moeten. Hij produceert iets van een glimlach, maar die wordt hij al snel moe, dus neemt hij maar een hapje koek. Een paar kruimels blijven aan zijn smalle lippen hangen, die een paar keer open- en dichtgaan, happend als een goudvis, bij het zoeken naar de juiste woorden.

'Ik kan gezellig gaan zitten doen, vragen hoe het met je gaat, net doen alsof ik betrokken ben, en ga zo maar door, of ik kan meteen ter zake komen,' zegt hij. Ik krijg een knoop in mijn maag.

'Ga door,' zeg ik, hoewel ik dat liever niet heb.

'Hoe gaat het nu met Madeline en jou?' vraagt hij, en hij neemt weer een hapje koek.

'Zoals altijd, ze heeft een hekel aan me,' zeg ik iets te snel. Nu is het mijn beurt om een nepglimlach uit de kast te trekken, met het prijskaartje er nog aan, zodat hij retour kan als ik hem heb gepast.

'Ja, dat is zo, en dat is een probleem,' zegt Matthew. Ik had het kunnen verwachten, en toch komt het onverwacht. 'Ik weet dat ze het je niet gemakkelijk heeft gemaakt toen je bij ons team kwam, maar het was ook moeilijk voor haar om zich aan jou aan te passen. Die spanning tussen jullie, die zie ik niet minder worden. Je denkt misschien dat het niet opvalt, maar dat doet het wel. Het is erg belangrijk voor het programma en voor de anderen van het team dat jullie een klik hebben.' Hij staart me aan, wachtend op een antwoord dat ik niet direct paraat heb. 'Denk je dat je iets aan jullie relatie kunt doen?'

'Nou ja, ik kan proberen...'

'Mooi. Ik had niet door hoe ongelukkig ze met de hele situatie was, tot vandaag. Ze heeft een soort ultimatum gesteld.' Hij zwijgt en schraapt eerst zijn keel voor hij verdergaat. 'Ze wil dat ik iemand anders voor jouw baan zoek.'

Ik wacht op meer, maar er komt niets meer. Zijn woorden hangen tussen ons in de lucht terwijl ik probeer te begrijpen wat hij zojuist heeft gezegd.

'Bedoel je dat je me ontslaat?'

'Nee,' haast hij zich te zeggen, maar zijn gezichtsuitdrukking zegt iets anders terwijl hij bedenkt hoe hij verder moet. Zijn handen vinden elkaar voor zijn borst, palmen naar binnen, alleen zijn vingertoppen maken contact. Het geheel heeft iets van een huidkleurige torenspits, of een halfhartig gebed. 'Nu nog niet. Ik geef je tot Nieuwjaar om het tij te keren. Het spijt me dat het allemaal net voor de kerst komt, Amber.' Hij zet zijn over elkaar geslagen benen weer naast elkaar, wat hem zwaar lijkt te vallen, en dan schuift zijn lichaam naar achteren in zijn stoel, zo ver van mij af als zijn stoel het toelaat. Zijn mond maakt een soort stuiptrekking, alsof hij net iets heel onaangenaams heeft geproefd, terwijl hij mijn antwoord afwacht. Ik heb geen idee wat ik moet zeggen. Soms denk ik dat je maar beter niets kunt zeggen, stilte is niet mis te verstaan. 'Je doet het fantastisch, en wij hebben geen probleem met je, maar Madeline ís *Coffee Morning*, begrijp je, ze presenteert het al twintig jaar. Het spijt me, maar als ik moet kiezen tussen jullie tweeën, ben ik aan handen en voeten gebonden.'

Nu

Tweede kerstdag, december 2016

Ik probeer me voor te stellen waar ik ben. Ik lig niet op zaal, daar is het te rustig voor. Ik lig niet in een mortuarium, want ik adem, wat ik voel aan de vage pijn in mijn borstkas elke keer dat mijn longen met lucht en moeite vollopen. Het enige wat ik hoor is een onderdrukt geluid van een machine vlak bij me, die emotieloos piept. Het heeft iets vreemd geruststellends, het is mijn enige gezelschap in een onzichtbaar universum. Ik begin de piepjes te tellen, te verzamelen in mijn hoofd, omdat ik bang ben dat ze op een gegeven moment ophouden hoewel ik niet weet wat dat dan weer zou kunnen betekenen.

Ik kom tot de conclusie dat ik in een eenpersoonskamer lig. Ik zie mezelf liggen, opgesloten in een klinische cel, waar de tijd traag van de vier muren drupt, waardoor plassen vieze smurrie ontstaan die langzaam zo hoog stijgen dat ik erin zal verdrinken. Maar voorlopig vertoef ik in een oneindige ruimte waar waan en werkelijkheid nauw met elkaar verbonden zijn. Dat is alles wat ik op dit moment doe, bestaan en wachten, waarop, dat weet ik niet. Ik ben teruggezet naar mijn fabrieksinstellingen: van Doen naar Zijn. Achter de onzichtbare muren wordt gewoon verder geleefd, maar ik leef verstild in mezelf.

Mijn fysieke pijn is echt, en dringt zich aan me op. Ik

vraag me af hoe ernstig mijn letsel is. Een bankschroefachtige band klemt strak om mijn schedel en klopt mee op de maat van mijn hartslag. In gedachten tast ik mijn lichaam van boven tot onder af in een vergeefse poging mijn eigen diagnose te stellen. Mijn mond wordt opengehouden, ik voel dat er een vreemd voorwerp tussen mijn lippen en tanden zit, dat over mijn tong mijn keel in glijdt. Mijn lichaam voelt vreemd, niet vertrouwd, alsof het van iemand anders zou kunnen zijn, maar alles zit er nog op en aan, tot en met mijn voeten en tenen. Ik voel ze alle tien en dat is een ongelooflijke opluchting. Ik ben compleet, lichaam en geest. Alleen moet iemand me weer even aanzetten.

Ik vraag me af hoe ik eruitzie, of iemand mijn haren heeft geborsteld of mijn gezicht heeft schoongemaakt. Ik ben niet ijdel, ik word liever gehoord dan gezien, en nog liever helemaal niet opgemerkt. Ik ben niet bijzonder, ik ben niet zoals zíj. Ik ben meer een soort schaduw. Een ontsierende vlek.

Hoewel ik doodsbang ben, zegt mijn oerinstinct dat ik hier doorheen kom. Het komt goed, omdat het moet. En omdat het met mij altijd goed komt.

Er gaat een deur open, en ik hoor voetstappen op het bed af komen. In mijn gesluierde gezichtsveld zie ik verschuivende schaduwbewegingen. Ze zijn met zijn tweeën. Ik ruik hun goedkope luchtje en hun haarlak. Ze praten, maar ik kan er geen woorden uit halen. Nog niet. Nu is het alleen nog maar geluid, zeg maar een buitenlandse film zonder ondertitels. Een van hen haalt mijn linkerarm onder het laken vandaan. Dat voelt heel gek, net alsof je speelt dat je je slap houdt, wat kinderen soms doen. Ik huiver inwendig als ik haar vingertoppen op mijn huid voel. Ik vind het niet prettig om door vreemde mensen aangeraakt te worden. Ik vind het sowieso niet prettig om aangeraakt te worden, zelfs niet door hem, niet meer.

Ze wikkelt iets om mijn linkerbovenarm; uit het knellende gevoel leid ik af dat het een stuwband is. Ze legt mijn arm weer voorzichtig neer en loopt naar de andere kant van het bed. De andere verpleegkundige, want dat zullen ze wel zijn, staat aan het voeteneinde van mijn bed. Ik hoor het geluid van papier dat met nieuwsgierige vingers wordt doorgebladerd en ik stel me voor dat ze of een roman of mijn status aan het lezen is. De geluiden worden scherper.

'De laatste overdracht, dan kun je ervandoor. Wat is er met deze hier gebeurd?' vraagt de vrouw het dichtst bij me.

'Gisteravond laat binnengebracht. Een ongeluk,' antwoordt de andere. Terwijl ze dat zegt komt ze in beweging. 'Zullen we maar eens wat daglicht binnenlaten, om de boel een beetje op te vrolijken?' Ik hoor het krasserige geluid van gordijnen die over een stroeve rail worden getrokken en merk dat ik me daarna in een lichter soort duister bevind. Dan, zonder waarschuwing, wordt er iets scherps in mijn arm gestoken. Het voelt ongekend vreemd en doet zo'n pijn dat ik me helemaal in mezelf terugtrek. Er zwemt iets kouds onder mijn huid door, het kruipt mijn lichaam in en wordt dan deel van mij. Hun stemmen halen me weer terug.

'Hebben ze de familie gebeld?' vraagt de ouder klinkende stem.

'Er is een echtgenoot. Een paar maal geprobeerd, maar hij ging meteen over op de voicemail,' antwoordt de andere. 'Je zou toch denken dat hij op eerste kerstdag zijn vrouw wel zou missen.'

Eerste kerstdag.

Ik scan mijn bibliotheek met herinneringen, maar er zijn te veel planken waar niets meer op staat. Ik herinner me niets van Kerstmis. Gewoonlijk zijn we bij mijn familie.

Waarom is er niemand bij me?

Ik merk dat mijn mond vreselijk droog aanvoelt en dat ik oud bloed proef. Ik zou alles overhebben voor een slokje water en ik vraag me af hoe ik hun aandacht kan trekken. Ik concentreer me op mijn mond, op het vormen van een klank om een bres te slaan, hoe onbeduidend ook, in de oorverdovende stilte. Maar er komt niets. Ik ben een geest, gevangen in mezelf.

'Goed, oké, dan ga ik nu maar naar huis, als het mag.'

'Zie je, en de groeten aan Jeff.'

De deur zwaait open en ik hoor een radio in de verte. Een bekende stem bereikt mijn oren.

'O ja, ze werkt trouwens bij *Coffee Morning*, ze hebben een pasje van haar werk in haar tas gevonden toen ze werd binnengebracht,' zegt de verpleegster die naar huis gaat.

'O ja? Haar naam zegt me niets.'

Ik kan je horen, hoor!

De deur zwaait weer dicht, de stilte keert terug en dan ben ik weg, ben ik er niet meer. Ik schreeuw stil in het donker dat me heeft verzwolgen.

Wat is er met me gebeurd?

Hoe hard ik vanbinnen ook gil, aan de buitenkant ben ik stemloos en absoluut stil. In het echte leven verdien ik de kost met praten op de radio, maar nu is me het zwijgen opgelegd, nu ben ik niets. In het donker gaan mijn gedachten opnieuw aan het malen, tot het geluid van een opengaande deur de boel weer tot stilstand brengt. Ik vermoed dat de tweede verpleegster ook opstapt en ik wil haar roepen, haar smeken te blijven, haar uitleggen dat ik in een konijnenhol ben gevallen en dat ze me moet helpen om de uitgang te vinden. Maar ze gaat niet weg. Er komt iemand binnen. Ik ruik hem, ik hoor hem huilen en ik voel de schok van ontzetting als hij me ziet.

'Het spijt me zo, Amber. Eindelijk heb ik je gevonden.'

Hij houdt mijn hand iets te stevig vast. Ik ben degene die mezelf kwijt is, hij is me jaren geleden al kwijtgeraakt en ik wil niet gevonden worden. De verpleegster laat ons alleen, om ons ruimte of privacy te geven, of misschien wel omdat ze voelt dat de situatie heel ongemakkelijk is, dat iets niet is zoals het zou moeten zijn. Ik wil niet dat ze weggaat, ik wil niet dat ze me met hem alleen laat, maar ik weet niet waarom niet.

'Kun je me horen? Word alsjeblieft wakker,' zegt hij steeds maar weer.

Ik merk dat ik terugschrik voor de klank van zijn stem. De bankschroef om mijn schedel wordt nog strakker aangedraaid, het lijkt wel alsof er duizend vingers op mijn slapen drukken. Ik kan me niet herinneren wat er met me is gebeurd, maar ik weet, met absolute zekerheid, dat deze man, mijn echtgenoot, er iets mee te maken heeft gehad.

Eerder

Maandag, 19 december 2016 – middag

Aanvankelijk voelde ik dankbaarheid toen Matthew zei dat ik de rest van de dag vrij kon nemen. Iedereen was al uitgewaaierd voor de lunch, wat betekende dat ik geen last had van vragen of geveinsd medeleven. Maar nu, terwijl ik me als een zalm tegen de stroom toeristen en het winkelende publiek in door Oxford Street worstel, besef ik dat hij het voor zichzelf heeft gedaan. Geen enkele man wil tegen het betraande gezicht van een vrouw aankijken, in de wetenschap dat hij daar verantwoordelijk voor is.

Hoewel het een decembermiddag is, is de hemel helderblauw en doet de zon haar best om door de sluierbewolking heen te schijnen en tegen een achtergrond van vaagheid en twijfel de illusie te wekken van een mooie dag. Ik voel dat ik even halt moet houden om na te denken, en dat doe ik dan ook. Midden in de drukke straat, tot grote ergernis van de mensen om me heen.

'Amber?'

Ik kijk in het glimlachende gezicht van een lange man die recht voor me staat. Eerst zegt hij me niets, maar dan bespeur ik iets bekends en slaat er een golf aan herinneringen over me heen: Edward.

'Hallo, hoe gaat het met jou?' weet ik eruit te krijgen.

'Prima. Wat goed je weer eens te zien.'

Hij kust me op mijn wang. Het zou me niet moeten interesseren hoe ik eruitzie, maar ik sla mijn armen om me heen alsof ik mezelf probeer te verbergen. Het valt me op dat hij er bijna nog net zo uitziet als vroeger. Hij is nauwelijks ouder geworden, ook al moet het zo'n tien jaar geleden zijn dat ik hem voor het laatst heb gezien. Hij is gebruind, alsof hij net terug is uit een warm land. Veegjes blond in zijn bruine haren, geen spoortje grijs. Hij oogt ongelooflijk gezond en strak, nog steeds ongewoon op zijn gemak in zijn eigen, gebronsde vel. Zijn kleren ogen nieuw, duur, en ik vermoed dat het pak onder zijn lange wollen jas handgemaakt is. Het kon voor hem nooit op.

'Is er iets?' vraagt hij.

Ik herinner me dat ik heb gehuild, ik zal er wel vreselijk uitzien. 'Nee. Of, ja. Ik heb net slecht nieuws gehad, meer niet.'

'Wat vervelend voor je.'

Ik knik. Hij is duidelijk op een praatje uit, maar ik heb geen idee wat ik zou kunnen zeggen. Ik herinner me alleen maar hoe erg ik hem heb gekwetst. Ik heb hem nooit uitgelegd waarom ik hem niet meer wilde zien. We studeerden allebei in Londen, maar ik woonde nog thuis in die tijd, dus bleef ik zo vaak ik kon bij hem logeren. Op een ochtend was ik de deur van zijn flat uit gegaan, had ik de telefoon niet meer opgenomen en was het over en uit geweest.

Een vrouw die op haar telefoon een berichtje in loopt te tikken knalt tegen me op. Ze schudt haar hoofd, alsof het mijn schuld is dat zij niet keek waar ze liep. De botsing maakt wat woorden bij me los.

'Ben je voor de kerstdagen in Londen?' vraag ik.

'Ja. Sterker nog, ik ben hier net naartoe verhuisd met mijn vriendin. Nieuwe baan in The Big Smoke.' Mijn gevoel van opluchting slaat snel om in iets anders. Maar natuurlijk heeft hij de draad weer opgepakt. Ik zeg tegen mezelf dat ik blij voor hem ben en forceer mijn gezicht in een matig enthousiast glimlachje, aangevuld met een mat knikje.

'Ik zie dat dit geen goed moment is,' zegt hij. 'Weet je, ik geef je mijn kaartje. Het lijkt me fijn om een keer bij te praten. Nu heb ik een afspraak en ik ben al aan de late kant, maar ik vond het erg leuk je te zien, Amber.' Ik neem zijn kaartje aan en pers er nog een glimlach uit. Hij legt zijn hand even op mijn schouder en verdwijnt in de menigte. Is die even blij dat hij van me af is.

Ik grabbel alle stukjes van mezelf bij elkaar en schakel over op de automatische piloot. Mijn benen brengen me naar een barretje in een zijstraat van Oxford Street. Ik kwam er vaak met Paul, toen het net aan was tussen ons. Nu komen we er nooit meer, ik kan me niet eens herinneren wanneer we voor het laatst uit zijn geweest. Ik had verwacht dat ik me veilig zou voelen op een bekende plek, maar dat is niet het geval. Ik bestel een groot glas rode wijn en laveer naar het enige vrije tafeltje bij de open haard. Er staat geen haardscherm voor, dus schuif ik mijn stoel iets naar achteren, ook al heb ik behoefte aan warmte. Ik staar naar mijn glas malbec en slaag er wonderwel in me af te sluiten voor de chaotische drukte die hoort bij deze tijd van het jaar. Ik moet dus de sympathie winnen van een vrouw die voor niemand ook maar een greintje sympathie heeft. Misschien, als ik lang genoeg naar mijn glas staar, dat ik een oplossing bedenk, maar op dit moment zou ik het niet weten.

Ik neem een slok wijn, een nipje maar. Dat doet me goed. Ik sluit mijn ogen, slik, en geniet van het gevoel dat de wijn in mijn keel achterlaat. Wat ben ik dom geweest. Het ging zo voorspoedig allemaal, en nu moet ik nog maar zien hoe het afloopt. Ik had beter mijn best moeten doen met Madeline, ik had me aan het plan moeten houden. Ik mag niet ontslagen worden, nog niet. Er komt vast een oplossing, alleen ben ik er niet zeker van dat ik die zelf kan verzinnen. Kon ik háár maar om raad vragen. Die gedachte had ik liever niet gehad, dus spoel ik hem weg met een flinke slok wijn.

Als mijn glas leeg is, bestel ik er nog een en vis ik intussen mijn telefoon uit mijn tas. Ik toets Pauls nummer in. Ik had hem meteen moeten bellen, geen idee waarom ik dat niet heb gedaan. Hij neemt niet op, dus probeer ik het nog eens. Niets, alleen zijn voicemail. Ik spreek geen bericht in. Mijn tweede glas wijn wordt gebracht en ik neem een slokje om mezelf te verdoven hoewel ik weet dat ik het rustiger aan moet doen. Ik moet mijn kop erbij houden als ik de boel niet wil laten ontsporen, en dat gaat me lukken, want het moet lukken. Ik hoor dit in mijn eentje op te kunnen lossen, maar ik kan het niet.

'Ik zie dat je maar alvast bent begonnen,' zegt Jo terwijl ze een idioot lange sjaal afwikkelt en zich in de stoel tegenover me laat zakken. Haar glimlach verdwijnt als ze mijn gezicht ziet. 'Wat is er loos? Je ziet er verschrikkelijk uit.'

'Weet je het dan nog niet?'

'Wat moet ik weten?'

'Ik heb een gesprek met Matthew gehad.'

'Dat verklaart je somberheid,' zegt ze, de wijnkaart inspecterend.

'Ik denk dat ze me gaan ontslaan.'

Jo kijkt me aan alsof ze iets zoekt in mijn gezicht. 'Wat zeg je nou?'

'Madeline heeft een ultimatum gesteld. Ik eruit of zij eruit.'

'En hij heeft tegen je gezegd dat jij eruit vliegt? Zomaar ineens?'

'Nog niet. Ik heb tot Nieuwjaar om haar van gedachten te laten veranderen.'

'Wat je dus gaat doen.'

'Maar hoe?'

'Ik zou het niet weten, maar dit kunnen ze niet maken.'

'Mijn contract loopt tot eind januari. Ze kunnen het dus gewoon niet verlengen, geen haan die ernaar kraait. Ik heb geen poot om op te staan. En dat geeft hun de tijd om tijdens het kerstreces een geschikte vervanger te vinden.' Ik zie hoe Jo alles wat ik zeg verwerkt en ik zie ook dat ze tot dezelfde conclusie komt als ik een paar uur eerder.

'Jou blijft ook niets bespaard.'

'Ik kan het wel schudden, hè?'

'Niet zo snel, we bedenken wel iets, maar daar hebben we meer wijn voor nodig,' zegt ze.

'Mag ik er nog zo een, alstublieft?' vraag ik aan een passerende ober. Ik keer me weer naar Jo. 'Ik mag niet ontslagen worden.'

'Dat gebeurt ook niet.'

'Ik heb nog niet alles kunnen doen wat ik moest doen.' De ober is op een afstandje blijven staan en werpt me een bezorgde blik toe. Ik glimlach hem toe. Hij knikt beleefd en gaat mijn wijn halen. Ik kijk rond en uit de blikken die ik hier en daar opvang leid ik af dat ik te luidruchtig ben. Dat gebeurt vaker als ik moe of dronken ben. Ik zeg tegen mezelf dat ik een beetje moet inbinden.

Zodra mijn wijn er is zegt Jo dat ik mijn notitieblok en pen uit mijn tas moet pakken. Dan draagt ze me op in grote rode letters PROJECT MADELINE boven aan het blanco vel te schrijven, en dat doe ik, de woorden nog eens extra onderstrepend om het helemaal af te maken. Jo is iemand die alles graag opschrijft. Dat is een eigenschap waardoor je in de problemen kunt raken als je niet oppast. Ze staart naar het blok en ik neem nog een slok wijn, genietend van het warme gevoel waarmee het door mijn lichaam vloeit. Ik glimlach en Jo grijnst terug, we kregen op hetzelfde moment hetzelfde idee, zoals wel vaker. Zij dicteert me de woorden en ik begin als een razende te schrijven om haar bij te houden. Het is een goed idee.

'Ze denkt dat zij nooit gedumpt kan worden, Madeline Frost ís *Coffee Morning*,' zegt Jo. Het valt me op dat haar glas nog onaangeroerd is.

'Matthew zei exact hetzelfde. Misschien een goede frase voor een nieuwe jingle,' zeg ik, wachtend op een glimlach. Maar die komt niet.

'Maar ze weet niet hoe je gesprek met Matthew is verlopen. Dus misschien kunnen we Madeline doen geloven dat iedereen haar humeur en woede-uitbarstingen zat is en dat ze háár eruit gaan gooien,' zegt ze.

'Dat doen ze nooit.'

'Dat weet ze niet zeker. Tegenwoordig is niemand meer onvervangbaar, en ik heb zo het gevoel dat deze gedachte kan ontkiemen, als we maar genoeg zaadjes planten. Als ze haar baan kwijtraakt, is ze niets meer. Die baan is haar leven, meer heeft ze niet.'

'Goed dan. Maar hoe? Dat lukt niet meer, qua tijd.' Ik begin weer te huilen. Ik kan er niets aan doen.

'Hindert niet. Huil maar, dan ben je het tenminste kwijt. Gelukkig zie je er zelfs als je huilt goed uit.'

'Ik zie er nooit goed uit.'

'Waarom doe je dat toch? Je bent mooi. Alhoewel je wat meer aan jezelf zou kunnen doen.'

'Dank je.'

'Sorry, maar het is zo. Door geen make-up te gebruiken krijg je echt geen bleek, interessant gezicht. Alleen maar een bleek gezicht. Je hebt een goed figuur, maar je lijkt je altijd in hetzelfde soort kleren te verstoppen.'

'Ik wil me ook verstoppen.'

'Hou daar eens mee op.'

Ze heeft gelijk, ik zie er niet uit. Mijn gedachten keren terug naar Edward, hij had zich vast gelukkig geprezen dat hij nu niet met mij opgescheept zat.

'Ik liep net mijn ex tegen het lijf op Oxford Street,' zeg ik terwijl ik haar gezicht monster om haar reactie te zien.

'Welke ex?'

'Dat had je niet hoeven vragen, zoveel exen heb ik niet.' 'Meer dan ik. Wie was het?'

'Doet er niet toe. Maar ik voelde me zo'n dweil, zo'n loser. Ik baal ervan dat hij me zo heeft gezien, dat is alles.'

'Wat kan jou dat nou schelen? Je hebt andere dingen aan je hoofd op dit moment. Je moet een nieuwe garderobe aanschaffen: een paar nieuwe jurkjes, nieuwe schoenen, iets met een hak, en koop gelijk wat make-up als je toch bezig bent. Morgen moet je een en al vrolijkheid en zelfvertrouwen uitstralen; lang leve de creditcard. Madeline wist dat hij je vandaag apart zou nemen, dus ze zal verwachten dat je van streek bent, of, waarschijnlijker nog, er niet op rekenen dat je komt, maar je komt dus wel. We verspreiden wat geruchten op de sociale media. Wij zijn deze situatie meester. Je weet wat je te doen staat.'

'Ja, oké.'

'Je gaat shoppen, en daarna ga je naar huis. Ga vroeg naar bed vanavond en loop morgen op je allermooist het kantoor binnen, alsof er geen wolkje aan de lucht is.'

Ik doe wat ze zegt. Ik drink mijn glas leeg en reken af. Ik heb mijn hele leven binnen de lijntjes gekleurd, maar nu ga ik er maar eens een potje van maken. Voor ik naar buiten ga, scheur ik PROJECT MADELINE uit mijn blok, maak er een prop van en gooi hem in het haardvuur, en kijk toe hoe het witte papier bruin wordt en begint te branden.

Nu

Tweede kerstdag, december 2016 – avond

Op het moment dat ik val, vergeet ik aanvankelijk bang te zijn omdat ik alleen maar zie dat de hand die me duwde heel erg op mijn eigen hand lijkt. Maar terwijl ik dieper en dieper het zwarte gat onder me in stort word ik achtervolgd door mijn grootste angsten. Ik wil schreeuwen, maar ik kan het niet, die bekende hand houdt nu stevig mijn mond dicht. Ik kan geen geluid uitbrengen, ik kan amper ademhalen. Wanneer de doodsangst me losrukt uit mijn steeds weer terugkerende nachtmerrie, ontwaak ik in een volgende nachtmerrie. Ik herinner me nog steeds niet wat me is overkomen, hoe ik mijn hersens ook pijnig, hoe graag ik het ook wil weten.

Het is een komen en gaan van mensen, een kakofonie van gemompel, vreemde geluiden en geuren. Wazige gedaanten hangen over en om me heen, een beetje alsof ik me onder water bevind, alsof ik verdrink in mijn eigen dwalingen. Soms voelt het alsof ik op de bodem van een donkere modderpoel lig, dat het gewicht van het drabbige water me vastpint en ik volloop met smerigheid en geheimen. Er zijn momenten waarop ik denk dat verdrinken een opluchting zou zijn, omdat het dan allemaal voorbij is. Niemand kan me zien hierbeneden, maar ik ben altijd al tamelijk onzichtbaar geweest. De nieuwe wereld om me heen draait in slow motion, net buiten mijn bereik, terwijl ik, daarbeneden in de duisternis, in mijn eigen, doodse stilte lig.

Af en toe lukt het me om naar de oppervlakte te komen, net lang genoeg om me op de geluiden te concentreren, om ze te versnellen zodat ze weer herkenbaar worden, zoals nu. Ik hoor het geluid van een bladzij die wordt omgeslagen, ongetwijfeld van een van die suffe misdaadromans die hij zo graag leest. De anderen komen en gaan, maar hij blijft de hele tijd bij me, ik ben niet meer alleen. Ik vraag me af waarom hij zijn boek niet heeft weggelegd en meteen naast me is komen zitten nu ik wakker ben, maar dan herinner ik me dat ik voor hem niet wakker ben, dat er voor hem niets veranderd is. Ik heb geen besef van tijd meer, het kan dag of nacht zijn. Ik ben een zwijgend, levend lijk. Ik hoor een deur opengaan, er komt iemand binnen.

'Dag, meneer Reynolds. Eigenlijk mag u hier zo laat niet meer zijn, maar we kunnen voor deze ene keer wel een uitzondering maken. Ik had dienst toen uw vrouw gisteravond werd binnengebracht.'

Gisteravond?

Ik heb het gevoel dat ik hier al dagen lig.

De stem van de arts klinkt bekend, maar dat kan natuurlijk, als hij mijn behandelaar is. Ik probeer te bedenken hoe hij eruitziet. Ik stel me een ernstige man met vermoeide ogen voor, met diepe rimpels die tot permanente lijnen zijn geërodeerd van alle ellende die hij heeft gezien. In mijn verbeelding draagt hij een witte jas, tot ik bedenk dat ze dat tegenwoordig niet meer doen, dat ze er net zo uitzien als andere mensen en dus vervaagt het beeld van de man die ik me had voorgesteld.

Ik hoor dat Paul zijn boek neerlegt en als een gek gaat zitten wiebelen – hij vindt de medische wereld nogal intimiderend. Ik durf te wedden dat hij opstaat om een hand te geven. Sterker nog, dat weet ik zeker. Ik hoef hem niet te zien om te weten wat hij precies zal doen, ik kan al zijn bewegingen voorspellen.

'Wilt u dat er iemand naar uw hand kijkt?' vraagt de arts.

Wat is er met zijn hand?

'Nee, dat stelt niets voor,' zegt Paul.

'Hij ziet er anders behoorlijk gehavend uit. Weet u het zeker? Het is geen moeite.'

'Het ziet er erger uit dan het is, maar evengoed bedankt. Weet u hoe lang ze zo blijft? Niemand geeft me daar antwoord op.' Pauls stem klinkt vreemd, dunnetjes en geknepen.

'Dat is moeilijk te zeggen in dit stadium. Uw vrouw heeft ernstig letsel opgelopen door de crash...' en dan zak ik even weg terwijl zijn woorden rondmalen in mijn hoofd. Ik doe zo mijn best, maar er komt niets, geen herinnering aan wat voor crash dan ook. Ik heb niet eens een auto.

'U zei dat u dienst had toen ze werd binnengebracht. Was er nog iemand? Ik bedoel, waren er meer gewonden?' vraagt Paul.

'Niet dat ik weet.'

'Dus ze was alleen?'

'Er waren geen andere voertuigen bij betrokken. Ik vind het lastig om te vragen, maar we ontdekten een paar plekken op het lichaam van uw vrouw die we niet kunnen thuisbrengen. Weet u daar iets van?'

Wat voor plekken?

'Ik veronderstelde dat die met het ongeluk te maken hadden,' zegt Paul. 'Ik heb ze niet eerder gezien...'

'Ik begrijp het. Heeft uw vrouw zichzelf weleens iets aan willen doen?'

'Natuurlijk niet. Zo iemand is ze niet.'

Wat voor iemand ben ik dan wel, Paul?

Als hij wat meer aandacht aan me had besteed had hij dat misschien geweten.

'U zei dat ze van streek was toen ze gisteren het huis verliet. Weet u ook waarom?' vraagt de arts.

'Gewoon. Problemen op haar werk.'

'Maar thuis was alles in orde?'

We vervallen alle drie in een ongemakkelijk stilzwijgen, tot Pauls stem de stilte verbreekt.

'Als ze wakker wordt, is ze dan haar oude zelf weer? Zal ze zich dan alles weer herinneren?' Ik focus me zo op wat het is dat hij niet wil dat ik me herinner dat het antwoord me bijna ontgaat.

'Op dit moment kunnen we nog niet zeggen of ze volledig zal herstellen, ze is er zeer ernstig aan toe. Ze had haar gordel niet om...'

Ik heb mijn gordel altijd om.

'... ze moet erg hard hebben gereden om dwars door de voorruit te vliegen en haar hoofd heeft daardoor een flinke klap gekregen. Ze mag van geluk spreken dat ze er nog is.'

Geluk.

'Het enige wat we kunnen doen is het van dag tot dag bekijken,' zegt de arts.

'Maar ze wordt toch wel wakker?'

'Het is moeilijk. Kunnen we iemand bellen om u terzijde te staan? Een familielid? Een vriend?'

'Nee. Zij is alles wat ik heb,' zegt Paul.

Dat hij zoiets over me zegt stemt me wat milder. Want vroeger was dat wel anders. Toen ik hem leerde kennen, was hij zo populair dat iedereen een stukje van hem wilde. Zijn eerste roman sloeg in als een bom. Hij baalt ervan als ik dat zeg, hij ziet het meer als een bom waarvan de lont tien jaar heeft gesmeuld. Maar het succes was niet blijvend. Even ging het beter, maar daarna ging het veel slechter. Hij kon niet meer schrijven, de woorden wilden niet meer komen. Zijn succes maakte hem kapot, en zijn onvermogen maakte ons kapot. Ik hoor de deur dichtgaan, en op het moment dat ik me afvraag of ik nu weer alleen ben hoor ik een zacht, klikkend geluidje: Paul, stel ik me voor, die een sms'je stuurt. Het lukt me niet om dat beeld compleet te krijgen, tot ik me realiseer dat ik Paul nog nooit een sms'je heb zien versturen. Hij heeft nu nog maar twee mensen in zijn leven: zijn moeder, die weigert met ons te communiceren op het enkele telefoontje na als ze iets van ons wil, en zijn agent, die meestal mailt nu ze niet zoveel meer hebben om over te praten. Paul en ik sturen elkaar wel sms'jes, maar ik neem aan dat hij dat alleen doet als ik er niet ben. Mijn gedachten zijn zo luid dat hij ze hoort.

'Ik heb doorgegeven waar je bent.' Hij slaakt een zucht en schuift zijn stoel naar het bed toe. Hij zal het wel over mijn familie hebben. Veel vrienden heb ik niet. Er kruipt een onverklaarbare huivering langs mijn wervelkolom als de stilte weer neerdaalt.

Ik voel een steek van pijn als ik aan mijn ouders denk. Ik twijfel er niet aan dat hij geprobeerd heeft ze te bereiken, maar ze reizen veel en zijn tegenwoordig lastig te pakken te krijgen. Het gebeurt vaak dat we elkaar wekenlang niet spreken, hoewel dat niet altijd te maken heeft met hun buitenlandse trips. Ik vraag me af wanneer ze zullen komen, maar dan stel ik die gedachte bij en vraag ik me af óf ze wel zullen komen. Ik ben niet hun favoriete kind, ik ben de dochter die er gewoon was.

'Bitch,' zegt Paul op een toon die ik niet van hem ken. Ik hoor de poten van zijn stoel over de vloer schrapen. De schemer boven mijn oogleden wordt dieper en ik weet dat hij over me heen gebogen staat. Ik voel opnieuw aandrang om te gaan schreeuwen, en dat doe ik ook. Maar er gebeurt niets.

Zijn gezicht is nu zo dicht bij het mijne dat ik zijn warme adem in mijn nek voel als hij iets in mijn oor fluistert. 'Hou vol.'

Ik weet niet wat hij met die woorden bedoelt, maar de opengaande deur is mijn redding.

'Mijn god, Amber.' Mijn zus, Claire, maakt haar entree.

'Jij hoort hier niet,' zegt Paul.

'Ik dacht het wel. Je had eerder moeten bellen.'

'Had ik je maar niet gebeld.'

Ik snap niets van het gekibbel van de twee donkere schimmen boven me. Claire en Paul hebben het altijd goed met elkaar kunnen vinden.

'Jammer dan, maar ik ben er. Wat is er gebeurd?' vraagt ze terwijl haar gezicht dichterbij komt.

'Ze hebben haar een paar kilometer van huis gevonden. De auto is total loss.'

'Alsof die auto van jou er iets toe doet.'

Ik rijd nooit in Pauls auto. Ik rijd nooit.

'Het komt allemaal goed, Amber,' zegt Claire en ze pakt mijn hand. 'Ik ben er nu.' Haar koude vingers vouwen zich om de mijne en dat herinnert me aan toen we klein waren. Zij wilde altijd mijn hand vasthouden. Ik wilde dat niet.

'Ze kan je niet horen, ze ligt in coma,' zegt Paul op een bijna triomfantelijke toon.

'In coma?'

'Trots op jezelf?'

'Ik snap dat je van streek bent, maar ik kan hier niets aan doen.'

'O nee? Ik vond dat je het moest weten, maar je bent hier niet welkom.'

Mijn brein maakt overuren, ik snap niets van wat er wordt gezegd. Het voelt alsof ik me in een parallel universum bevind waar iedereen om me heen in raadselen spreekt.

'Wat is er met je hand?' vraagt Claire.

Wat is er met zijn hand?

'Niets.'

'Ik zou er even een dokter naar laten kijken.'

'Het stelt niets voor.'

De kamer die ik niet kan zien begint te tollen. Ik spartel om aan de oppervlakte te blijven, maar het water kolkt om me heen, komt naar binnen en zuigt me weer het diepe donker in.

'Toe, Paul. Ze is mijn zus.'

'Ze heeft me voor je gewaarschuwd, ik moest je niet vertrouwen.'

'Doe niet zo belachelijk.'

'Vind je me belachelijk?' Alles is opeens veel rustiger dan daarnet. 'Ga weg.'

'Paul!'

'Weg, zei ik.'

Deze keer is er geen aarzeling. Ik hoor de gehakte voeten van mijn zus weglopen. De deur gaat open en dicht en ik ben weer alleen met een man die klinkt als mijn echtgenoot maar die zich gedraagt als een vreemde.

Eerder

Maandag 19 december 2016 – avond

Ik stap uit de trein en loop door de rustige straten naar huis en naar Paul. Ik ben er nog steeds niet van overtuigd dat mijn baan nog te redden valt, maar misschien win ik hier net genoeg tijd mee om te doen wat ik moet doen. Ik vertel het hem niet. Nog niet. Wie weet is het niet eens nodig.

Het zou niet de eerste baan zijn die ik kwijtraak sinds we bij elkaar zijn. Mijn loopbaan als televisieverslaggeefster kwam twee jaar geleden tot een abrupt einde toen mijn eindredacteur voor de zoveelste keer net iets te vriendelijk werd. Hij was nogal doortastend. Op een avond kroop zijn hand omhoog onder mijn rok en een dag later had iemand met een sleutel een lange, diepe kras gekerfd in de lak van zijn BMW, die op het parkeerterrein van het personeel stond. Hij dacht dat ik dat gedaan had, en vanaf die tijd verscheen ik niet meer op tv. En werd ik ook niet meer betast. Voor hij een excuus kon bedenken om me te ontslaan stapte ik op, en eerlijk gezegd was het een opluchting, want ik vond het vreselijk om op tv te komen. Maar Paul was er ondersteboven van. Hij was gek op die versie van mij. Hij hield van haar. Thuis liep ik hem voortdurend in de weg. Ik was niet meer de vrouw die hij had gehuwd. Ik was werkloos, ik kleedde me niet meer zoals voorheen en ik kwam niet meer met verhalen thuis. Vorig jaar, bij een bruiloft, vroeg het stel dat naast ons zat wat ik deed. Paul was me voor, ik kreeg niet eens de kans te antwoorden. 'Niets.' Het personage van wie hij had gehouden was een figurant geworden die hij verafschuwde.

Hij zei dat hij moeilijker kon schrijven nu ik altijd thuis was. Hij liet een luxe schuurtje bouwen achter in de tuin, zodat hij kon doen alsof ik er niet was. Een halfjaar geleden zag Claire de vacature voor *Coffee Morning*; ze stuurde me de link en raadde me aan te solliciteren. Ik had niet verwacht dat ik de baan zou krijgen, maar ik kreeg hem.

Ik strompel het tuinpad op en zoek in mijn tas naar de sleutel. Tot mijn verbazing hoor ik muziek en gelach binnen. Paul is niet alleen. Ik herinner me dat ik hem vanmiddag wilde bellen maar dat hij niet had opgenomen en ook de moeite niet had genomen terug te bellen. Mijn handen trillen licht als ik de voordeur openmaak.

Ze zitten lachend op de bank, Paul op zijn gewone plek, Claire op de mijne. Op het tafeltje voor hen poseren een zo goed als lege fles wijn en twee glazen voor een afgezaagd stilleven.

Ze houdt niet eens van rode wijn.

Ze lijken een beetje van me te schrikken, ik voel me een indringer in mijn eigen huis.

'Hallo, zus. Hoe gaat-ie?' vraagt Claire terwijl ze overeind komt en me op beide wangen kust. Haar skinny designerjeans lijkt op haar benen gespoten; uit de broekspijpen steken twee slanke, gepedicuurde voeten. Wanneer ze opstaat, biedt haar strakke, witte topje een iets te royale inkijk. Het komt me onbekend voor, het is vast nieuw. Ze kleedt zich alsof we nog jonge meiden zijn, alsof de mannen nog steeds naar ons kijken. Het zou kunnen, maar ik zie ze niet. Haar lange, blonde haren zijn perfect steil geföhnd en achter haar oren geduwd, alsof ze een onzichtbare diadeem draagt. Alles aan haar is verzorgd, netjes en onder controle. We verschillen als dag en nacht. Ze staat te dicht bij me, wachtend tot ik iets zeg. Haar parfum dringt mijn neusgaten binnen, mijn keel, ik proef het op mijn tong. Vertrouwd maar gevaarlijk. Misselijkmakend zoet.

'Ik dacht dat je na het werk nog iets ging drinken,' zegt Paul vanaf de bank.

Zijn ogen vernauwen zich een beetje als hij de tassen ziet met mijn nieuwe outfits erin, keurig opgevouwen en gehuld in vloeipapier. Ik daag hem in stilte uit er iets van te zeggen. Het is mijn geld, ik heb het zelf verdiend. Ik geef het uit aan wat ik wil. Ik zet de tassen neer en zie dat de plastic handgrepen diepe rode striemen in mijn vingers hebben gemaakt.

'Er kwam iets tussen,' zeg ik in Pauls richting, voor ik me tot Claire richt. 'Ik wist niet dat je langs zou komen. Is er iets?' Ik weet heus wel wat er aan de hand is.

'Nee hoor. David moest weer eens overwerken. Ik kwam voor jou, om even bij te kletsen, maar ik was vergeten dat je, anders dan ik, ook nog een sociaal leven hebt.'

Ze doet te erg haar best, haar glimlach lijkt haar gezicht pijn te doen.

'Waar zijn de kinderen?' vraag ik. Haar glimlach trekt weg.

'Bij een buurvrouw, alles in orde. Ik zou ze nooit aan iemand overlaten die ik niet vertrouw.' Ze keert zich naar Paul, maar die staart alleen maar naar de grond. Haar lippen zijn rood van de wijn en ze heeft een blos op haar wangen. Ze kan niet goed tegen drank. Dan zie ik het, de blik in haar ogen, die dreigende flits die ik vaker heb gezien. Ze weet dat ik hem heb opgemerkt en dat ik niet ben vergeten wat hij betekent. 'Ik moest maar eens gaan, het is later dan ik dacht,' zegt ze.

'Ik zou wel willen zeggen "blijf nog even", maar ik moet iets bespreken met mijn man.' Ik had 'Paul' willen zeggen, maar mijn onbewuste ik vond het blijkbaar nodig mijn tekst te wijzigen.

'Natuurlijk. Nou, ik zie jullie binnenkort wel weer. Hopelijk is alles oké op je werk,' zegt ze. Ze pakt haar jas en tas en laat haar glas wijn, dat nog halfvol is, op tafel staan. De deur is nog maar net dicht of ik krijg al gewetenswroeging. Ik weet dat ik achter haar aan zou moeten gaan, me moet verontschuldigen, zodat ze weet dat ik nog van haar houd, dat alles goed zit tussen ons. Maar ik doe het niet.

'Zo, dat was gênant,' zegt Paul.

Ik reageer niet, kijk hem niet eens aan. Zonder erbij na te denken draai ik de deur op het nachtslot, pak ik Claires glas en breng het naar de keuken. Paul komt achter me aan en blijft in de deuropening staan terwijl ik de rode vloeistof in de gootsteen kieper. Donkerrode spetters spatten tegen het witte porselein, ik draai de kraan open om ze weg te spoelen.

'Ja, het was een beetje raar om mijn man en zus knus op de bank aan te treffen.' De wijn die ik zelf heb gedronken eerder op de middag verhaspelt mijn woorden. Ik zie aan Pauls gezicht dat hij vindt dat ik me idioot gedraag, of jaloers, of allebei. Maar dat is het niet. Het maakt me bang dat ik ze zo heb aangetroffen. Ik weet vrijwel zeker dat ze wist dat ik niet thuis zou zijn, en ze heeft de kinderen ergens gestald, dus het was gepland. Ik kan het niet aan hem uitleggen, hij zou me niet geloven, hij kent haar niet zoals ik haar ken en begrijpt niet waartoe ze in staat is.

'Doe niet zo idioot. Ik doelde op jou, hoe je haar de deur wees. Ze kwam voor jou, ze is erg down.'

'Misschien moet ze eerst even bellen als ze me zo graag wil zien.'

'Dat had ze gedaan, zei ze. Een aantal keren. Maar je reageerde niet.' Ik herinner me dat Claire me vandaag tweemaal heeft gebeld. Eén keer terwijl ik met Matthew zat te praten, alsof ze wist dat er iets mis was. Ik draai me om naar Paul, maar ik weet niets te zeggen. Alles aan hem irriteert me op dit moment. Hij is nog steeds een aantrekkelijke man, maar zijn manier van leven heeft hem verloederd en opgebrand, als een glanzend stuk zilver dat mettertijd dof en zwart wordt. Hij is te mager, zijn huid lijkt het bestaan van de zon te zijn vergeten en zijn haren zijn te lang voor een man van zijn leeftijd, maar hij is dan ook nooit volwassen geworden. Aan het klemmen van zijn kaken zie ik dat hij boos op me is en op de een of andere manier windt dat me op. We hebben in geen maanden gevreeën, voor het laatst op onze trouwdag. Misschien is dat ons voorland. Eenmaal per jaar feest.

Ik keer me weer naar de oven, mijn vingers nemen de bekende positie in. Voorheen deed ik dit nooit waar hij bij was, maar het kan me niet meer schelen.

'Is er soms iets voorgevallen op je werk?' vraagt hij.

Ik geef geen antwoord.

'Ik snap niet waarom je daar blijft werken.'

'Omdat het moet.'

'Waarom? Voor het geld hoef je het niet te doen. Je zou moeten proberen weer een baan bij de televisie te krijgen.'

Er daalt een deken van stilte neer over ons gesprek, die de woorden smoort die we altijd denken maar nooit uitspreken. *Radio killed his TV star*. Ik blijf stug naar de oven staren en begin binnensmonds te tellen.

'Kun je daarmee ophouden? Je lijkt wel gek,' zegt hij.

Ik doe alsof ik hem niet hoor en werk mijn ritueel af. Ik voel zijn ogen prikken.

The wheels on the bus go round and round...

Het lijkt wel alsof we alleen nog maar ruziemaken.

Round and round...

Hoe meer ik mijn best doe ons bij elkaar te houden, hoe verder we van elkaar verwijderd raken.

Round and round.

Ik huil niet zo snel. Ik heb andere manieren om mijn verdriet te uiten.

The wheels on the bus go round and round...

Kon ik hem de waarheid maar vertellen.

All day long.

In mijn hoofd wordt een herinnering uit mijn kindertijd aangeklikt. Wegklikken lukt niet.

'Gaat het wel met je?' vraagt Paul terwijl hij zich eindelijk losmaakt van de deurpost.

'Nee,' fluister ik en ik laat toe dat hij zijn armen om me heen slaat.

Het is de waarheid, maar niet helemaal.

Vroeger

Maandag 16 september 1991

Lief dagboek,
Het was een interessante dag vandaag, ik ben op een nieuwe school begonnen. Op zich is dat niet zo interessant, dat gebeurt wel vaker, maar vandaag voelde het anders, alsof het deze keer misschien wel goed zal gaan. Mijn nieuwe juf lijkt aardig. Ik weet wat mama gaat zeggen als ze haar ziet: 'Die juffrouw MacDonald houdt wel van lekker eten, hè?' Dat soort opmerkingen maakt ze vaak, het is haar manier om te zeggen dat iemand te dik is. Mama zegt dat je er altijd op je best uit moet zien, want ook al hoor je mensen niet op hun uiterlijk te beoordelen, het gebeurt toch. Juffrouw MacDonald is ouder dan mama maar jonger dan omoe was. Ze stelde me aan de klas voor zonder er een hele toestand van te maken, wat meestal het geval is, en zei daarna dat ik een plaatsje mocht zoeken. Er was maar één lege plaats, achter in het lokaal, dus daar ging ik zitten. Voor een eerste schooldag ging het niet slecht. Mama zegt dat we nu niet meer gaan verhuizen, maar dat heeft ze vaker gezegd.
In de klas zijn ze het dagboek aan het lezen van een meisje dat Anne Frank heet, maar ze zijn net pas begonnen, dus ik heb nog niet veel gemist. Het meisje aan het tafeltje naast me zei dat ik met haar mee mocht lezen. Ze zei dat ik Taylor tegen haar moest zeggen, wat niet haar voornaam maar haar achternaam is. Mij best. Ik zag dat er krijt op haar blazer zat en ik had meteen door

wat voor kind ze was, zo'n kind dat buitengesloten wordt.
Als huiswerk moeten we een week lang een dagboek bijhouden, een beetje zoals Anne Frank, alleen deed zij het veel langer. Het leukste is dat we het niet hoeven in te leveren, want juffrouw MacDonald zegt dat een dagboek altijd geheim hoort te zijn. Ik bedacht dat ik het dus ook gewoon niet kon doen, niemand die het zou merken, maar mama en papa zijn weer aan het ruziemaken beneden, dus ik dacht: waarom ook niet?
Ik denk niet dat mijn dagboek zo interessant wordt als dat van Anne Frank. Ik ben niet zo'n interessant persoon. Juffrouw MacDonald zegt dat als je niets kunt bedenken, je gewoon drie eerlijke dingen over jezelf kunt opschrijven. Ze zegt dat iedereen drie dingen kan bedenken, en dat eerlijk tegen jezelf zijn belangrijker is dan eerlijk zijn tegen anderen. Dus hier zijn de eerste drie dingen die ik aan je toevertrouw (en ze zijn alle drie waar):

1. Ik ben bijna tien.
2. Ik heb geen vriendinnen.
3. Mijn ouders houden niet van me.

Maar weet je wat het is met de waarheid: die is shit.
Omoe is dood, ze had kanker. We zijn bij haar gaan wonen toen ze ziek werd, maar daar is ze niet beter van geworden. Ze was tweeenzestig. Dat klinkt oud, maar mama zegt dat het erg jong is om dood te gaan. Ik was altijd graag bij omoe, we gingen altijd leuke dingen doen en ze luisterde naar me. Ze had niet veel geld, maar vorig jaar met Kerstmis gaf ze me dit dagboek. Ze dacht dat ik er misschien iets aan zou hebben als ik zou opschrijven wat ik voelde. Er is al bijna een heel jaar om en ik heb er niets mee gedaan, maar nu wilde ik dat ik geluisterd had. Ik wilde dat ik alles wat ze altijd zei had opgeschreven, want ik begin het al te vergeten.
Ik denk dat mijn ouders vroeger wel van me hielden, maar dat ik ze zo vaak heb teleurgesteld dat hun liefde is verdwenen. Ze

houden niet eens meer van elkaar, het is altijd geruzie en geschreeuw. Ze maken ruzie over van alles en nog wat, maar vooral over al het geld dat we niet hebben. Ze maken ook ruzie over mij. Ze schreeuwden een keer zo hard dat een van onze oude buren de politie belde. Mama zei dat het allemaal heel gênant was, en toen de politie weg was kregen ze alleen nog maar meer ruzie. Nu zijn we verhuisd, dus nu doet het er niet meer toe, zegt mama, en ze zegt ook dat mensen zich met hun eigen zaken moeten bemoeien. Toen we hier kwamen wonen zei ze dat we een 'frisse start' gingen maken en dat het best leuk zou zijn om 'nieuwe vriendinnen te krijgen'. Het was haar niet opgevallen dat ik geen oude vriendinnen had.

Vroeger had ik heel gauw nieuwe vriendinnetjes na een verhuizing, maar als ik weer afscheid van ze moest nemen werd ik altijd heel verdrietig. Dus nu doe ik er geen moeite meer voor. Ik heb sowieso geen vriendinnen nodig. Als ik voor een verjaardagsfeestje word gevraagd, zeg ik gewoon nee, bedankt, en dat ik niet mag van thuis, ook al zou het wel mogen. Ik laat mama de uitnodigingen niet eens zien, ik gooi ze meteen in de vuilnisbak. Het vervelende van naar iemand anders gaan is dat ze daarna ook bij jou willen komen. Omoe zei trouwens dat boeken betere vrienden zijn dan mensen. Boeken nemen je mee waarheen je maar wilt, zei ze, en ik vind dat goed gezegd.

Na omoes dood zei mama dat we het huis gingen opknappen maar dat is niet gebeurd. Ik slaap in omoes kamer in het bed waarin ze op een dag in slaap viel en niet meer wakker werd. Mama zegt dat ik een nieuw bed mag, maar ik hoef geen nieuw bed, nog niet. Soms denk ik haar nog te ruiken, wat een beetje suf is want de lakens zijn al tig keer gewassen en het zijn niet eens haar lakens. Er staan twee bedden in mijn kamer. Het andere bed was van opa, maar hij is er niet in doodgegaan, hij ging dood in een huis dat niet van hem was.

Ik hoor niets, wat betekent dat ze klaar zijn met ruziën, voor even.

Wat er dan gebeurt is dat papa een fles rode wijn opentrekt en een groot glas voor zichzelf inschenkt. Mama pakt intussen iets te eten uit de vriezer en schenkt iets voor zichzelf in wat lijkt op water, maar dat is het niet. Ik ga niet drinken als ik groot ben, ik vind het niet leuk wat alcohol met mensen doet. We zitten al een tijdje zwijgend aan onze lasagne uit de magnetron als ze op het idee komen naar mijn eerste schooldag te vragen. Ik zeg dat het goed is gegaan, vertel wat over de leerkrachten en de lessen en ze doen net of ze luisteren. Zodra papa klaar is met eten, staat hij op en neemt hij het staartje wijn dat nog in de fles zit mee naar zijn werkkamer. Dat is het oude naaikamertje van omoe. Papa noemt het nu 'werkkamer', maar hij werkt er niet, hij kijkt daar naar het kleine teeveetje. Mama wast af en ik kijk in de kamer naar de grote tv, tot het bedtijd is. Om negen uur zegt mama dat ik naar boven moet. Ze zet altijd een wekker omdat ze het anders vergeet. Wanneer ik in bed lig en zij denken dat ik slaap, begint het geruzie weer. Toen ik klein was, zong omoe me altijd in slaap. *The wheels on the bus go round and round.* Ik vond het geen leuk liedje, maar nu neurie ik het soms om papa's geschreeuw en mama's gehuil niet te horen. Nou, dat is dus mijn leven. Ik had al gezegd dat het niet zo interessant was als dat van Anne Frank.

Nu

Dinsdag 27 december 2016

Ik hoor dat het plenst, het is alsof honderdduizend vingernageltjes meedogenloos tegen het raam tikken om me uit deze bodemloze slaap te laten ontwaken. En ik stel me voor dat al die woedende regendruppels, als het ze niet lukt de betovering te verbreken, in tranen veranderen en huilend langs het glas glijden. Volgens mij is het nacht, het is veel stiller dan eerst. Ik stel me voor dat ik opsta en naar het raam loop en mijn hand naar buiten steek om de regen op mijn huid te voelen en omhoogkijk naar de nachthemel. Wat zou ik dat graag willen. Ik vraag me af of ik de sterren ooit nog zal zien. We bestaan allemaal uit vlees en sterren, maar het enige wat er van ons overblijft is stof. We moeten dus maar schitteren zolang het kan.

Ik ben alleen, maar ik hoor Pauls stem nog steeds in mijn hoofd. *Hou vol.* Ik doe mijn best, maar bepaalde dingen blijven me maar ontglippen. Ik snap niet waar de ruzie tussen Paul en Claire vandaan kwam, ze konden het altijd goed met elkaar vinden. Mijn zus is jonger dan ik, maar ze is me altijd een stap voor. Ze zeggen dat we op elkaar lijken, maar zij is blond en mooi en ik ben meer een soort *cover artist*: donker, teleurstellend. Zij was de dochter die mijn ouders hadden willen hebben, een nieuwe, verbeterde versie van mij, ze vonden haar geweldig. Dat vond ik eerst ook, maar zodra ze deel van ons gezin werd, telde ik niet meer mee. Zij hebben haar nooit gekend zoals ik haar ken, zij zagen niet wat ik zag.

Ik voel dat ik weg begin te zakken. Ik vecht ertegen, zo lang ik kan, maar dan, net op het moment dat ik me over moet geven, gaat de deur open.

Ik weet dat zij het is.

Claire heeft altijd hetzelfde luchtje op als onze moeder; ze is een gewoontedier. En ze doet altijd te veel op. Ik ruik ook het subtiele vleugje wasverzachter in haar kleren als ze langzaam door de kamer loopt. Ik neem aan dat ze iets straks en vrouwelijks draagt, iets waar ik mijn lijf niet in geperst krijg. Ik hoor haar kokette hakjes op de vloer tikken en vraag me af waarnaar ze kijkt. Ze neemt de tijd. Ze is alleen.

Ze trekt een stoel bij en komt naast het bed zitten, nu is het haar beurt om mij geluidloos voor te lezen. Ik hoor haar zo nu en dan een bladzij omslaan, ze had dit dus gepland. Ik zie voor me hoe ze daar zit, met het boek in haar gemanicuurde handen. Ik begin mijn kamer als een steriele bibliotheek te zien, met mij als spookachtige bibliothecaresse die iedereen die binnenkomt het zwijgen oplegt: *shhh!* Claire leest snel in het echte leven, dus als ik slechts af en toe een bladzij hoor omslaan, weet ik dat ze toneelspeelt. Daar is ze goed in.

'Waren onze ouders er maar,' zegt ze.

Ik ben blij dat ze er niet zijn.

Dat zegt ze alleen maar uit mededogen met zichzelf, niet met mij. Mijn ouders zouden vast denken dat het mijn eigen schuld was, zoals altijd. Ik hoor dat ze het boek dat ze zogenaamd zit te lezen weglegt, en dat ze vlak naast me komt staan. Mijn gedachten worden alsmaar luider, tot ik wel moet luisteren, alleen razen ze door mijn hoofd en botsen ze tegen elkaar op, zodat ik bij geen enkele gedachte stil kan blijven staan om te proberen te begrijpen wat hij betekent. Claires gezicht is nu zo dicht bij me dat ik de koffie in haar adem kan proeven.

'Er zit nog glas in je haar,' fluistert ze.

Op het moment dat haar woorden mijn oren in dwarrelen voel ik dat ik snel achteruit word getrokken. Het lijkt wel alsof ik door een heel lange, donkere tunnel schiet, achterstevoren. En dan zit ik op een hoge tak van een dode boom. Ik kijk omlaag en zie dat ik mijn ziekenhuishemd nog aanheb. De straat aan mijn voeten komt me bekend voor. Ik woon hier vlakbij, ik ben bijna thuis. Ergens in de verte rommelt iets wat op onweer lijkt en ik ruik een brandlucht, maar ik ben niet bang. Ik strek mijn arm uit naar de regendruppels die beginnen te vallen, maar mijn hand blijft droog. Alles wat ik zie is zwarter dan zwart, op een piepklein lichtje in de verte na. Ik ben dolblij dat ik het zie, tot ik me realiseer dat het geen ster is maar een koplamp. Er komt er nog een bij. Het begint te waaien en ik zie een auto over de weg op me afkomen, te snel. Ik kijk omlaag naar de straat en zie een klein meisje in een poezelig roze badjasje midden op de weg staan. Ze zingt.

Twinkle, twinkle, little star...

Ze kijkt omhoog naar waar ik zit.

How I wonder who you are.

Zo gaat het liedje niet.

Up above the world so sad.

De auto is nu heel dichtbij, ik gil dat ze van de weg af moet gaan.

It's not the drugs, you're going mad.

Pas dan zie ik dat ze geen gezicht heeft.

Ik zie dat de auto een slinger maakt om haar niet te raken, slipt, en dan tegen de boom knalt waar ik in zit. De klap is zo hard dat ik bijna van mijn tak val, maar iemand in de verte zegt 'hou vol' tegen me. Onder me loopt de tijd langzamer. Het kleine meisje lacht onbedaarlijk en tot mijn afgrijzen zie ik een vrouwenlichaam door de voorruit knallen. Ze vliegt in slow motion door de lucht en ze draagt een cape van duizend glassplinters. Haar lichaam komt hard op straat neer, recht onder me. Ik kijk weer naar het kleine meisje, ze is opgehouden met lachen. Ze brengt haar vinger naar de plek waar haar lippen zouden moeten zitten: *shhh*. Ik kijk weer naar het lichaam van de vrouw. Ik weet dat ik het ben die daar ligt, maar ik wil niets meer zien. Ik sluit mijn ogen. Alles is stil, op de autoradio na, er komen nog steeds kerstliedjes uit het verwrongen staal. De muziek houdt ineens op en ik hoor Madelines stem op de krakende radiogolven. Ik zit op mijn tak en sla mijn handen voor mijn oren, maar nog hoor ik de woorden die ze aan één stuk door herhaalt.

Hallo en welkom bij Coffee Morning.

Toeval bestaat niet.

Ik begin te gillen maar Madelines stem wordt alleen maar luider. Ik hoor een deur opengaan en val recht uit de boom in mijn ziekenhuisbed.

'Ik ben er weer,' zegt Paul.

'Dat zie ik,' zegt Claire.

'Dus je kunt weer gaan. Als ik er ben, ben jij er niet. Dat hebben we afgesproken.'

'Dat heb jij afgesproken,' zegt ze. 'Ik ga niet weg.'

Claire pakt haar boek van het voeteneind van het bed en neemt weer plaats op haar stoel. Een poosje blijft het stil, en dan hoor ik dat Paul aan de andere kant van de kamer gaat zitten. Voor mijn gevoel is er dan heel lang niets. Ik weet niet of ik de hele tijd wakker ben gebleven of tussendoor in slaap ben gevallen, of me iets is ontgaan. De uren worden me ontstolen, afleveringen die ik wilde zien worden gewist voor ik de kans krijg ze te kijken.

Ik hoor meer stemmen, nieuwe stemmen. Eerst lijken ze door elkaar heen te praten, waardoor de woorden onderweg naar mijn oren in elkaar verstrikt raken. Ik moet me heel erg concentreren om ze uit de war te halen.

'Meneer Reynolds? Ik ben Jim Handley, hoofd Recherche, en dit is agent Healey. Kunnen we u even op de gang spreken?' hoor ik een mannenstem in de deuropening vragen.

'Zeker,' zegt Paul. 'Gaat het over het ongeluk?'

'Het lijkt me beter om even naar buiten te gaan,' zegt de rechercheur.

'Laat maar, ik ga wel weg,' zegt Claire.

De knoop in mijn maag wordt aangetrokken als ze de kamer verlaat. Ik hoor de deur in het slot vallen, waarna iemand zijn keel schraapt.

'Het was uw auto, toch, waarin uw vrouw eergisteravond reed?' vraagt de rechercheur.

'Ja,' antwoordt Paul.

'Weet u waar ze heen ging?'

'Nee.'

'Maar u zag haar wegrijden?'

'Ja.'

Ik hoor iemand diep, lang aangehouden inademen. 'Kort nadat uw vrouw per ambulance naar het ziekenhuis was gebracht, zijn er twee collega's van ons bij u langs geweest. U was er niet.'

'Ik was haar aan het zoeken.'

'Te voet?'

'Inderdaad. Toen ze de ochtend erna weer langskwamen, was ik thuis.'

'U wist dus dat er politie aan de deur was geweest?'

'Nou ja, toen niet, nee, maar u zei net...'

'De agenten die gisterochtend bij u zijn geweest, kwamen om u mee te delen dat uw vrouw in het ziekenhuis lag. De eerste twee agenten, die van de avond ervoor, kwamen in verband met een melding dat u en uw vrouw midden op straat keihard ruzie stonden te maken.' Paul zegt niets. 'Als u niet wist waar uw vrouw naartoe ging, waar bent u haar dan gaan zoeken?'

'Ik was dronken, het was tenslotte Kerstmis. Ik kon niet meer logisch nadenken, ik heb gewoon een tijdje rondgelopen...'

'Ik zie dat uw hand in het verband zit. Wat is er gebeurd?'

'Dat herinner ik me niet.'

Hij liegt, dat hoor ik, maar ik weet niet waarom.

'We hebben wat mensen gesproken die dienst hadden op de avond dat uw vrouw werd binnengebracht. Zij zeggen dat ze ook letsel heeft dat ouder is, van vóór het ongeluk. Hebt u enig idee hoe ze dat kan hebben opgelopen?'

Wat voor letsel?

'Nee,' zegt Paul.

'U weet niets van striemen in haar hals en blauwe plekken in haar gezicht?' vraagt de vrouwelijke agent.

'Nee,' zegt hij weer.

'Het lijkt me beter dat we dit gesprek achter gesloten deuren voortzetten, meneer Reynolds,' zegt de rechercheur. 'We verzoeken u met ons mee te gaan naar het bureau.'

Dan is het stil in de kamer.

Eerder

Dinsdag 20 december 2016 – ochtend

'Het is me gelukt een tafel voor je te reserveren in het Langham, door aan wat touwtjes te trekken,' zeg ik.

'Fantastisch. Waarvoor?' vraagt Matthew zonder van zijn computerscherm op te kijken. Over een kleine tien minuten gaan we de lucht in en bijna iedereen, inclusief Madeline, heeft zich al naar de studio begeven.

'Brunch,' zeg ik.

'Met wie?' Hij kijkt op en schenkt me zijn half aandachtige blik. Ik zie zijn gelaatsuitdrukking veranderen wanneer hij mijn nieuwe jurk ziet, mijn make-up en mijn haar, door borstels en warme lucht in model gedwongen. Hij gaat iets rechter zitten en zijn linkerwenkbrauw rekt zich op tot een waarderende boog. Op dat moment vraag ik me af of hij echt gay is of dat ik daar simpelweg van uit was gegaan.

'Het panel van vandaag. Over het thema vrouwen van vijftig. Vorige week over gehad,' zeg ik.

'O ja?'

'Ja. Je zei dat je na de uitzending iets met ze wilde gaan eten om wat ideeën voor de toekomst door te nemen.'

'Wat voor ideeën voor de toekomst?'

'Je zei dat we innovatiever moesten worden, de boel een beetje moesten opschudden.'

'Dat klinkt wel naar mij, ja.'

Zo klinkt het niet. Wanneer hij twijfelt, bombardeer ik hem met nog meer goed ingestudeerde woorden. 'Ze verwachten je direct na de uitzending, maar ik kan het afzeggen als je dat wilt, ik verzin wel een smoesje.'

'Nee, nee. Ik geloof dat ik me het weer herinner. Gaat Madeline ook mee?'

'Nee, je gaat alleen.' Hij fronst. 'Dan kunnen de gasten vrijuit praten over wat zij denken dat werkt of niet werkt.' Dat stukje had ik niet geoefend, maar de woorden komen als vanzelf en doen hun werk.

'Oké, dat klinkt wel logisch. Ik heb om drie uur een afspraak bij de fysiotherapeut, dus ik moet meteen erna weg.'

'Komt in orde, baas.'

'Onze gasten van deze *Coffee Morning* zijn Jane Williams, redacteur bij *Savoir-Faire*, het meest verkochte vrouwenmaandblad in het Verenigd Koninkrijk, en schrijfster en presentatrice Louise Ford. We gaan het hebben over vrouwen van vijftig in de mediawereld,' zegt Madeline voor ze een slokje water neemt. Eindelijk wekt ze een keer de indruk net zo weinig op haar gemak te zijn als ik altijd ben. Onder tafel druk ik zo hard ik kan mijn nagels in mijn knieën; de pijn werkt voldoende remmend om te voorkomen dat ik de kleine, donkere ruimte uit ren.

Gisteravond heb ik, terwijl Paul voor het naar bed gaan nog even een douche nam, in vijf minuten een nep-Twitter-account aangemaakt. Ik postte een paar kattenfoto's die ik van het net had geplukt en toen ik vanochtend wakker werd waren er al meer dan honderd volgers. Ik heb een hekel aan katten. En van sociale media begrijp ik ook niet veel. Ik bedoel, ik snap het wel, ik begrijp alleen niet waarom zoveel mensen er zoveel tijd aan spenderen. Het is niet echt. Het is niet meer dan ruis. Maar nu ben ik er blij mee. *Stapt Made-*

line Frost op bij Coffee Morning is al zevenentachtig keer geretweet sinds ik het twintig minuten geleden heb geplaatst en de #FrostBijtInHetStof-hashtag blijkt erg populair. Dat laatste was een idee van Jo.

De make-up die ik normaal nooit op heb ligt zwaar op mijn huid. Mijn rode lippenstift past bij mijn nieuwe jurk, en mijn met zorg uitgezochte pantser geeft me een veilig gevoel. Het beschermende masker verbergt mijn littekens en sust mijn geweten. Ik doe alleen maar wat ik moet doen om te overleven. Ik merk dat ik uit mijn rol begin te vallen en staar omlaag, naar mijn rode vingers. Het lijkt wel alsof ik bloed, maar dan besef ik dat ik aan mijn rood gestifte lippen heb zitten pulken.

Ik ga op mijn handen zitten om ze even niet te hoeven zien. Ik moet mijn kalmte bewaren, anders lukt het me nooit. Ik merk dat ik op mijn onderlip zit te kauwen, dat mijn tanden verdergaan op het punt waar mijn vingers waren gebleven. Ik houd ermee op en richt al mijn aandacht op Madelines halflege glas. Het gesis en gebubbel van het bruiswater dat erin zit lijkt luider te worden wanneer mijn ogen het geluid naar mijn oren vertalen. Ik stel mijn gehoor weer scherp op het geluid van haar stem en probeer me te focussen.

Ik glimlach naar de studiogasten die met ons om de tafel zitten. Fijn dat ze op zo'n korte termijn tijd voor ons konden vrijmaken. Ik bestudeer hun gezichten, terwijl ze door elkaar heen zitten te praten, ze zijn allemaal gekomen om dezelfde verkeerde reden: zelfpromotie. Ieder van ons heeft een eigen motivatie om hier vandaag te zitten. Als je ons zou afpellen tot op onze zuiverste bedoelingen, dan zou de laagste gemene deler uitkomen op: willen dat er naar je wordt geluisterd, de behoefte hebben om boven de ruis van het moderne leven uit te komen. Voor deze ene keer wil ik niet degene zijn die de vragen stelt. Luisterde er maar eens iemand naar mijn antwoorden, vertelde iemand me maar eens of mijn versie van de waarheid nog klopt. Soms moet je iets slechts doen om iets goeds te bereiken, maar zo is het leven.

De glimlach die mijn gezicht oprekt begint pijn te doen. Mijn poging een blij personage te vertolken is effectief maar uitputtend, ik merk dat ik herhaaldelijk naar de klok aan de muur kijk. De tijd die ik nog heb glipt me door de vingers, maar hier in deze ruimte is hij vertraagd, houdt hij me gevangen in besloten minuten. Telkens als mijn ogen het meelezen van het script moe zijn, blikken ze omhoog naar de klok en word ik gehypnotiseerd door de grote wijzer die in afgemeten stapjes tot in de vergetelheid zijn rondjes voltooit. Een tikkend geluid, dat ik vóór vandaag nooit heb gehoord, neemt in sterkte toe tot ik bijna niet meer kan verstaan wat de gasten zeggen. Ik zie de gezichten van het team achter de ruit, het lijkt wel of ze allemaal naar me staren. Ik zoek Jo, maar ze is er niet. Ik ben weer velletjes van mijn lip aan het pulken. Geërgerd door mijn gebrek aan zelfbeheersing veeg ik mijn lippenstiftvingers af aan mijn jurk. Rood op rood. Ik moet beter mijn best doen om niet mezelf te zijn.

Als de uitzending eindelijk is afgerond, zie ik tot mijn genoegen dat Madeline zich weer terugtrekt in haar kantoortje, en ik weet precies wat haar daar wacht. Ik bedank de gasten – iemand moet het doen – en laat ze verder over aan Matthew, die zijn jas al aanheeft en klaarstaat om ze mee uit lunchen te nemen. Ik wip het toilet in om te controleren of mijn masker nog goed zit. Ik tref Madelines huidige persoonlijk assistent, ze staart in de spiegel. Ze ziet er vermoeid uit en achter haar ogen schemert een droefheid die me het gevoel geeft haar te willen redden. Ik glimlach en ik krijg een halfhartig glimlachje terug. Een van haar vele taken bestaat eruit elke ochtend Madelines post door te nemen, want Madeline heeft het te druk en is te belangrijk om alles zelf te lezen. Alles ligt altijd keurig opgestapeld klaar: persberichten, uitnodigingen, allerlei losse dingen, dat is het zo'n beetje. Ze krijgt meer post dan de rest van het team bij elkaar, mezelf meegerekend. En dan heb je de fanmail nog. Die wordt op haar bureau gelegd voor na de uitzending. Zodra we uit de lucht zijn neemt ze alle post die persoonlijk lijkt zelf door, en op de brieven die ze een antwoord waardig acht plakt ze een klein rood stickertje. Ze bewaart de brieven niet. Ze inhaleert de bewondering, en ademt arrogantie uit: haar eigen, voor haar op maat gesneden fotosynthese. De brieven met de rode stickertjes krijgen een gesigneerde foto van Madeline. Ze schrijft de antwoorden niet zelf, ze zet niet eens zelf haar handtekening op de foto's. Dat mag haar PA ook doen. Ik observeer hoe ze haar make-up bijwerkt en vraag me af hoe ze zich voelt, hoe het is om zich elke dag opnieuw voor te doen als iemand die ze niet is.

Ik begeef me naar de meeting room en wacht met de anderen op de debriefing. Jo knikt me toe als ik plaatsneem, Project Madeline loopt tot nu toe volgens plan. Er is een zacht geroezemoes ontstaan over het online gerucht van Madelines vertrek, en het doet me goed te horen dat het zich verspreidt. Leugens kunnen waar lijken als je ze vaak genoeg herhaalt. Het verhitte geroddel dooft uit op het moment dat Madeline binnenkomt. Ze slaat de glazen deur achter zich dicht en gaat aan de tafel zitten. Ik neem aan dat ze de tweets ook heeft gezien. Het lukt haar nog steeds niet haar eigen scripts te printen, maar twitteren kan ze wel. Ik weet dat ze na afloop van elke uitzending haar account checkt om zich ervan te vergewissen dat haar vijftigduizend 'volgers' haar nog steeds adoreren. De ontdekking dat ze om heel verkeerde redenen trending is zal niet goed zijn gevallen.

'Waar is mijn koffie?' blaft ze tegen niemand in het bijzonder. Het gezicht van haar PA wordt vuurrood.

‘Die staat daar,’ zegt ze en ze wijst naar de dampende mok op het bureau.

‘Dat is mijn koffiemok niet. Hoe vaak moet ik je dat nog zeggen?’

‘Die van jou staat in de vaatwasser.’

‘Was hem dan af. Met de hand. Waar is Matthew?’

Ik staar haar aan, deze succesvolle, kolossale vrouw, en vraag me af waar al die woede vandaan komt. Ik weet dingen over Madeline, dingen die ik niet hoor te weten en waarvan zij ook zeker niet zou willen dat ik ze weet, maar dat is nog geen verklaring voor al die haat. Ik schraap mijn keel en bal mijn handen onder tafel tot een vuist. Nu komt mijn tekst.

‘Matthew is met Jane en Louise gaan lunchen om wat zaken te bespreken,’ zeg ik.

‘Wat? Waarom dat?’ vraagt Madeline.

‘Ik weet het niet precies. Hij zei dat hij vandaag niet meer terug zou komen.’

Er valt een stilte. In Madelines al zwaar gerimpelde gezicht, dat naar het tafelblad staart, verschijnt een kleine frons.

‘Goed, nou, misschien kan iemand anders me dan vertellen waar het idee van “Vrouwen van vijftig” vandaan kwam? Het kwam me vanmorgen nogal rauw op m’n dak vallen.’

Ik laat de anderen het woord doen en leun achterover om mijn vijand te observeren. Haar donkere montuur balanceert op het puntje van haar wipneus en haar dode ogen spieden in het rond.

Baa, baa, black sheep, have you any wool?

Haar lange heksennagels trommelen ongeduldig op haar notitieboek en ik zie iets tussen de witte bladzijdes uitsteken: de scherpe rand van een rode envelop. Ze heeft hem dus gelezen. Mooi zo.

Dat was Stap Eén.

Vroeger

Donderdag 24 oktober 1991

Lief dagboek,

Taylor, het meisje naast wie ik zit op school, wil vriendinnen met me worden. Ze heeft het niet gezegd, maar ik merk het gewoon. Dat vind ik lastig. Ze is best aardig. Ik geloof dat ze niet erg populair is, maar dat boeit me niet. Populair zijn is heus niet zo leuk als het lijkt, iedereen verwacht dan van alles van je. Je kunt veel beter opgaan in de menigte, want als je dan een keer uit de schaduw stapt zien ze je tenminste.

Een van de populaire meisjes deed gemeen tegen Taylor in de kleedkamer voor we gingen hockeyen. Kelly O'Neill, die altijd bruin is omdat ze heel vaak met haar ouders op vakantie gaat, is niet aardig. Ze zei dat Taylor zo plat als een dubbeltje was, heel dom, want we zijn allemaal zo plat als een dubbeltje – we zijn pas tien. Iedereen lachte, niet omdat het zo grappig was, maar omdat ze bang zijn voor Kelly, en dat is ook heel dom. Ze is gewoon een strontverwende trut. Taylor werd knalrood, maar ze hield zich kranig en knipperde haar tranen weg. Omoe zei altijd dat tranen giftig kunnen worden als je ze niet laat lopen. Mama zegt dat alleen baby's huilen en dat het een teken van zwakte is. Het zal wel aan het soort tranen liggen, denk ik, want zij huilt om de haverklap.

Er zijn drie dingen waarom ik de laatste tijd heb gehuild, toen niemand het zag.

1. Omdat omoe dood is.
2. Omdat er inkt uit mijn vulpen is gelekt op de bladzijdes van *Onder moeders vleugels*.
3. Omdat ik zonder eten naar bed ben gestuurd en ik zo'n erge buikpijn kreeg dat ik er niet van kon slapen.

Het hockeyen was koud en saai. Halverwege de wedstrijd begon het te regenen maar we speelden gewoon door. De gymjuf zei dat er nog nooit iemand gesmolten was van een beetje regen. Ze zag eruit alsof ze zelf ook wel wat beweging kon gebruiken. Ze zei dat er kale plekken in de grasmat zaten door het vele gebruik en het matige onderhoud, dus ik probeerde om de kale plekken heen te lopen, om ze te ontzien. Ik rende achter de bal aan en gleed uit op het natte gras. Ik strekte mijn armen om mezelf op te vangen en liet mijn stick los. Pas toen ik overeind kwam zag ik wat er was gebeurd. Mijn stick was door de lucht gezwiept en in Kelly O'Neills gezicht gevlogen. Ze had een bloedneus en zo. Het gebeurde per ongeluk, dus ik voelde me er niet echt rot over. Omoe zei altijd dat toeval niet bestaat, dat iets altijd om een reden gebeurt. Ik weet niet wat ik daarvan moet denken. Soms gebeuren er dingen die je niet zo had bedoeld, en dat niemand je gelooft betekent nog niet dat je het opzettelijk hebt gedaan.
Ik hoorde net een bord kapot kletteren beneden. Ik heb een poosje op de overloop staan luisteren. Papa schreeuwde dat hij het bijna tegen zijn hoofd had gekregen. Borden vliegen meestal niet uit zichzelf door de lucht, dus zal mama het wel naar hem hebben gegooid. Er is een land dat Griekenland heet, waar ze voor de lol borden kapotgooien. Dat hoorde ik Kelly O'Neill in de kleedkamer vertellen voor we gingen hockeyen. Zij is op vakantie geweest in Griekenland. Twee keer. Ik ben nog nooit in het buitenland geweest, maar wel in Brighton. We zijn er een weekendje geweest, mama, papa en ik. Ik geloof dat ze toen gelukkig waren. Nu zijn ze niet gelukkig, zeker weten. Ik weet niet meer hoe papa eruitziet

als hij lacht. Mama kijkt altijd verdrietig en is dikker dan vroeger. Ze draagt tegenwoordig een legging met een elastische taille-band in plaats van jeans. Misschien is papa daarom de hele tijd zo boos. Ik hoorde hem zeggen dat ze zichzelf te veel liet gaan, wat betekent dat je er niet meer zo goed uitziet als vroeger en onaantrekkelijk bent. Ik heb mijn slaapkamerdeur dichtgedaan, maar ik hoor ze nog steeds. Ik heb omoes deurstopper mee naar bed genomen, hij stond daar toch maar te staan. Hij voelt prettig aan, hij is van zwaar bruin metaal en heeft de vorm van een rood-borstje. Omoe was er erg dol op, en ik nu ook. Het allerfijnste van een vogel zijn is dat je altijd kunt wegvliegen. Deze kan dat niet, hij moet hier blijven, bij mij, in onze kamer. Hij kan niet vliegen of zingen of een nestje voor zichzelf bouwen ergens ver weg van hier. Maar ik weet zeker dat hij dat zou doen als het kon.
Ik ga heel hard nadenken of ik Taylor als vriendin wil. Omoe zei altijd dat het goed is om ergens een nachtje over te slapen, wat betekent dat als je bij het slapengaan nadenkt over dingen die je een beetje moeilijk vindt, je erover gaat dromen en dan hopelijk wakker wordt met het juiste antwoord in je hoofd. Ik ben mijn dromen meestal meteen kwijt zodra ik wakker word, en ze heb-ben me nog nooit ergens antwoord op gegeven.

Eerder

Dinsdag 20 december 2016 – middag

Ik ga vroeg naar huis in de hoop Paul daar aan te treffen, maar hij is er niet. Ik neem aan dat hij een eindje is gaan lopen. Dat doet hij vaak, hij zegt dat het hem helpt als de woorden niet willen komen. De woorden willen niet meer zo hard komen de laatste tijd, ik denk dat zijn wereld akelig stil aan het worden is. In huis is het ook stil en ik loop een beetje doelloos rond. Ik trek de koelkast open en staar veel langer dan nodig naar de inhoud – er ligt bijna niets in. Ik pak een blikje frisdrank en ga aan de keukentafel zitten, met mijn gezicht naar de tuin. De onbewolkte hemel is helderblauw, het gras is groen, alleen de kale bomen en de kou in de lucht verraden dat het geen zomerdag is. Hoe anders dan vorige week toen ik een avond alleen thuis was – Paul was weer eens weg, research aan het doen – en ik ervan overtuigd was dat er iemand in het donker om ons huis liep die binnen probeerde te komen. Ik zweer dat ik voetstappen heb gehoord, dat er iemand aan de achterdeur zat te rommelen. Paul denkt dat ik het heb gedroomd. Ik schud de gedachte van me af.

Het blikje zegt *pst* als ik het lipje met mijn nagel opentrek, alsof het me een geheim wil verklappen. Ik neem een slokje. Het is zo koud dat het pijn aan mijn tanden doet, maar het getintel op mijn tong voelt lekker. Ik richt mijn blik weer op de tuin en zie een roodborstje op een paaltje zitten. Ik kijk het vogeltje aan, het lijkt mij ook aan te kijken. Het gebeurt ongelooflijk snel. Een wirwar van veren komt razendsnel en doelgericht op me af, maar de vlucht van het diertje wordt gebroken door de schuifpui. Ik schrik me kapot van de doffe klap en stoot daarbij mijn blikje om. Het kleine lijfje van het roodborstje ketst terug, bijna in slow motion, en landt op het gazon. Ik ren naar de schuifpui maar doe hem niet open. Van achter het glas staar ik naar het vogeltje dat op zijn rug ligt en met zijn vleugeltjes slaat alsof het nog vliegt terwijl zijn oogjes al gesloten zijn. Ik weet niet hoe lang de tijd stilstaat, hoe lang het diertje naar lucht hapt terwijl ik onwillekeurig mijn adem inhoud, maar uiteindelijk haalt de tijd de gebeurtenis in.

Het roodborstje beweegt niet meer, zijn vleugeltjes liggen langs zijn lijfje.

Het rode borstje daalt en verstilt.

Twee pootjes zakken in het vochtige gras.

Op de een of andere manier voel ik me verantwoordelijk, maar ik kan me er niet toe bewegen de deur te openen of naar buiten te gaan, ik voel me geborgen achter de glazen barrière. Ik ga op mijn knieën zitten en beweeg mijn gezicht omlaag, alsof ik zou kunnen zien hoe het leven via het snaveltje het vogellijfje verlaat. Ik herinner me dat een vriendin me ooit vertelde dat roodborstjes boodschappers van de doden zijn. Ik vraag me af wat voor boodschap het wilde brengen en voel dat de haartjes op mijn armen rechtovereind gaan staan.

Ik schrik op van getik tegen het glas, en als ik opkijk zie ik het gezicht van Claire. Ze heeft het vogeltje niet gezien, ook al staat ze er maar een paar passen vandaan. Ik sta op om open te doen en ze komt ongevraagd naar binnen, alsof het haar huis is. Zij heeft dit huis voor ons gevonden, ze zag het op het internet staan en regelde met de makelaar dat we het als eerste mochten bezichtigen. Ik vond het best, het is een fijn huis, maar iets uitzoeken en iets bezitten zijn verschillende dingen.

'Wat ben je aan het doen?' vraagt ze terwijl ze haar jas uittrekt. Zoals gewoonlijk ziet ze er tiptop uit. Haar kleren zijn schoon en gestreken alsof ze niet twee kleine kinderen heeft, en er zit geen haartje verkeerd. Ik vind het irritant dat ze altijd achterom komt om te kijken of ik thuis ben. Ieder ander zou aanbellen en zijn conclusies trekken als er niet open werd gedaan, maar Claire niet. Ze heeft al een paar maal om de sleutel gevraagd. Ik zeg steevast dat ik er een zal laten bijmaken, maar dat doe ik dus niet.

'Niets. Ik dacht dat ik iets zag.'

'Je bent vroeg thuis vandaag.'

'Het is wat rustiger dan normaal, vanwege kerst.'

'Is Paul er niet?' vraagt ze terwijl ze haar jas over een keukenstoel hangt en doet alsof ze thuis is.

'Zo te zien niet, hè?' De woorden zijn mijn mond nog niet uit of ik heb er al spijt van. Mijn toon is niet mis te verstaan, dat is hij nooit.

'Ik geloof dat ik je een beetje overval.' Ik knik. Ik voel me inderdaad overvallen.

'Wil je iets drinken?'

'Nee, dank je, ik kan niet lang blijven, ik moet de tweeling ophalen,' zegt ze terwijl ze aan tafel gaat zitten. Ik scheur een stuk keukenpapier van de rol om de gemorste frisdrank op te deppen voor ik tegenover haar plaatsneem, mijn stoel is nog warm van net. Als vanzelf kijk ik over haar schouder heen naar het dode vogeltje aan de andere kant van het glas.

'Ja?' vraag ik zonder dat ik het kortaf bedoel. Mijn gesprekken met Claire zijn anders dan de gesprekken die ik met andere mensen voer. Het is alsof je de radio aanzet en dan het liedje hoort dat je net in je hoofd had. Zoiets kun je niet van tevoren weten, maar toch wist je het. Zo is het ook met Claire.

'Nou ja, ik maak me zorgen om je. Dus wilde ik even met je praten,' zegt ze.

'Ik voel me prima.'

'Meen je dat? Zo zie je er niet uit. Je reageert niet op mijn telefoontjes.'

'Ik heb het druk gehad. Ik heb een fulltimebaan.' Ik bestudeer haar gezicht om tijd te rekken, terwijl mijn mond elk woord verwerpt dat mijn geest me ingeeft. Ze ziet er veel jonger uit dan ik, alsof haar gezicht sinds een paar jaar niet meer aan ouder worden doet. 'Ik ben gewoon moe, meer niet.' Kon ik maar vertellen wat er werkelijk aan de hand is, geheimen met haar delen zoals gewone zussen dat doen, hoewel ik niet zou weten waar ik moest beginnen. We hebben alles en niets gemeen en de woordenschat van onze moedertaal is ontoereikend.

'Herinner je je die jongen met wie ik in mijn laatste studiejaar iets had?' vraag ik. Ze schudt haar hoofd. Ze liegt en ik heb er meteen spijt van dat ik erover begonnen ben.

'Hoe heette hij?'

'Edward. Jij mocht hem niet. Niet dat dat je iets wijzer zal maken, jij vond niet een van mijn vriendjes leuk.'

'Ik vond Paul wel leuk,' zegt ze. Ik besteed geen aandacht aan de verleden tijd.

'Ik liep hem gisteren in Oxford Street tegen het lijf. Zal wel weer stom toeval zijn.'

'Ik geloof dat ik het weer weet. Lang, best knap, erg zelfverzekerd.'

'Ik geloof niet dat je hem ooit hebt ontmoet.'

'Stuur je ergens op aan? Je gaat toch niet zeggen dat je iets met hem begint, of wel?'

‘Nee. Ik ga niets met hem beginnen. Ik hou gewoon ons gesprek gaande.’

Ik staar een poosje naar het tafelblad in de hoop dat ze weggaat, maar dat doet ze niet.

‘Hoe gaat het met Paul?’

‘Dat weet jij beter dan ik, je hebt de laatste tijd meer tijd met hem doorgebracht dan ik.’ Ik sta verbaasd over mijn woordkeuze, die veel dapperder is dan ik me voel. Het terrein waarop we ons begeven is ons niet vertrouwd. Ik ben me ervan bewust dat ik opeens een taal spreek die zij niet verstaat en dat we voor het eerst misschien wel een tolk nodig hebben. Ze staat op en pakt haar jas van de rugleuning van de stoel. Ik doe niets om haar tegen te houden.

‘Ik kom duidelijk op een slecht moment, dus ik ga maar weer.’ Ze doet de keukendeur open en draait zich nog even om. ‘En je weet het, hè, ik woon om de hoek.’ Dan is ze weg.

Haar laatste woorden voelen meer als een bedreiging dan een geruststelling. Ik hoor haar langs het huis lopen. Het geluid van het knerpende grind sterft langzaam weg en dan slaat het tuinhekje dicht.

Mijn gedachten keren terug naar het roodborstje. Heel even denk ik dat het weer tot leven gekomen en weggevlogen is, maar als ik dichter bij het raam kom, vindt mijn blik het bruine lijfje dat roerloos op een tapijt van groen ligt. Ik kan het daar niet laten liggen, gebroken en alleen. Ik doe de deur open en wacht een paar tellen voor ik naar buiten ga, behoedzaam, om dat wat me stoort niet te verstoren. Het duurt even voor ik genoeg moed heb verzameld om te bukken en het vogeltje op te rapen. Het is lichter dan ik had verwacht, alsof het uit louter lucht en veren bestaat. De plof waarmee het kleine lijfje op de bodem van de vuilnisbak landt is een echo van de doffe klap tegen het raam en het lukt me niet het schuldgevoel dat me bekruipt van me af te schudden. Ik ga weer naar binnen en was mijn handen. Driemaal schrob ik mijn huid met zeep onder de gloeiend hete waterstraal. Als ik ze heb afgedroogd, draai ik de kraan weer open en begin ik opnieuw, en ik ga er net zolang mee door tot er geen zeep meer over is. Na de laatste keer steek ik mijn handen onafgedroogd diep in mijn zakken en probeer ik ze te negeren. Het voelt raar om een leven weg te gooien alsof het afval is. Het ene moment was het er nog, het volgende niet meer, en dat allemaal door één verkeerde beslissing, één verkeerde afslag.

Nu

Woensdag 28 december 2016 – ochtend

Het wordt moeilijker om droom en werkelijkheid uit elkaar te houden en ik ben voor allebei bang. Zelfs wanneer ik wel terug kan halen in welke wereld ik ben, weet ik nog steeds niet op welk moment ik er ben. Het is ochtend geworden maar er is geen middag en ook geen avond meer. Ik ben aan de tijd ontsnapt en ik hoop maar dat de tijd me terugvindt. Hij heeft een eigen geur, de tijd. Net als een vertrouwde kamer. Wanneer je er niet meer over beschikt, snak je ernaar, honger en dorst je ernaar, realiseer je je dat je er alles voor overhebt om hem terug te krijgen. Tot je hem terug hebt, steel je gestolen seconden en slok je verkeerd gebruikte minuten op en plak je de hele boel aan elkaar om een breekbare keten van geleende tijd te maken, waar hopelijk rek in zit. Hopelijk is hij lang genoeg om de volgende bladzijde te halen. Als er een volgende bladzijde is.

Ik ruik mijn kwijtgeraakte tijd. En nog iets. Ik ben al een poosje alleen. Paul is niet teruggekomen en er is niemand meer in mijn kamer geweest sinds ik de seconden ben gaan tellen. Bij zevenduizend ben ik gestopt, wat betekent dat ik al ruim twee uur in mijn eigen vuil lig.

De stemmen keren telkens terug en maken me wakker uit een droom in een droom. Ze beginnen me vertrouwd in de oren te klinken. Het zijn elke keer dezelfde verpleegsters die mijn kamer binnenkomen, controleren of ik nog adem en slaap, en me dan weer alleen laten met mijn angsten en gedachten. Dat is niet fair van me, ze doen meer dan dat. Ze draaien me, ik weet niet waarom. Op dit moment lig ik op mijn linkerzij, de kant waarop ik het liefst sliep toen ik zelf nog kon kiezen. Een keuze hebben is iets van vroeger. De meeste poep zit aan de binnenkant van mijn linkerdijbeen. Ik kan het voelen en ruiken. Omdat mijn mond open wordt gehouden kan ik het bijna proeven en die gedachte is om van te kokhalzen, maar ook dat is iets wat ik niet kan. Ik ben zo gewend aan het slangetje in mijn keel dat ik hem haast niet meer voel zitten. Ik stel mezelf voor als een nieuw bedacht monster uit *Doctor Who*, deels vrouw, deels machine, huid en botten verstrengeld met slangetjes en snoeren. Ik wil dat ze me wassen voor Paul terugkomt. Als hij terugkomt. De deur gaat open en ik denk: daar is hij, maar de White Musk die ik ruik zegt me dat ik het mis heb.

'Morgen, Amber, hoe voelen we ons vandaag?'

Nou, laat ik eens kijken: ik voel me shit, ik zit onder de shit, ik stink naar shit.

Waarom blijven ze toch tegen me praten? Ze weten dat ik geen antwoord kan geven en ze geloven heus niet dat ik ze kan horen.

'O jee, is niet erg, we gaan ervoor zorgen dat je er snel weer fris bij ligt.'

Dank je wel.

Ze wassen me met zijn tweeën. Ze hebben zich niet voorgesteld, en omdat ik dus niet weet hoe ze heten heb ik ze zelf maar een naam gegeven. Zuster Noord heeft een accent dat uit Yorkshire lijkt te komen. Ze heeft de gewoonte zachtjes in zichzelf te praten als ze bezig is, maar ook dan nog is haar accent vrij duidelijk. Haar handen voelen ruw en kwijten zich rap van hun taak. Ze boent mijn huid alsof ik een aangekoekte pan ben en ze klinkt permanent vermoeid. Vandaag wordt ze vergezeld door Twee Pakjes Per Dag, de naam zegt het al. Ze heeft een hese, lage stem en klinkt alsof ze boos is op de hele wereld. Wanneer ze dicht bij me staat, ruik ik de nicotine in haar vingers, proef ik hem in haar adem, hoor ik hem in haar longen. Terwijl ze me wassen luister ik naar het geritsel van hun plastic schorten, naar het klotsen van het water in de waskom, ruik ik de zeep, voel ik hun gehandschoende handen op mijn huid.

Als ze klaar zijn, draaien ze me op mijn rechterzij. Ik lig niet graag op mijn rechterzij, het voelt onnatuurlijk. Een van hen borstelt mijn haar, ze houdt het vlak bij mijn hoofdhuid vast, als een soort schokbreker voor de borstel. Ze wil voorkomen dat ik nog meer pijn moet lijden dan ik al doe. Het doet me denken aan mijn oma, die toen ik klein was vaak mijn haren borstelde. Zuster Noord maakt de binnenkant van mijn mond schoon met iets wat aanvoelt als een sponsje en dan smeert ze een beetje vaseline op mijn lippen, die droog en pijnlijk zijn. De geur laat mijn hersens denken dat ik het kan proeven. De ene keer zegt ze wat ze gaat doen, de andere keer vergeet ze het. Wat ik het liefst zou willen is wat water, maar dat geeft ze me niet. Ik weet niet hoe lang ik hier al zo lig, maar het voelt al bijna normaal. Grappig hoe snel je je aanpast. Er flakkert weer een herinnering op, aan mijn oma, toen ze op sterven lag. Ik vraag me af of zij ook dorst had. *The wheels on the bus go round and round.*

Een poosje later, ik weet niet hoeveel later, komt hij binnen. Zijn stem knalt door de muur die ik om me heen heb opgetrokken.

'Ze hebben me laten gaan, voorlopig, maar ik weet dat ze denken dat ik je iets heb aangedaan, Amber. Je moet wakker worden,' zegt hij.

Ik vraag me af waarom hij me niet eerst begroet voor hij eisen gaat stellen. Maar dan bedenk ik dat ik hem niet heb horen binnenkomen, misschien is hij er al even, misschien heeft hij al meer gezegd of heb ik gewoon niet geluisterd. Hij klinkt als een slechte imitatie van zichzelf. Ik kan zijn toon niet goed plaatsen en dat voelt verkeerd, ik ben per slot van rekening zijn vrouw. Ik zou het verschil tussen kwaad en angstig toch moeten kunnen horen. Maar misschien is dat het juist, misschien is dat hetzelfde.

Ik herinner me dat hij is meegegaan naar het politiebureau. Hij zegt er niets over, hoe graag ik dat ook zou willen. Wat hij wel doet is voorlezen uit de krant, hij zegt dat dat volgens de dokter kan helpen. Hij leest alleen maar trieste dingen voor en ik vraag me af of hij de vrolijke stukken overslaat of dat er misschien niets vrolijks meer in de krant staat. Vervolgens zegt hij helemaal niets meer, en ik neem hem elk woord dat hij niet zegt kwalijk. Ik wil dat hij me alles vertelt wat er met hem is gebeurd vanaf het moment dat hij is weggegaan. Ik moet het weten. De tijd heeft mij achter zich gelaten, en ik kan mijn achterstand niet inlopen. Ik hoor dat Paul opstaat en ik probeer de leemtes zelf in te vullen. De politie kan hem niet hebben gearresteerd, anders was hij hier niet geweest, maar toch klopt er iets niet. Hij is er nog, maar het geluid is weggevallen. In mijn verbeelding zie ik hem naar me staren en ik ben me ervan bewust hoe ik erbij lig. Het lijkt wel of ik hem alleen maar kan teleurstellen.

Ik begin weg te drijven als ik geen houvast meer heb. De stemmen in mijn hoofd klinken luider dan de stilte in de kamer. Mijn eigen stem klinkt het hardst, hij herinnert me constant aan alles wat ik heb gezegd en gedaan, aan alles wat ik niet heb gezegd en gedaan, aan alles wat ik had moeten zeggen en doen. Ik voel het aankomen. Je ziet altijd rimpelingen in het water voorafgaand aan een hoge golf. Ik heb geleerd om me gewoon mee te laten nemen, het is veel gemakkelijker om je over te geven en de golf te laten bepalen waar je aanspoelt. Ik vrees dat er ooit een dag komt waarop het donkere water me voorgoed zal verzwelgen, eens zal het me niet meer lukken om weer boven te komen. Het licht is aan of uit. Mensen zijn up of down. Als ik down ben, is het al moeilijk genoeg om weer uit de put te komen, en zo diep als nu ben ik nog nooit gevallen. Zelfs al zou ik de weg naar mijn normale zelf terug kunnen vinden, denk ik niet dat ik mezelf nog zou herkennen.

'Wist ik maar of je me kon horen,' zegt Paul.

Ik voel me duizelig, en als ik mijn oren op zijn woorden probeer af te stemmen, klinken ze krakerig en vervormd. Zijn toon krijgt iets agressiefs en als hij opstaat hoor ik de poten van zijn stoel over de grond schrapen. Als een waarschuwing. Hij buigt zich over me heen, zijn gezicht is heel dichtbij en bestudeert het mijne, alsof hij denkt dat ik toneelspeel.

En dan voel ik grote handen om mijn nek klemmen.

Het is een vreemde sensatie die nog geen tel duurt en ik weet onmiddellijk dat wat ik voelde niet echt is, niet echt kan zijn. Misschien is het een duistere flits van een herinnering die ik liever kwijt zou zijn, maar ook dat slaat nergens op, Paul zou zoiets nooit doen. Ik probeer te snappen wat ik net voelde maar ik weet niet meer wat echt is. Paul ijsbeert door de kamer. Hield hij daar maar mee op. De inspanning die het me kost om het geluid van zijn geijsbeer te volgen put me volledig uit. Ik wil niet bang zijn voor mijn man, maar hij is zichzelf niet en deze versie is me vreemd.

Claire komt binnen, maar mijn kortstondige gevoel van opluchting gaat meteen kopje-onder in een golf van verwarring. Ik verwacht dat ze weer gaan ruziemaken, maar dat doen ze niet. Ik denk dat hij nu wel weg zal gaan, maar dat doet hij niet.

And when she was up, she was up.

Ze zijn naar een andere modus geschakeld.

And when she was down, she was down.

Het klinkt alsof ze elkaar omhelzen. Ik schakel mijn hoop dat ze aan hem vraagt hoe het op het politiebureau was uit. Uit wat ze zeggen maak ik op dat ze dat al weet.

And when she was only halfway up...

De verwikkelingen nemen toe en worden zonder mij buiten deze kamer vervolgd.

She was neither up, nor down.

Ik ben jaloers op wat Claire weet. Ik ben jaloers op alles.

Toen mama en papa met Claire thuiskwamen, deed ze niets anders dan huilen. Ze had al hun aandacht nodig en gedroeg zich op een manier die vereiste dat ons leven om het hare draaide. Mama en papa hoorden míj niet huilen 's nachts, voor mij hadden ze geen oog meer. Ik werd de onzichtbare dochter. Haar gekrijs midden in de nacht maakte ons allemaal wakker, maar mama was degene die opstond en bij haar ging zitten. Want het was vooral mama geweest die Claire had willen hebben. Ik was niet genoeg voor haar, zoveel is me nu wel duidelijk. In plaats van met zijn drieën waren we voortaan met zijn vieren, ook al konden we ons dat niet echt veroorloven. Er was te weinig liefde om van rond te komen.

Eerder

Dinsdag 20 december 2016 – avond

Ik heb inkopen gedaan. Etenswaren deze keer. Ik ruim de diepvriesproducten als eerste op, dan alles wat de koelkast in moet, en dan de rest. Ondertussen reorganiseer ik de boel zodat alles komt te staan waar het hoort te staan. De provisiekast inruimen is het meeste werk. Ik haal alles eruit, elk blikje, elke pot en fles. Ik neem alle planken af en richt ze opnieuw in, waarbij ik alles zorgvuldig op grootte sorteer en de etiketten naar voren draai. Als ik klaar ben is het donker buiten. Ik zie licht branden in het schuurtje achter in de tuin, wat betekent dat Paul nog zit te schrijven. Misschien is hij uit zijn dal geklommen. Ik zet snel een fles cava in de koelkast: het was een kleine zege die ik vandaag op mijn werk heb behaald, maar wel een die gevierd mag worden. Project Madeline is beslist goed van start gegaan. Ik zie dat er een halflege fles witte wijn in de koelkastdeur staat, die er voor zover ik weet eerder niet stond. Ik drink geen witte wijn en Paul ook niet. Misschien had hij het nodig voor een recept. Ik haal de storende fles eruit, schenk mezelf een glas in en begin aan het eten. Het smaakt naar kattenpis, maar ik heb dorst dus drink ik het maar op.

Als het eten bijna klaar is, dek ik de tafel in de eetkamer, waar we zelden zitten. Ik zet muziek op en steek een paar kaarsen aan. Het enige wat nog ontbreekt is mijn echtgenoot.

Hij wordt niet graag gestoord als hij schrijft, maar het is al na achten en ik wil nog een beetje avond met hem hebben. Hij zal het niet erg vinden als hij hoort dat hij lamsvlees krijgt, zijn lievelingseten. Ik loop naar buiten, de tuin in. De kou voelt als een klap in mijn gezicht. In het gazon zitten gladde gedeeltes en ik zie amper waar ik loop, ook al word ik bijgelicht door een flauw schijnsel dat door het schuurraampje valt.

'Goedenavond, *writer in residence*,' zeg ik op een malle, lage toon als ik de deur open. Mijn glimlach is gauw verdwenen als ik zie dat er niemand in de schuur is. Ik blijf even staan en kijk in het rond alsof Paul zich heeft verstopt, en tuur dan de donkere tuin weer in, alsof ik verwacht dat hij opeens 'boe' roepend achter een struik vandaan zal springen.

'Paul?' Ik weet niet waarom ik hem roep als mijn ogen me al hebben verteld dat hij er echt niet is. Ik voel paniek opkomen, het grijpt me bij de keel. Hij is ook niet binnen in huis, anders had ik hem vast gezien of gehoord, want ik ben al een paar uur thuis. Mijn man, die er altijd is, is weg en ik had het zo druk met mezelf dat ik niet eens gemerkt heb dat hij er niet was. Ik moet oppassen dat ik niet doorsla in mijn paniek. Ik ben behept met een te levendige verbeelding en heb altijd de neiging het ergste te vrezen, in wat voor situatie dan ook. Er is vast een simpele verklaring voor Pauls afwezigheid, maar de stemmen in mijn hoofd zijn minder optimistisch. Ik ren glibberend over het modderige gras naar het huis terug.

Weer binnen roep ik hem nog een keer. Niets. Ik bel zijn mobiel. Boven hoor ik een zacht rinkelend geluid. Ik slaak een zucht van verlichting als ik besef dat het uit onze slaapkamer komt. Misschien is hij een dutje aan het doen, of voelde hij zich niet zo lekker. Ik hol de trap op en duw de slaapkamerdeur open, lachend om mijn eigen idiote paniek. Het bed is opgemaakt en hij ligt er niet in. Hij maakt het bed nooit op. Uit het veld geslagen toets ik zijn nummer nog een keer in. Ik hoor de bekende ringtone, ik ben in de goede kamer, maar het geluid komt uit de gesloten garderobekast. Mijn hand trilt licht als ik de deurknop vastpak. Ik zeg tegen mezelf dat ik me aanstel, er is vast een volkomen normale verklaring voor dit alles – Paul staat niet tussen de kleren, we zijn geen kinderen die verstoppertje spelen en dit is geen griezelfilm met een verborgen lijk in de kast. Ik draai aan de knop en maak zijn hangkast open. Niets. Ik toets zijn nummer weer in en zie het toestel oplichten in de zak van zijn lievelingscolbertje. Het mysterie van de zoekgeraakte telefoon is opgelost, maar dat van de zoekgeraakte echtgenoot nog niet. Ik zie een duur ogend roze cadeautasje staan dat gedeeltelijk schuilgaat achter de jeans en katoenen shirts die Paul zijn 'schrijfkleren' noemt. Ik haal het uit de kast, kijk erin en trek voorzichtig het vloeipapier opzij. Het zwarte satijn met kant voelt vreemd, als iets wat ik vroeger droeg. Een kerstcadeautje voor mij misschien. Niet van het soort dat hij gewoonlijk koopt. De beha lijkt aan de kleine kant en ik bekijk het labeltje. Het is de verkeerde maat, ik hoop dat hij de bon nog heeft.

Verward loop ik naar beneden, waar ik controleer of het gas uit is. Midden in mijn ritueel valt mijn oog op de halflege fles witte wijn en gaat me een licht op. Het is een wijn die Claire graag drinkt. Zij is hier geweest.

Ik sla mijn hand voor mijn mond, ren naar de gootsteen en geef over. Als er niets meer komt, spuug ik het laatste beetje uit, draai de kraan open en veeg met een theedoek mijn gezicht schoon. Ik controleer driemaal het gas en pak dan mijn tas, terwijl ik haastig de inhoud controleer. 'Telefoon. Portemonnee. Sleutels,' zeg ik nadrukkelijk als mijn blik hun aanwezigheid bevestigt, alsof iets alleen maar echt is als je het hardop zegt. Ik begeef me naar de voordeur, maar houd in de gang even halt om mijn tas weer open te doen.

'Telefoon... Portemonnee... Sleutels,' zeg ik, iets langzamer nu, terwijl ik mijn ogen net zolang op elk item laat rusten tot ik geloof dat het er ook echt in zit. Evengoed controleer ik mijn tas nog een keer voor ik de deur achter me dichttrek.

Claire woont iets meer dan een kilometer verderop. Het is niet ver lopen, maar ik had een jas aan moeten doen, het is bitter koud. Ik houd me warm door mijn armen om mijn bovenlichaam te slaan en ik stap stevig door, blik op het trottoir gericht. Wanneer ik een rijtje huizen passeer die er allemaal hetzelfde uitzien ruik ik een vage gaslucht, die via mijn neusgaten mijn keel in kruipt, wat me een misselijk gevoel geeft. Ik zet er flink de pas in. Claire woont al heel lang in deze straat. Het huis is nu van hen, met de garage ernaast, waar David werkt. Ik ken de straat zo goed dat ik met mijn ogen dicht naar haar voordeur zou kunnen lopen. Maar dat doe ik niet. Ik houd mijn ogen open, en het eerste wat ik zie is Pauls auto. Het kan niet missen. Een tweedehands groene MG Midget uit 1978, met veel liefde in zijn naar verluidt oude glorie hersteld. Hij heeft hem gekocht van het voorschot op zijn eerste roman en hij houdt bijna net zoveel van dat ding als ik het haat.

Ik loop de oprit op met een benauwd gevoel, een beetje alsof ik al gestopt ben met ademhalen. Ik heb een sleutel van Claires huis in mijn handtas, maar het voelt niet goed om zomaar naar binnen te gaan. Ze heeft hem aan mij gegeven in de hoop er een van ons retour te krijgen. Mooi niet.

Ik blijf aan één stuk door op de bel drukken, want ik wil dit gedoe, wat het ook is, zo snel mogelijk achter de rug hebben. De kou doet pijn aan mijn handen en mijn adem maakt wolkjes. Binnen begint een kind te huilen en aan de andere kant van het matglas zie ik het wazige silhouet van een volwassene opdoemen. Claires man rukt de deur open en begroet me met een gezichtsuitdrukking die ik reserveer voor huis-aan-huisverkopers. Ik weet niet goed waarom we het niet met elkaar kunnen vinden. Niet omdat we niets gemeen hebben – we hebben Claire – dus misschien is het juist het tegenovergestelde.

'Hallo, Amber. Fijn dat je de tweeling wakker komt maken,' zegt hij zonder ook maar een zweem van een glimlach. Hij nodigt me niet uit om binnen te komen. Mijn zwager is een grote vent met weinig tijd of geduld. Hij loopt nog in zijn overall.

'Sorry, David. Ik dacht er niet bij na. Het klinkt misschien een beetje vreemd, maar is Paul soms hier?'

'Nee,' zegt hij. 'Had hij hier moeten zijn dan?' Hij ziet er vermoeid uit, met donkere wallen onder zijn ogen. Getrouwd zijn met mijn zus is hem niet in de koude kleren gaan zitten. Ze noemt hem David, en dat doen wij dus ook, maar verder noemt iedereen hem Dave.

'Zijn auto staat hier,' zeg ik. David tuurt naar de auto achter me, op het pleintje voor de garage.

'Klopt.' Daar blijft het bij, en als ik niet op zijn antwoord reageer wordt de rimpel tussen zijn wenkbrauwen dieper, alsof zijn gezicht zo doormidden kan splijten. Hij kijkt omlaag naar mijn voeten en ik volg zijn blik. Ik heb mijn pantoffels nog aan. Twee smoezelige velours hondenkoppen kijken me aan, hun geappliqueerde ogen staan zowel verbaasd als droevig. Gevonden op de kinderafdeling van de supermarkt, maar ze pasten me en ik vond ze leuk.

'Alles in orde met je?' vraagt hij.

Ik denk even na over deze vraag en geef hem het eerlijkste antwoord dat ik kan bedenken. 'Nee, niet zo. Ik geloof het niet. Ik wil Claire graag spreken. Is ze thuis?' Hij gaat wat rechter staan en lijkt van zijn stuk gebracht, tot er een lelijke trek op zijn gezicht verschijnt.

'Claire is de hele dag al weg. Ik dacht dat ze bij jou was.'

Vroeger

Woensdag 13 november 1991

Lief dagboek,
Ik ben al een hele maand tien en ik geloof niet echt dat een getal met twee cijfers nu zo anders voelt, ook al zei mama van wel. Er zijn nog steeds te veel dingen die ik niet mag, ik ben nog steeds best klein en ik mis omoe nog steeds, elke dag. Ik ben om heel veel redenen boos op mama, maar vooral om wat ze vanavond op de ouderavond heeft geflikt. Ze ging alleen, omdat papa moest overwerken. Mama zei dat hij daar misschien wel bleef slapen, hij werkt heel hard de laatste tijd. Omdat ze papa niet had om mee te praten begon ze tegen de andere ouders te kletsen. Toen ze thuiskwam, was ze helemaal hyper, niet vanwege mijn fantastische cijfers, zoals een normale moeder zou zijn, maar omdat ze Taylors moeder had gesproken en helemaal blij was dat ze had ontdekt dat ik 'zo'n leuke vriendin' had. Ze ging er eindeloos over door en vroeg de hele tijd waarom ik het nooit over Taylor had gehad. Ik zei dat ik er niet over wilde praten en toen bleef het een poosje stil tussen ons.
Toen mama doorhad dat ik geen zin had om te praten, stond ze op van tafel om een mojito voor zichzelf te maken. Ik weet niet wat erin zit, maar zij noemt het haar 'happy drink'. Ik kreeg een glas limonade met heel veel ijs en een plukje munt erop zodat mijn drankje op het hare leek. Toen ze even niet keek heb ik de munt eruit gevist. Daarna haalde ze kipkrokantjes en kringelfriet-

jes uit de vriezer, wat het allerlekkerste is wat ze voor me kan maken. Ze pakte de ketchup uit de kast en zette hem op zijn kop, en dekte de tafel met omoes mooiste borden, ook al waren we maar met zijn tweetjes. Omdat papa er toch niet was, haalde ze het kleine teeveetje uit de studeerkamer naar de keuken en keken we onder het eten naar *Coronation Street*, zodat we ook niet na hoefden te denken over wat we tegen elkaar zouden zeggen. Het was best oké, maar toen, na haar derde mojito (ik telde ze, maar alleen maar omdat het misschien de mojito's waren die haar zo dik maakten), verpestte ze alles.

'Ik heb een verrassing voor je, omdat je het zo goed doet op je nieuwe school,' zei ze. Haar ogen waren half dicht, dat is altijd zo als ze drinkt, wat maakt dat ze er zelfs midden op de dag uitziet of ze zomaar in slaap kan vallen. Ik vroeg of het een toetje was, maar ze zei nee en keek heel ernstig toen ze me vroeg of ik soms vergeten was wat de tandarts me had verteld over wat suiker met mijn tanden doet. Dat was ik niet vergeten, maar het boeide me niet zo. Omoe zorgde altijd dat er een toetje was. En niet uit een pakje, ze maakte het zelf. Chocoladetaart, cake met aardbeien en slagroom, *sticky toffee*-pudding, appelkruimeltaart met warme custard. En alles smaakte even heerlijk. Nu ik eraan denk: omoe had geen tand meer in haar mond, ze had een nepgebit dat 's nachts in een glas naast haar bed stond. Toch kies ik voor taart, zelfs al zouden al mijn tanden uit mijn mond vallen, net als bij omoe. Mama vroeg of ik wel luisterde, dat doet ze altijd als ik zo hard over iets zit na te denken dat ik niet meer hoor wat ze zegt. Ik knikte, maar ik zei niets want ik was nog steeds een beetje boos dat we geen toetje hadden, wat voor een dan ook. Toen lachte ze, met haar ogen nog steeds half dicht.

'Ik heb aan Taylors moeder gevraagd of Taylor volgende week een keer mocht komen spelen en blijven eten. En haar moeder zei: "Ja." Lijkt dat je niet leuk?' Ze dronk haar glas leeg, zette het terug op tafel en keek me aan met een vette, domme glimlach op haar

gezicht. 'We doen het op een avond dat je vader moet overwerken: meiden onder elkaar. Het wordt leuk, je zult het zien!' Ik was zo kwaad dat ik gewoon niet wist wat ik moest zeggen. Zonder te vragen of het mocht stond ik op van tafel, rende naar boven, naar mijn kamer, pakte de deurstopper op en deed de deur dicht. Ik liet zelfs een paar kringelfrietjes liggen. Ik dacht dat ik zou gaan huilen, maar er kwam niets.
Ik wil niet dat Taylor komt. Ik heb nog niet eens bedacht of ik wel haar vriendin wil zijn. Ik ben vreselijk boos op mama. Er zijn heel veel redenen waarom ik haar haat, maar dit zijn de drie belangrijkste die ik nu kan bedenken:

1. Ze drinkt te veel.
2. Ze liegt de hele tijd, bijvoorbeeld wanneer ze zegt dat we niet meer gaan verhuizen.
3. Ze had liever gehad dat ik net zo was als een ander kind.

Ik ben niet net zoals een ander kind. Mama heeft alles verpest. Alweer.

Nu

Woensdag 28 december 2016

Mijn ouders zijn eindelijk gekomen – al lang voor ze de kamer binnenkomen hoor ik hun stemmen op de gang. Hun huwelijk is van een zeldzaam karakter, van het soort waarin de liefde meer dan dertig jaar standhoudt. Maar het is het soort liefde dat me een triest en leeg gevoel geeft, een liefde gebaseerd op gewoonte en afhankelijkheid, het is geen echte liefde. De deur gaat open en ik ruik mijn moeders parfum; te bloemig, te sterk. Ik hoor mijn vader zijn keel schrapen op die ergerlijke manier van hem. Ze staan aan het voeteneind van mijn bed, hun afstand bewarend, zoals altijd.

'Wat ziet ze eruit,' zegt papa.

'Waarschijnlijk ziet het er erger uit dan het is,' reageert mama.

Het is bijna een jaar geleden dat we elkaar hebben gesproken en er klinkt totaal geen genegenheid door in hun stem.

'Ik denk niet dat ze ons kan horen,' zegt ze.

'Laten we maar even blijven, voor het geval dat,' zegt papa en hij gaat naast het bed zitten. Dat vind ik lief van hem. 'Het komt allemaal goed, Peanut,' zegt hij terwijl hij mijn hand pakt. In mijn verbeelding zie ik een traan over zijn wang glijden, die doorrolt naar zijn kin, waar hij even blijft hangen voor hij op het witte ziekenhuislaken drupt. Ik heb mijn vader nooit zien huilen. Het gevoel van zijn vingers die de mijne omsluiten voert me terug naar toen ik vijf of zes was en we hand in hand liepen. Lang voor Claire ons leven binnenkwam. We gingen naar de bank en hij had haast. Hij had vaak haast. Zijn lange benen namen grote stappen en ik rende om hem bij te houden. Net voor we bij de bank waren, struikelde ik en viel. Er zat een snee in mijn knie en langs mijn been kronkelden dunne streepjes bloed, die met vereende krachten mijn sok rood kleurden. Het deed pijn maar ik huilde niet. Hij keek meelevend, maar hij gaf er geen kusje op om het beter te maken en ik hoor nog steeds wat hij toen zei: *Het komt allemaal goed, Peanut.*

Zonder verder nog iets te zeggen liep hij in een iets rustiger tempo door naar de bank.

Toen Claire kwam, werd ze met veel meer zorg omringd dan ik. Zij was hun fonkelnieuwe kostbare pop, ik was al gedeukt en bekrast. Mijn vader noemde me altijd Peanut. Claire noemde hij Princess. Ik haat mijn ouders niet, ik haat het alleen dat ze niet langer van mij hielden.

De atmosfeer in de kamer is geladen, vol stilte en wroeging, tot de deur weer opengaat en alles anders wordt.

'Hoe gaat het?' vraagt mijn zus. Ik hoor Paul antwoorden en besef dat hij de hele tijd bij ons in de kamer is geweest. Dat maakt het nog ongemakkelijker dan ik het al vond, want Paul en mijn ouders konden het nooit met elkaar vinden. Papa vindt dat schrijven geen echte baan is en dat je zonder echte baan geen echte man bent. 'Nog iets nieuws te melden?' vraagt Claire.

'Ze zeiden dat ze nu stabiel is, maar dat het nog te vroeg is om uitspraken over het verloop te doen,' zegt hij.

'We moeten positief blijven,' zegt ze.

Zij heeft makkelijk praten.

Ik heb zoveel vragen. Dat ik stabiel ben, houdt waarschijnlijk in dat ik niet doodga. Nu nog niet, tenminste, want uiteindelijk gaan we allemaal dood. Ik ervaar het leven als angstaanjagender dan de dood, het heeft weinig zin om bang te zijn voor iets wat zo onvermijdelijk is. Sinds ik hier lig, ben ik vooral bang om nooit meer echt wakker te worden, voor de horror om voor eeuwig in mijn eigen lichaam gevangen te zitten. Ik probeer mijn gedachten tot rust te brengen en mijn aandacht op hun stemmen te richten. De ene keer bereiken hun woorden me, de andere keer vang ik ze op maar raak ik ze weer kwijt of lukt het me niet goed om er iets begrijpelijks van te maken.

Het is lang geleden dat we met de hele familie bij elkaar waren, en dat maakt dat deze reünie rond mijn ziekenhuisbed zo vreemd voelt. Vroeger waren we met kerst altijd bij elkaar, maar op een gegeven moment hield dat op. Ik ben het middelpunt van deze familiebijeenkomst, maar ik ben nog steeds onzichtbaar. Niemand houdt mijn hand nog vast. Niemand huilt. Niemand gedraagt zich als zichzelf en het voelt alsof ik er niet eens ben.

'Jullie zien er heel moe uit,' zegt Claire, de zorgzame dochter. 'Zullen we anders een hapje gaan eten?' Niemand zegt iets, tot mijn vaders stem de stilte verbreekt: 'Hou vol, meer hoef je niet te doen.'

Waarom zegt iedereen toch steeds dat ik moet volhouden? Wat moet ik volhouden? Ik moet niet volhouden, ik moet wakker worden.

Paul geeft me een kus op mijn voorhoofd. Ik verwacht niet dat hij gelijk met hen weggaat, tot ik hoor dat hij naar de deur loopt en achter hen aan naar buiten gaat. Ik weet niet waarom het me verrast dat ik alleen word gelaten, want ik weet niet beter. Claire pakt iedereen van wie ik hou van me af.

Ik hoor dat het begint te regenen tegen het onzichtbare

raam van de kamer in mijn hoofd. Het waterige slaapliedje leidt mijn aandacht af van mijn woede, maar niet zo dat hij bekoelt.

Ik zal ervoor zorgen dat ze nooit meer iemand van me afpakt.

Een stille razernij verspreidt zich als een virus door mijn brein. De stem in mijn hoofd, die heel erg op de mijne lijkt, is luid en helder en dwingend.

Ik moet dit bed uit, ik moet wakker worden.

En dat doe ik.

Ik blijf het geluid horen van de machines die voor me ademen, die me voeden en medicijnen toedienen, zodat ik niet voel wat ik beter niet kan voelen, maar alle snoeren zijn weg en het slangetje is uit mijn keel gehaald. Ik open mijn ogen en ga overeind zitten. Ik moet het aan iemand vertellen. Ik stap uit bed en hol naar de deur, gooi hem open en ren naar buiten, maar ik val en kom hard op de grond terecht. Dan pas merk ik hoe koud ik het heb, dan pas voel ik de regen. Ik durf mijn ogen eigenlijk niet open te doen, maar als ik het doe zie ik haar, het gezichtloze kleine meisje in het roze badjasje dat net als ik midden op straat ligt. Ik kan mijn lichaam niet bewegen, niets om me heen beweegt, het is alsof ik naar een schilderij kijk.

Ik zie de gecrashte auto en de beschadigde boom; de dikke wortels komen tot leven en kruipen naar het kind en mij toe. Ze slingeren zich om onze armen en benen en lichamen en drukken ons tegen elkaar aan, tot we vastgepind op het wegdek liggen waarop ik zojuist ben neergekomen, voor het grootste deel overwoekerd en onzichtbaar voor de rest van de wereld. Ik voel dat het kind doodsbang is, dus zeg ik tegen haar dat ze flink moet zijn en stel ik voor samen een liedje te zingen. Maar dat wil ze niet. Nog niet. Het gaat harder regenen en de verf van het schilderij waarin ik gevangenzit begint te vlekken en door te lopen. Het is alsof de regen ons wil uitwissen, alsof we nooit hebben bestaan. Het regent nu zo hard dat de druppels tot in mijn mond en mijn neus opspatten. Ik voel dat ik begin te verdrinken in de smoezelige waterverf, maar dan, net zo snel als het begonnen is, houdt het op.

Zonder duisternis kunnen sterren niet stralen, fluistert het kleine meisje.

Mijn romp wordt nog steeds door de boomwortels tegen de grond gedrukt, maar ik kan mijn gezicht naar de nachtelijke hemel draaien. Terwijl ik naar de sterren kijk, worden ze helderder en groter en echter dan ik ooit heb gezien. Het kleine meisje begint te zingen.

Twinkle, twinkle, little star, if you're down here who's in the car?

De boomwortels laten me los, en de haartjes op mijn armen gaan rechtovereind staan als ik kijk waar het kind naar wijst. Absoluut, ik zie een vage figuur in de auto zitten. Het portier aan de bestuurderskant gaat open en ik zie een zwarte gedaante uitstappen en weglopen. Alles zwijgt. Alles is stil.

Het geluid van een slot dat wordt opengedraaid brengt me terug naar mijn slapende lichaam in mijn ziekenhuiscel. Alles wat ik kon zien en voelen verdwijnt. De nachtmerrie is voorbij, maar ik ben nog steeds bang. Er zat die avond iemand bij me in de auto, ik weet het zeker. En nu is er iemand in mijn kamer, en alles voelt heel erg verkeerd.

'Kun je me horen?' Het is een man. Zijn stem komt me niet bekend voor. De angst slaat me om het hart als ik hem naar mijn bed toe hoor lopen.

'Ik zei: kun je me horen?' herhaalt hij. Hij staat vlak naast me wanneer hij het voor de derde keer vraagt. Hij zucht, en doet een pas naar achteren. Hij opent iets naast mijn bed en dan hoor ik het geluid van een telefoon die wordt aangezet. Mijn telefoon. Ik hoor hem de cijfercode intikken die ik nooit wijzig. Wie deze persoon ook is, hij luistert mijn voicemail af. Er zijn drie berichten, ver weg maar net hoorbaar. De eerste stem die ik hoor is die van Claire. Ze zegt dat ze alleen maar even belt om te horen of alles oké is, maar aan haar toon te horen weet ze al dat het niet oké is. Vervolgens klinkt er een bozig bericht van Paul: hij wil weten waar ik zit. Dan laat de onbekende het derde bericht horen: het is zíjn stem die uit mijn telefoon komt.

Het spijt me, wat er is gebeurd komt alleen maar doordat ik van je hou.

Het voelt alsof mijn hele lijf bevriest. Ik hoor een piepje.

Bericht gewist. Er zijn geen nieuwe berichten.

Ik ken deze man niet. Maar hij kent mij wel. Ik ben zo verschrikkelijk bang dat ik geloof dat ik niet eens had kunnen gillen zelfs al was ik ertoe in staat geweest.

'Ik hoop dat je niet een beetje medelijden met jezelf ligt te hebben, Amber,' zegt hij. Hij raakt mijn gezicht aan en ik zou het liefst in het kussen willen verdwijnen. Hij tikt een paar keer met zijn vinger op mijn hoofd. 'Voor het geval er daarbinnen verwarring heerst over wat je hebt gehoord: dit was geen ongeluk.' Zijn vinger glijdt langs de zijkant van mijn gezicht omlaag en blijft rusten op mijn lippen. 'Je hebt het jezelf aangedaan.'

Eerder

Woensdag 21 december 2016 – ochtend

Ik schakel de wekker uit. Die is niet meer nodig. Ik heb nauwelijks geslapen en nu lukt het toch niet meer. Je zou denken dat mijn slapeloosheid te wijten is aan ongerustheid over mijn vermiste echtgenoot, maar dat is niet wat me de hele nacht wakker heeft gehouden. Ik krijg het dode roodborstje maar niet uit mijn hoofd, dat kleine, levenloze lijfje. De hele nacht door leek het alsof ik het diertje in de vuilnisbak met zijn vleugeltjes hoorde slaan, alsof het niet dood was. Ik zat erover in dat het misschien alleen maar bewusteloos was geweest, dat ik het had weggegooid terwijl het gewoon sliep.

Ik staar naar de onbeslapen kant van het bed. Nog niets van Paul gehoord. Op de grond ligt een lege rodewijnfles. Ik had geprobeerd mezelf in slaap te drinken, maar dat was niet gelukt. Ik heb mezelf te vaak wijn voorgeschreven, het is een antibioticum waar mijn lichaam immuun voor is geworden. Ik overweeg de politie te bellen en Paul als vermist op te geven, maar dat durf ik niet. Ik zou niet weten hoe ik moet zeggen waar ik bang voor ben zonder geschift te klinken. Echtgenoten blijven wel vaker een nachtje weg, dat weet ik, ik ben inmiddels een grote meid.

Mijn gedachten gaan van Paul naar Claire. Toen ze eindelijk reageerde op mijn telefoontjes, klonk ze geïrriteerd omdat ik haar ervan had beschuldigd te weten waar hij was. Ze zei dat ze met een vriendin op stap was geweest en dat ik haar avond had verpest en hing weer op. Ze weet heel goed waar ik bang voor ben. Ik houd van hen allebei, maar ik heb het gevoel dat alles wat ik tot nu toe veilig heb kunnen stellen begint te rafelen. Eén rukje aan de draad en ze vallen door een niet te verstellen gat. Misschien is het al te laat.

Het is nog donker, dus ik doe het licht aan en laat mijn blik door de kamer gaan, zoekend naar een mogelijk aanknopingspunt. Ik herinner me het verstopte cadeautasje met lingerie onder in Pauls kast. Ik haal het weer tevoorschijn en bekijk de beha en het slipje, delicate lapjes zwart satijn, afgewerkt met kant. Absoluut te klein. Ik laat mijn pyjamabroek zakken en trap hem met mijn voeten uit terwijl ik tegelijkertijd het bovenstukje over mijn hoofd trek. Ik stap over het pastelkleurige hoopje katoen heen en pas het ondergoed, de scherpe kartonnen randjes van de labeltjes duwen zich gemeen in mijn huid. Ik prop mijn borsten in de te kleine cups en ga voor de passpiegel staan. Het is even geleden dat ik mezelf zo heb bekeken. Het lichaam in de spiegel ziet er minder erg uit dan ik had gedacht. Ik ben vanbuiten niet zo lelijk als ik me vanbinnen voel, maar toch bevalt het me niet wat ik zie. Mijn buik is wat boller dan voorheen, maar ik eet tegenwoordig ook alles waar ik zin in heb. Ik haat dit lichaam bijna net zoveel als ik mezelf haat. Het heeft niet gedaan wat het moest doen. Het heeft hem niet gegeven wat hij wilde. Ik wil het niet langer zien dus ik doe het licht uit, maar in de spiegel blijft een soort schim van mezelf zichtbaar. Ik pak mijn ochtendjas en verberg mezelf weer, terwijl het nieuwe ondergoed in mijn vlees prikt. De gedachte dat het misschien niet voor mij is gekocht overstemt al het andere in mijn hoofd, dus trek ik het setje uit, waarna ik het tasje terugzet waar ik het heb aangetroffen en de dag opnieuw begin.

Het is nog donker, maar ik ken het huis, ik kan mijn weg op de tast vinden. Het schuurtje is Pauls plek, het kleine kamertje aan de achterkant van het huis is van mij. Een kamer voor mezelf met net genoeg ruimte voor een bureautje en een stoel. Ik ga zitten en knip de lamp aan. Het bureau is tweedehands en bevat geheimen waar ik wel en waar ik niet van weet. Er zitten vier kleine laatjes en één grote la in, die oogt als een veelbetekenende houten glimlach. Ik trek hem open en trek de witte katoenen handschoentjes aan die erin liggen. Dan pak ik een vel papier, en mijn vulpen, en begin te schrijven. Als ik klaar ben, als ik zeker weet dat ik de juiste woorden heb neergepend en zeker weet dat ik wil dat ze worden gelezen, vouw ik het vel dubbel en stop ik het in een rode envelop. Dan ga ik douchen, was ik elk spoortje schuld of ongerustheid weg en maak ik me klaar om naar mijn werk te gaan.

Ik ben vroeger dan normaal. Er is nog niemand op de vloer, maar ik zie dat in Madelines kantoortje het licht al brandt. Ik doe mijn jas uit, dump mijn handtas op het bureau en probeer de mist van vermoeidheid die me omhult van me af te schudden. Ik moet alert blijven, ik moet me concentreren op de taak die voor me ligt. Voor ik de kans heb te gaan zitten hoor ik haar deur piepend opengaan.

'Amber, ben jij dat? Kan ik je even spreken?'

Ik rol met mijn ogen, vooral omdat ik weet dat niemand me kan zien. Ik heb hier even geen zin in, maar ik trek mijn gezicht in de plooi en begeef me naar haar kantoortje, met mijn handen in mijn zak tot defensieve vuisten gebald.

Ik klop voor de vorm op de op een kier staande deur voor ik hem openduw. Daar is ze, zoals altijd in het zwart. Gebogen over haar bureau, met haar neus bijna op het scherm om te kunnen lezen wat erop staat. De geruchtenmolen op Twitter draait nog op volle toeren en produceert aan de lopende band nieuwe speculaties over haar ophanden zijnde vertrek. Ik ben benieuwd of ze de laatste #MadelineFrost-tweets aan het lezen is, er is heel wat bijgekomen.

'Momentje, ik zit net midden in een gedachte.' Dat doet ze altijd. Haar tijd is de enige tijd die van waarde is, en dat zal ze me laten weten ook. Ze typt iets wat ik niet kan zien.

'Ik ben blij dat je er zo vroeg bent,' zegt ze. 'Ik hoopte even met je te kunnen praten voor de anderen arriveren.'

Ik probeer neutraal te kijken, ik dwing elk gezichtsspiertje dat ik heb om precies daar te blijven waar het is. Ze zet haar bril af en laat hem bungelen aan het roze kralensnoer dat om haar stevige hals hangt. Ik beeld me in dat ik het straktrek om haar keel, en laat het beeld weer los.

'Waarom ga je niet even zitten?' zegt Madeline terwijl ze naar de paarsleren poef wijst die ze een paar maanden geleden uit Marokko heeft meegenomen.

'Ik sta hier prima, dank je,' antwoord ik.

'Ga zitten,' zegt ze, haar woorden kracht bijzettend met twee keurige rijen facings. Ik laat mijn gezicht teruglachen en doe wat me is gezegd. Dit is dus wat de producers elke ochtend moeten doen: naar dit hokkerige kamertje komen en op de poef gaan zitten om door Madeline te worden doorgezaagd over elk item dat die dag in de uitzending wordt besproken. Ik zak door mijn knieën en probeer mijn evenwicht te bewaren – de poef is te laag en zit verre van comfortabel. Zoals gewoonlijk heeft dit ook met controle te maken en het is inmiddels wel duidelijk dat het me daaraan ontbreekt.

'Wist jij van die meeting van Matthew met de gasten van gisteren?' vraagt ze.

'Ja,' zeg ik terwijl ik haar blijf aankijken. Ze knikt en neemt me dan van top tot teen op alsof ze mijn kledingkeuze moet beoordelen. Ik draag weer een nieuwe jurk, maar ze is duidelijk niet onder de indruk. 'Ik wil een gunst van je vragen,' zegt ze uiteindelijk. 'Mocht je iets horen waarvan je denkt dat ik het zou willen weten, zeg het dan tegen me.' Ik begin te denken dat ze vergeten is dat ze me wil laten ontslaan, maar het kan ook zijn dat ze denkt dat ik dat niet weet.

'Uiteraard,' zeg ik. Zelfs als ik een giftige slang om haar nek zag zitten, dan nog zou ik het niet zeggen.

'We moeten één front vormen, Amber. Als ze me lozen, dan komt er een hele nieuwe cast, zo gaat het altijd. Jij zult ook worden vervangen, haal je maar niets in je hoofd. Denk daaraan, en zodra je iets hoort kom je naar me toe en vertel je het me, oké?' Na deze woorden zet ze haar bril weer op haar neus en begint ze op haar toetsenbord te tikken ten teken dat het onderhoud beëindigd is.

Ik hijs me met moeite overeind, verlaat haar kantoortje en trek de deur achter me dicht.

'Alles in orde?' fluistert Jo, die net is binnengekomen.

Ik ga achter mijn bureau zitten. 'Ja hoor, prima,' zeg ik, want ik weet dat Madeline alles door de ruit van haar deur in de gaten houdt.

'Je ziet er anders niet prima uit,' zegt Jo.

'Ik weet niet waar Paul is. Hij is gisteravond niet thuisgekomen.' Het is er nog niet uit of ik heb er al spijt van.

'Claire weer?' vraagt ze. Haar woorden voelen als een klap in mijn gezicht en mijn angstige vermoeden slaat om in boosheid. Jo's gezicht straalt echter een en al medeleven uit. Zij kan er niets aan doen dat ze zoveel van mijn verleden weet, ik ben degene die het haar heeft verteld.

Ik kan haar vraag niet beantwoorden, dus geef ik het antwoord waarvan ik zou willen dat het waar was. 'Ik geloof het niet.'

'Zullen we anders even koffie gaan halen?'

'Nee, dank je, het is prima zo.' Ik kijk weg, zet mijn computer aan en staar naar het scherm.

‘Zoals je wilt,’ zegt ze en dan loopt ze zonder iets te zeggen verder. Als ze weg is, open ik mijn e-mails. Mijn inbox zit boordevol verplichtingen en uitnodigingen. Het zijn voornamelijk junkmailberichten, aanbiedingen van van alles en nog wat waaraan ik geen behoefte heb, maar één bericht springt eruit. Het pijltje van mijn muis blijft boven de bekende naam zweven en mijn blik haakt zich vast op het enkele woord in de onderwerpregel, alsof ik pieker over een goede vertaling:

Hallo.

Ik begin met mijn nagels velletjes van mijn lip te pulken. Ik zou de e-mail moeten verwijderen, ik weet dat ik dat zou moeten doen. Ik kijk achteloos om me heen. Ik ben nog steeds in mijn eentje. Ik trek weer een velletje van mijn bovenlip en deponeer het op mijn bureau. Het is paarsrood van de wijn van gisteravond. Ik herinner me dat ik het visitekaartje uit mijn tas heb gehaald toen ik niet kon slapen vannacht, dat ik met mijn duim over de in reliëf aangebrachte letters heb gewreven. Ik herinner me dat ik zijn naam heb ingetikt in een e-mail vanaf mijn telefoon, dat ik over de onderwerpregel heb geaarzeld, dat ik een nonchalant berichtje heb gecomponeerd en bedacht heb dat het misschien wel raar overkwam als ik het midden in de nacht verzond, maar ik heb het evengoed verzonden. Ik krijg een kleur van schaamte, ik weet niet meer precies wat ik heb geschreven.

Ik open de mail en lees hem, en lees hem nog een keer, langzamer nu, om elk woord afzonderlijk te interpreteren.

Omwille van de goeie ouwe tijd.

Ik probeer de woorden uit terwijl ik ze lees, om te zien of ze passen. Als ik mijn ogen sluit zie ik de schrijver ervan nog zo voor me.

Mooie herinneringen.

Ze waren niet allemaal mooi.

Bijpraten met een goed glas wijn?

Ik pulk nog een velletje van mijn lip en zie het dunne fliebertje van mezelf verdrogen en verharden op mijn vingertop. Ik leg het op het hoopje bij de andere velletjes.

Paul is verdwenen. Mijn huwelijk hangt aan een zijden draadje. Waar ben ik mee bezig? Een doodgeboren gedachte.

'Hallo-o, aarde aan Amber,' zegt Jo terwijl ze met haar handen voor mijn gezicht wappert. Ik sluit het e-mailvenster, veeg het hoopje huid van mijn bureau en voel dat ik rood word.

'Speel je *Space Invaders*?' flap ik eruit.

'Huh? Nee. Hoezo?' Ze glimlacht.

'Omdat je mijn ruimte binnendringt.'

Haar glimlach verdwijnt.

'Sorry. Dat hoorde ik iemand een keer zeggen en ik vond het wel grappig. Ik bedoelde het niet zo lelijk. Ik was even heel ergens anders.'

'Dat merkte ik. Maak je maar niet ongerust. Hij maakt het vast goed.'

'Wie?' Ik vraag me af of ze de mail van Edward heeft gezien.

'Paul. Je man?' zegt ze terwijl ze haar wenkbrauwen optrekt.

'O ja. Sorry, het is een beetje een warboel in mijn hoofd vandaag.'

Ons gesprek verstomt als de bulderende stem van Madeline om haar PA roept. Ze staat als een soort wraakengel in de deuropening van haar kantoortje. Haar kleding moet van de stomerij worden gehaald, dus geeft ze haar pincode plus een hele lijst instructies. De manier waarop ze tegen mensen praat maakt me zo kwaad.

Tijdens het doornemen van de ochtendbriefings denk ik na over Edwards berichtje. Ik denk eraan in de studio, gedurende de interviews en tijdens het inbellen. Ik krijg weinig mee van wat er die ochtend allemaal gezegd wordt. Ik zou me schuldig moeten voelen, maar dat doe ik niet. Paul heeft me in geen maanden aangeraakt en ik heb niets verkeerds gedaan. Het is louter vriendschappelijk, meer niet. Het is een herinnering aan een andere tijd en plaats. Herinneringen kunnen niemand kwetsen, tenzij ze worden gedeeld.

Vroeger

Zaterdag 7 december 1991

Lief dagboek,
Gisteren kwam Taylor. Ik zag er erg tegenop. Papa moest weer eens overwerken, dus had ik alleen mama voor wie ik me zou kunnen schamen. Ze haalde ons van school in onze gedeukte blauwe Ford Escort, zeg maar een koekblik op wielen. Bij Taylor hebben ze een Volvo én een Renault 5. Mama controleerde of we onze gordel om hadden gedaan – wat haar normaal niet interesseert – en ze gaf ons allebei een pakje zwartebessensap voor onderweg. Dat doet ze normaal ook niet. Het is maar vijf minuten rijden van school naar huis, dus het is niet zo dat we van de dorst zouden omkomen. Ik dacht dat de auto niet wilde starten, maar bij de derde keer sputterde de motor net lang genoeg door om aan te slaan. Mama moest natuurlijk weer leuk doen, zoals altijd. Ik schaamde me kapot.
We zeiden niet veel in de auto. Mama keek me de hele tijd aan in de achteruitkijkspiegel en stelde op een raar, huppelig toontje stomme vragen aan Taylor en mij, zoals: 'Hoe was jullie dag?' Ik zei wat ik altijd zeg als ze dat aan me vraagt, maar Taylor ging er veel dieper op in en vertelde over de portretten waaraan we bij tekenles werkten. Daar baalde ik van want ik ben een portret van omoe aan het schilderen en ik wilde het een verrassing houden.
Toen we bij ons huis waren, lette ik op Taylors gezicht om te zien hoe ze zou reageren. Het eerste wat opvalt aan omoes huis is het

schilderwerk. Omoe hield erg van blauw. De voordeur, de raamkozijnen en de garagedeur zijn blauw, maar alles is gebladderd, net als mijn neus als die is verbrand. Soms trek ik stukjes los. Ik vind het een lekker gevoel om verf onder mijn nagels te hebben. Voor alle ramen hangt vitrage, die ooit wit is geweest, en midden op de betonnen oprit ligt altijd een plasje olie. Taylors gezichtsuitdrukking bleef hetzelfde, ook toen ze aan mijn kant moest uitstappen omdat er iets was met haar portier, dat af en toe klemt.

Toen we binnen waren, zei mama dat ik Taylor mijn kamer moest laten zien, dus dat deed ik. We waren zo klaar, want er is niet veel te zien. Ik vertelde dat het omoes kamer was en dat ze er gestorven was. Ik dacht dat ze dat eng zou vinden, maar dat was niet zo. Ook toen bleef haar gezichtsuitdrukking onveranderd. We hebben hem nog niet opgeknapt, dus op de muren zit nog steeds omoes blauw gestreepte behang met witte bloemen, en er ligt blauwe vloerbedekking dat door de jaren heen helemaal plat is gelopen. Het lits-jumeaux vormt één geheel met de garderobekast en de kaptafel, ze zijn van donkerbruin hout dat ruikt naar boenwas. Het is alsof je in een museum woont, alleen mag ik hier alle spullen aanraken. Taylor zei dat ze mijn kamer leuk vond, maar volgens mij zei ze dat uit beleefdheid. Zo is ze. Ze vertelde dat zij roze vloerbedekking op haar kamer had en we vonden allebei dat dat misschien nog wel erger was dan blauw.

Ze liep naar mijn boekenkast en dat voelde heel ongemakkelijk. Ik zei dat we beter naar beneden konden gaan om te zien met wat voor magnetronspecialiteiten mama ons zou gaan vergiftigen, maar ze bleef gewoon staan, alsof ze me niet hoorde. Ik houd er niet zo van als anderen aan mijn spullen zitten, maar ik probeerde rustig te blijven. Wat blijkt: Taylor is een leesbeest, net als ik. We hadden een aantal dezelfde boeken gelezen en ze noemde er ook een paar waar ik niet eens van had gehoord, maar die cool klinken. Ik vond het helemaal niet leuk toen mama riep of we kwamen eten, maar we praatten gewoon door toen we naar beneden

liepen en ook terwijl we onze vissticks met friet opaten. We hadden het nog steeds over boeken toen mama ons ieder een schaaltje ijs gaf. Er zat magische chocoladesaus overheen, die vloeibaar uit een flesje komt en dan stolt, net als bloed.
Na het eten zei mama dat we naar de grote tv mochten kijken, maar we besloten om naar mijn kamer te gaan om verder te praten. Toen mama naar boven kwam en zei dat Taylor naar huis moest, vond ik dat niet leuk dus vroeg ik of ze nog ietsje langer mocht blijven. Mama trok heel raar haar onzichtbare wenkbrauwen op. Ze heeft andere wenkbrauwen dan ik, zij heeft ze geëpileerd toen ze jong was, dus tekent ze ze nu met potlood en ziet ze eruit als een clown. Ze vroeg of Taylor het leuk zou vinden om te blijven slapen en voor ik de kans kreeg om iets te zeggen zei Taylor dat ze dat best wilde. Dus belde mama de moeder van Taylor en die vond het ook goed omdat het vrijdag was.
We hebben maar drie slaapkamers en die zijn allemaal in gebruik. In ons oude huis hadden mama en papa samen een slaapkamer, maar nu hebben ze ieder een kamer voor zichzelf. Mama zegt dat dat komt doordat papa snurkt, maar ik weet dat het eigenlijk is omdat ze elkaar niet meer leuk vinden. Ik ben niet dom. Taylor sliep bij mij op de kamer, in opa's oude bed – ik denk niet dat hij het erg zou hebben gevonden.
Zodra we in bed lagen kwam mama binnen om te zeggen dat we het licht over tien minuten uit moesten doen. Daarna zette ze twee plastic bekers met water op de nachtkastjes. Weer zoiets wat mama normaal niet doet, ze leek opeens heel bezorgd of ik wel voldoende dronk. Voor ze wegging bleef ze even in de deuropening staan. Ze keek ons glimlachend aan en zei toen iets heel raars: 'Moet je dat nou zien, als twee erwtjes in een dop.'
Toen deed ze het grote licht uit en trok de deur langzaam dicht, tot ik in paniek raakte en vroeg of hij niet open mocht blijven. Ze duwde hem weer een eindje open en liet hem op een kier staan door omoes roodborstje ervoor te zetten. Zodra ze weer beneden

was, zei ik sorry tegen Taylor, dat ze een beetje vreemd is en dat ik niet wist wat ze bedoelde met die opmerking over twee erwtjes in een dop. Taylor lachte en zei dat ze het wel grappig vond, dat het vast betekende dat we erg op elkaar leken. Ik ken erwtjes alleen maar uit een zak in de diepvries.
We deden na tien minuten het licht uit, zoals mama had gezegd, maar we bleven nog heel lang praten. Taylor praatte met haar ogen dicht en viel op een gegeven moment in slaap. Ik geloof niet dat dat kwam doordat ze me saai vond. Alle lampen waren uit, maar er viel net genoeg maanlicht door de kier tussen de gordijnen naar binnen om haar slapende gezicht te kunnen zien. Ik vroeg me af waarom mama dat had gezegd, want ik ben wat kleiner dan Taylor en zij is heel erg dun, maar ze lijkt wel een beetje op me, denk ik. We hebben allebei lang bruin haar. Ik ben erachter gekomen dat ik drie dingen leuk vind van Taylor:

1. Ze is eigenlijk heel grappig.
2. Ze houdt net zo van boeken als ik.
3. Ze is op precies dezelfde dag jarig als ik.

We zijn in hetzelfde ziekenhuis geboren, op dezelfde dag, maar een paar uur na elkaar. Als ik Taylors ouders had gehad, zou ik nu een veel fijner leven hebben. Ten eerste omdat ik dan met een Volvo van school zou worden gehaald, maar ook omdat Taylors opa en oma nog leven. Maar dan was omoe niet mijn omoe geweest, en dat zou jammer zijn. Ik keek bijna een uur naar de slapende Taylor. Het was alsof ik naar een andere versie van mezelf keek. Ik heb een vriendin. Dat was niet de bedoeling, maar misschien gaat het goed omdat we twee erwtjes in een dop zijn.

Nu

Donderdag 29 december 2016

Er is iemand in mijn kamer geweest. Hij heeft mijn voicemailberichten afgeluisterd en gewist en heeft toen tegen me gezegd dat het mijn eigen schuld is dat ik in het ziekenhuis lig. Ik heb het niet gedroomd. Ik durf niet meer te gaan slapen, zo bang ben ik. Bang voor wat ik weet, bang voor wat ik niet weet. Ik weet niet hoeveel tijd er is verstreken sinds zijn vertrek, maar hij is in elk geval niet teruggekomen. De tijd heeft zich opgerekt tot iets waarin ik geen vaste punten meer kan onderscheiden. Vulde iemand de lacunes maar in, het zijn er te veel. Ik voel me gevangen in het lichaam van iemand die een leven heeft geleid dat ik me niet herinner.

'Hier hebben we een interessante afsluiting van onze ochtendvisite. Wie kan me iets vertellen over dit geval?' Ik hoor hoe ze samendrommen aan het voeteneind van mijn bed. Het artsenkoor klinkt eenstemmig. Kon ik ze de kamer maar uitsturen.

Maak me beter of ga weg.

Ik ben gedwongen te luisteren terwijl ze over me praten alsof ik er niet bij ben. Om beurten vertellen ze aan elkaar dat het onduidelijk is wat er precies met me aan de hand is en wanneer ik wakker zal worden. Ik herhaal bij mezelf dat ze het over wannéér hebben – óf is geen optie die ik bereid ben te overwegen. Zodra ze geen verkeerde antwoorden meer hebben, loopt mijn kamer leeg.

Ik moet weer geslapen hebben, want mijn ouders zijn terug. Ze zitten ieder aan een kant van het bed, je hoort ze nauwelijks. Je zou bijna denken dat er niemand in de kamer is. Zeiden ze maar iets, wat dan ook, maar ze lijken juist hun uiterste best te doen zo stil mogelijk te zijn, alsof ze me niet wakker willen maken. Mijn moeder zit zo dichtbij dat ik haar bodylotion kan ruiken en die geur roept een herinnering op aan een uitje naar het Lake District.

Claire had een wellnessarrangement geboekt als meidenuitje voor ons drieën, maar toen het zover was, was ze al behoorlijk zwanger van de tweeling. Haar lichaam leek in niets meer op dat van mij. Ze was gigantisch en doodmoe en bleef bijna het hele weekend op haar kamer, wat inhield dat ma en ik er zonder haar doorheen moesten zien te komen. Op de laatste dag van het uitje, toen het eindelijk ophield met regenen en de zon die we al die tijd niet hadden gezien onder was gegaan, gingen ma en ik naar beneden om te gaan eten in het restaurant.

We kregen een kleine tafel met uitzicht op Lake Windermere. Ik herinner me dat ik naar buiten zat te kijken en boven de rimpelingen van het water de eerste sterren aan de avondhemel zag verschijnen, en hoe mooi ik het vond. Ik zei tegen ma dat ze naar buiten moest kijken, het licht was volmaakt. Ze keek even over haar schouder en richtte zich toen zonder iets te zeggen weer op de wijnkaart. In de loop der jaren was Claire de lijm geworden die ons bij elkaar hield; zonder haar vielen we in scherven uiteen. Ma zei dat het haar niet uitmaakte wat we dronken, zolang er maar alcohol in zat, en gaf de menukaart aan mij. Ik bestelde de eerste de beste fles rode wijn die ik op de wijnkaart zag staan, want ik had inmiddels ook behoefte aan een drankje.

We waren halverwege de fles toen het voorgerecht kwam. Ma dronk goed door en ik dronk gelijk met haar op, er viel weinig anders te doen. Op de avond van onze aankomst waren we al zo'n beetje door onze gespreksstof heen geweest, en nu hadden we elkaar echt niets meer te melden. De wijn veranderde dat.

'Hoe is het voor jou? Dat van Claire, bedoel ik. En de baby's. Vind je het moeilijk?' Ma sprak hakkelig, en haar woorden kwamen nogal rot aan. Het kan zijn dat ze me wilde laten weten dat ze ook aan mij dacht, maar toch voelde het als een stomp in mijn maag. Het was geen geheim dat ze graag kleinkinderen wilde. Ik stelde haar teleur. Voor de zoveelste keer.

Toen Paul en ik elkaar leerden kennen, waren Claire en David al met ivf bezig. Het is werkelijk onvoorstelbaar wat die drie letters met een huwelijk kunnen doen. Wat ze met een persoon kunnen doen is nog veel erger. Toen bleek dat Claire niet in staat was dat te krijgen wat ze zo wanhopig graag wilde veranderde er iets in haar.

Paul wilde ook dolgraag kinderen, dat was algemeen bekend, maar ik wilde niet van de pil af tot Claire een kind had. Dat kon ik haar niet aandoen. Mijn zus is jonger dan ik, maar ze was me altijd een stap voor: ze had als eerste een vriendje, ze was de eerste die trouwde en de eerste die zwanger werd. Altijd de winnaar van een stilzwijgende race.

Bij de derde keer ivf was het raak. Claire werd zwanger en ik stopte met de pil, denkend dat we het nu wel konden proberen zonder iemand van streek te maken. Het was geen moment bij me opgekomen dat het ook bij ons weleens niet zou kunnen lukken. We lieten een vruchtbaarheidsonderzoek doen, er werd van alles onderzocht, maar bij geen van ons beiden werd iets afwijkends gevonden. Eén arts opperde dat het genetisch kon zijn, maar dat is niet zo. Er is iets kapot vanbinnen, dat weet ik zeker – het is mijn straf voor iets wat lang geleden is gebeurd.

We bleven het proberen, elke maand weer. Seks werd een ingeroosterde klus. Paul wilde de baby waarop hij wachtte, het kind dat ik hem had beloofd, maar het was duidelijk dat hij mij niet meer wilde. Er was geen sprake meer van een liefdesdaad, en wat we deden leidde tot niets. Ik had geen zin meer in seks en Paul had geen zin meer in mij. Hij hield zich aan het script en zei dat het niet erg was, 'zolang we elkaar maar hadden'. Maar we hadden elkaar niet meer, dat was het probleem. Hij vond dat ik eerder met de pil had moeten stoppen, dat we het te lang hadden uitgesteld. Hij heeft het nooit met zoveel woorden gezegd, maar ik weet dat hij mij de schuld geeft. Ik heb nog nooit een man ontmoet die zo graag een gezin wilde stichten als hij, en vanaf de zijlijn zag ik dat zijn verslagenheid in iets donkers veranderde en de vorm van rancune aannam.

Mijn moeder wist hier allemaal niets van. Zij dacht dat ik het stichten van een gezin voor me uitschoof omdat ik het te druk had met carrière maken. Ik herinner me hoe ze me die avond zat aan te kijken, wachtend op een antwoord dat ik niet kon geven en al druk doende het zelf in te vullen.

'Nee hoor, ik ben blij voor haar,' zei ik uiteindelijk. Ik had mijn woorden met grote zorg gekozen, maar ze klonken helemaal verkeerd. Hol en onwaar. Ik neem aan dat dat kwam doordat ik werd overrompeld. Ik ben iemand die zich graag goed voorbereidt op een moeilijk gesprek. Ik neem het van tevoren helemaal door in mijn hoofd, bedenk alles wat er gezegd zou kunnen worden en oefen de antwoorden die ik ga geven, tot het soepel loopt en ik het uit mijn hoofd ken. Oefening baart in mijn geval geen kunst, maar het maakt wel dat men eerder geneigd is me te geloven.

We praatten een poosje over Claire. Ma bleef maar doorgaan over hoe flink ze zich hield en wat een fantastische moeder ze zou worden. Elk complimentje aan het adres van Claire was tegelijkertijd bedoeld als een steek voor mij, maar ik kon het niet ontkennen: ik wist dat Claire voor het moederschap was gemaakt – degenen van wie ze hield had ze altijd als een kloek beschermd. Met elk slokje wijn leek de woordenvloed uit mijn moeders mond gevaarlijker te worden. Vlak voor er een ongeluk gebeurt is er altijd een moment waarin je beseft dat het je gaat overkomen, maar dat je niets kunt doen om jezelf te beschermen. Je kunt je armen in een afwerend gebaar voor je gezicht heffen, je kunt je ogen dichtknijpen, je kunt gillen, maar je weet dat je niets kunt doen tegen wat je ziet aankomen. Ik zag het die avond aankomen, maar ik heb op geen enkel moment zelfs ook maar geprobeerd om op de rem te gaan staan. Sterker nog, ik trapte het gaspedaal in.

'Vraag je je weleens af waaróm ik geen kinderen heb?' vroeg ik. Het was eruit. Als mijn zus erbij was geweest, hadden die woorden nooit verklankt kunnen worden.

'Niet iedereen is voor het moederschap in de wieg gelegd,' antwoordde ze net iets te snel.

Ze nam weer een slok wijn en ik haalde diep adem, maar voor ik de woorden voor mijn antwoord in de juiste volgorde had staan ging ze alweer verder.

'Het zit namelijk zo: bij een goede moeder komen haar kinderen op de eerste plaats. Jij bent altijd erg egocentrisch geweest, Amber, als kind al. Ik denk niet dat het moederschap iets voor je geweest zou zijn, dus misschien is het wel waar wat ze zeggen.'

Ik voelde me gekwetst, ik kreeg een dreun die kortstondig de lucht uit mijn longen sloeg, waardoor er ruimte kwam voor alle gedachten die om voorrang vochten. Ik had me terug moeten trekken, mezelf tegen verdere kwetsuren moeten beschermen, maar ik nodigde haar juist uit om nog een klap uit te delen. 'Wat zeggen ze dan?'

'Dat alles om een reden gebeurt.' Ze dronk haar glas leeg en schonk het weer vol. Ik herinner me dat mijn hart zo hard bonkte dat ik dacht dat het hele restaurant het kon horen. Ik keek naar het meer en deed heel erg mijn best om niet te gaan huilen na die woorden die maar in mijn hoofd bleven rondmalen. De stilte die viel was erg ongemakkelijk, dus besloot mijn moeder hem vol te praten met van alles wat beter ongezegd was gebleven.

'Het zit zo: ik denk dat wij meer op elkaar lijken dan je je realiseert. Ik wilde ook geen kinderen.' Ze had het mis. Vanaf dat moment wilde ik bijna net zo graag als Paul een kind, alleen al om haar ongelijk te bewijzen.

'Wilde je me niet?' vroeg ik, denkend dat ze vast en zeker zou zeggen dat ze het zo niet had bedoeld.

'Nee. Ik had totaal geen moedergevoelens. Eerlijk gezegd was je een ongelukje. Je vader en ik lieten ons een keer meeslepen en toen was ik zwanger, en dat was het. Ik wilde niet zwanger zijn en op een baby zat ik al helemaal niet te wachten.'

'Maar toen ik er eenmaal was hield je toch wel van me?' vroeg ik.

Ze lachte. 'Nee, ik verfoeide je! Ik had het gevoel dat mijn leven voorbij was, dat jij alles verpest had, en dat alleen maar omdat we te veel gedronken hadden en niet goed hadden opgelet! De eerste paar weken heeft mijn moeder zich over je ontfermd, ik wilde niet eens naar je kijken en iedereen was bang dat ik… Niet dat ik je ooit iets zou hebben aangedaan, hoor.' Ze had me vaak genoeg iets aangedaan, zonder dat ze het wist. 'Maar naarmate je ouder werd ging het makkelijker. Je groeide heel snel, je was je leeftijd altijd vooruit, toen al. Je liep en praatte eerder dan andere kinderen van jouw leeftijd en het feit dat ik een kind had, nou ja, het wende, je was er gewoon.'

'Maar hoe was het dan bij Claire?'

'Claire was een ander geval, natuurlijk.'

Natuurlijk.

Ik hoor Claires stem, alsof dit haar cue was, en ik ben weer terug in het heden, in mijn ziekenhuisbed en nergens anders. De ironie van de situatie ontgaat me niet: daar zit ik weer met mijn moeder, wachtend op Claire, de lijm die ons bijeenhoudt en voorkomt dat we in scherven uiteenvallen.

'Aha, hier ben je,' zegt Claire. Ik stel me voor hoe ze elkaar omhelzen, hoe mijn moeders gezicht oplicht bij het zien van haar favoriete kind, dat met haar lange blonde haren en, daar twijfel ik niet aan, mooie kleren naar binnen zweeft. Claire gaat zitten en neemt mijn hand tussen haar handen.

'Kijk die handen nou, precies die van mama, maar dan zonder rimpels.' Ik zie voor me hoe ze elkaar over het bed heen warm toelachen. Ik lijk inderdaad op ma, dat is waar. Ik heb haar handen en voeten, haar haren, haar ogen.

'Voor het geval je me kunt horen: ik moet je iets vertellen,' zegt Claire. 'Ik had gehoopt dat het niet nodig zou zijn, maar ik wil dat je weet dat hij hier zou zijn als hij had gekund.' Het voelt alsof ik mijn adem inhoud, maar de machine blijft zuurstof in mijn longen pompen. 'Paul had de indruk dat de politie het er niet bij zou laten zitten, en dat had hij goed ingeschat. Ze zeggen dat de enige andere vingerafdrukken in de auto van hem zijn en ze lijken er vrij zeker van dat jij niet achter het stuur zat. En dan die blauwe plekken en striemen in je hals. Jullie buurvrouw zei dat ze jullie op straat tegen elkaar had horen schreeuwen. Ik weet dat Paul je dit niet heeft aangedaan, maar het is nu belangrijker dan ooit dat je wakker wordt.' Ze knijpt zo hard in mijn hand dat het pijn doet. Ik voel dat de deken van donkerte over mijn hals, mijn kin, mijn hoofd wordt getrokken. Ik val in slaap, ik verlies het gevecht, maar ik moet het nog even volhouden. Haar laatste woorden komen van ver en klinken vervormd, maar ik hoor ze nog wel:

'Paul is gearresteerd.'

Eerder

Woensdag 21 december 2016 – namiddag

Ik loop onze straat in, gebiologeerd door de wolkjes warme adem die uit mijn mond komen, en ik merk dat ik lach. Er is op dit moment bijzonder weinig reden om te lachen, dus trek ik prompt mijn gezicht weer in de plooi. De hemel boven me is langzaam aan het uitdoven en de straatlantaarns flikkeren aan om me de weg naar huis te wijzen. Ik doe met één hand het hekje achter me dicht terwijl de koude vingers van mijn andere hand automatisch naar de sleutels in mijn tas tasten. Als ze voldoende zijn opgewarmd om te voelen wat ze zoeken, laat ik mezelf binnen. Ik hoor iets. Zonder de deur te sluiten stommel ik door het gangetje naar de woonkamer, waar ik Paul voor de tv op de bank zie liggen. De vermiste echtgenoot is teruggekeerd. Hij kijkt even op en richt zijn ogen weer op het scherm.

'Je bent vroeg vandaag,' zegt hij. Meer niet. Ik heb hem vierentwintig uur lang niet gezien en niets van hem gehoord en dat is alles wat hij te zeggen heeft. Ik sla onwillekeurig mijn armen over elkaar en sta erbij als de stereotiepe boze echtgenote die ik ben geworden.

'Waar heb jij gezeten?' vraag ik. Mijn stemt trilt lichtjes, en ik weet niet eens of ik het antwoord wel wil weten. Ik ben woest en tegelijkertijd voel ik een enorme opluchting dat hij zo te zien niets mankeert.

'Bij mijn moeder. Alsof jou dat iets kan schelen.'

'Hoe kom je daar nou weer bij? Ik was doodongerust. Je had wel even kunnen bellen.'

'Ik was mijn telefoon vergeten en de ontvangst daar is sowieso belabberd. Dat zou je weten als je de moeite had genomen eens een keer met me mee te gaan. Ik heb een briefje voor je achtergelaten en ik heb ons vaste nummer gebeld. Ik had gedacht dat je deze keer wel zou proberen mee te gaan, gezien de omstandigheden.'

'Je hebt me niet gebeld. En er lag geen briefje,' houd ik vol.

'Ik heb een briefje in de keuken gelegd,' zegt Paul terwijl hij me doordringend aankijkt. Ik been naar de keuken en ja hoor, er ligt een briefje op het aanrecht. Ik pak het op zodat ik kan lezen wat erop staat.

Ma is gevallen. Ik ga even kijken hoe ze eraan toe is. Misschien moet ik met haar naar de SEH. *P x*

Ik probeer me gisteravond weer voor de geest te halen. Ik had voor ons tweetjes gekookt, ik moest de provisiekast opnieuw inruimen. Ik was lang in de keuken bezig geweest, maar ik herinner me niet dat ik dit briefje heb gezien. Paul verschijnt in de deuropening.

'Dit lag er gisteren niet. Je hebt het net pas neergelegd,' zeg ik.

'Waar slaat dat godverdomme op?'

'Het licht was aan in de schuur. Ik dacht dat je zat te schrijven. Ik had voor ons gekookt.'

'Dat zie ik,' zegt hij. Ik volg zijn blik door de keuken, alles staat nog precies daar waar ik het gisteravond heb achtergelaten. Volle potten en pannen op het fornuis. De lege wittewijnfles. Het is een zwijnenstal, niet te geloven dat ik de keuken zo heb achtergelaten.

'Je hebt niet eens gevraagd hoe het met haar is,' zegt Paul, terwijl ik nog steeds de bende om me heen sta op te nemen. Op een houten snijplank ligt een berg aardappelschillen te verkleuren – meer aardappel dan schil, want ik had geen dunschillertje gebruikt. Ik kan er niet tegen de keuken in zo'n staat te zien en begin op te ruimen. Paul praat intussen gewoon door.

'Alsjeblieft, laten we geen ruzie maken, ik heb een rottijd gehad,' zegt hij.

Ik wil ook geen ruzie. Hij praat maar door terwijl ik aan het redderen ben, maar ik geloof geen woord van wat hij zegt. Ik kan niet meer tegen de troep en de leugens, het moet gewoon allemaal ophouden. Ik kan me niet herinneren waar en wanneer het verkeerd is gegaan, alleen dat het verkeerd is gegaan.

'Ze heeft haar heup gebroken, Amber. Ze belde vanuit de keuken, waar ze op de grond lag. Ik heb de boel de boel gelaten en ben meteen gegaan.' Ik trek de ovendeur open en zie de lamsschenkels die ik had bereid, droog, en tot op het bot gekrompen. 'Als het jouw moeder was geweest, had je hetzelfde gedaan.' Dat had ik niet, want in zo'n situatie zou ze nooit mij maar Claire bellen.

'En waarom stond je auto dan bij Claire voor de deur?' vraag ik terwijl ik de schenkels in de vuilnisemmer gooi en me naar hem toekeer.

'Waarom? Omdat de apk verlopen is. Ik kan hem pas weer verzekeren als hij gekeurd is, en Dave bood aan het voor me te regelen,' zegt hij zonder enige aarzeling.

David, niet Dave, daar houdt ze niet van.

Hij heeft op alles een antwoord en alle stukjes van de puzzel lijken te passen. Ik voel me een beetje voor gek staan, en mijn eigen stomheid stemt me wat milder.

‘Het spijt me,’ mompel ik, hoewel ik niet weet of dat wel zo is.

‘Het spijt mij ook.’

‘Komt het weer goed met je moeder?’

We laten de vieze keuken voor wat hij is, gaan zitten en praten bij. Ik speel de rol van de meelevende echtgenote die hij nu nodig heeft en hij vertelt wat voor fantastische zoon hij is geweest, wat zijn tekortkomingen als echtgenoot alleen maar lijkt te onderstrepen. Ik kan mijn zinnen niet van tevoren uitproberen, dus ben ik gedwongen te improviseren. Het is geen acteerprestatie waarmee ik in de prijzen zou vallen, maar voor mijn eenkoppige publiek volstaat het. Ik heb Pauls moeder nooit gemogen. Ze woont alleen in een gedateerde, tochtige bungalow dicht bij de kust van Norfolk. Ik vind het er vreselijk en ben er maar een paar keer geweest. Ik heb altijd het gevoel dat ze dwars door me heen kijkt en dat hetgeen ze ziet haar niet bevalt.

Paul vertelt over zijn nacht in het ziekenhuis en ik luister goed of er hiaten in zijn verhaal zitten, maar ik bespeur er niet een. Ik kijk naar hoe zijn mond de woorden vormt waarvan ik wil dat ze het continue commentaar in mijn hoofd overstemmen. Ik wil hem geloven, echt, ik meen het. Mijn mobiel ligt op tafel en ik zie dat ik een gemiste oproep heb. Misschien heeft Paul me gebeld om te zeggen waar hij was en heb ik het gewoon niet gemerkt.

‘Heb je zin in een glas wijn?’ vraag ik. Paul knikt. Ik neem mijn telefoon mee als ik naar de keuken loop en luister het bericht af, maar het is niet de stem van mijn man die ik hoor.

Vroeger

Zaterdag 14 december 1991

Lief dagboek,
Gisteren ben ik bij Taylor blijven slapen en ik wilde niet meer naar huis. Ze woont in een heel leuk huis en heeft heel aardige ouders. Ze is in dat huis geboren, zij zijn nog nooit verhuisd, zoals wij. Aan de binnenkant van de deur van de provisiekast staan zelfs streepjes die aangeven hoeveel Taylor elk jaar sinds haar geboorte is gegroeid. Een provisiekast is een heel grote kast alleen voor levensmiddelen. Ze hebben er een nodig omdat ze heel veel levensmiddelen in huis hebben, en niets is bevroren. Als ik groot ben wil ik ook een huis met een provisiekast.
Taylor zei dat haar ouders net zo raar waren als de mijne, maar dat is dus echt niet waar. Haar moeder was heel lief voor me en haar vader hoefde niet over te werken. Toen hij thuiskwam hebben we met zijn allen aan tafel gegeten en het was superlekker. We aten lasagne die Taylors moeder helemaal zelf had gemaakt, in de oven, niet in de magnetron. Haar ouders deden niet één keer lelijk tegen elkaar en haar vader was ook nog eens erg grappig, hij vertelde de hele tijd flauwe moppen. Taylor rolde met haar ogen, misschien had ze ze allemaal al eens gehoord, maar ik moest erom lachen.
Na het eten zeiden ze dat we naar Taylors kamer mochten gaan, maar we mochten ook samen met hen een film kijken. Zo'n grote tv als zij hebben, heb ik nog nooit gezien. Ik geloof dat Taylor me

mee wilde nemen naar haar kamer, maar ik zei dat ik graag een film wilde kijken. Haar moeder maakte popcorn en haar vader deed alle lampen uit, zodat we alleen nog maar de lichtjes van de kerstboom en de gloed van het televisiescherm zagen. Het leek wel alsof we in de bioscoop waren. Taylors ouders zaten op de bank en Taylor en ik zaten in een gigantische zitzak op de grond, net een echt gezin. Ik kon mijn aandacht niet bij de film houden, ik bleef maar om me heen kijken. Alles was zo volmaakt, woonde ik hier maar.

Taylor viel tegen het einde van de film in slaap, en ik bedacht dat ik kon doen alsof ik ook sliep. Taylors moeder tilde haar op en haar vader nam mij in zijn armen, waar ik best van schrok, maar ze droegen ons naar boven en stopten ons in bed alsof we nog baby-tjes waren. In Taylors kamer staat maar één bed, dus ik mocht bij haar in bed. De lakens roken heel lekker, naar een bloemetjesweі. Taylor sliep echt, maar ik kon niet slapen, het was de fijnste avond van mijn leven en ik wilde niet dat er een eind aan kwam. Ik keek omhoog naar haar plafond en zag honderden sterren. Ik wist dat het *glow in the dark*-stickers waren, maar toch was het prachtig. Ik stak mijn arm in de lucht en wees er een met mijn vinger aan en kneep mijn ogen tot spleetjes – het was net alsof ik ze kon aanraken.

Zelfs toen ik de ouders van Taylor naar bed hoorde gaan, wilde de slaap niet komen, er tolden te veel gedachten door mijn hoofd. Ik stond op om naar de wc te gaan en toen ik in de badkamer was, zag ik de beker met de drie tandenborstels erin. Ik had aan Taylor gevraagd van wie ze waren en ze had me verteld dat de rode van haar, de blauwe van haar vader, en de gele van haar moeder was. Ze zei dat ieder van hen een eigen kleur had. Als ik een groene tandenborstel kocht, zei ze, kon ik lid worden van hun tandenbor-stelclub. Maar ik wilde geen groene tandenborstel. Ik wilde rood zijn.

Ik sloop terug naar de slaapkamer, Taylor sliep nog steeds. Toen deed ik iets slechts. Het was geen opzet, het ging eigenlijk vanzelf. Ik liep naar de kaptafel en pakte haar sieradendoosje. Ze had tegen me gezegd dat ze niet wilde dat ik eraan kwam, waardoor ik het juist wilde. Ik deed het heel langzaam open en keek naar de kleine ballerina die binnen in het doosje pirouetjes draaide. Ze hoorde ergens op te dansen, maar iemand had het muziekje kapotgemaakt. Ik keek naar het popje dat almaar ronddraaide, dat in stilte danste met een aardbeikleurig glimlachje op haar gezicht geverfd. In het doosje lag een gouden armbandje. Ik hield het omhoog om het goed te kunnen bekijken en zag dat Taylors geboortedatum erin was gegraveerd. Het had van mij kunnen zijn, want ik ben op dezelfde dag geboren. Op de andere kant van het plaatje stond in kleine schrijfletters *Voor mijn dochtertje.* Ik wilde het niet wegnemen. Ik wilde alleen maar weten hoe het voelde. Ik geef het terug.

Daarna klom ik weer in bed en schoof ik heel voorzichtig opzij tot ik met mijn gezicht vlak naast dat van Taylor lag en onze neuzen elkaar bijna raakten. Ze sliep, maar het leek net of ze glimlachte, ik denk omdat ze zo'n bofkont is. Ik durf te wedden dat ze leuker droomt dan ik.

Er zijn drie dingen die Taylor wel heeft en ik niet:

1. Coole ouders.
2. Een leuk huis.
3. Haar eigen sterren.

Ik ben blij dat Taylor en ik vriendinnen zijn geworden. Ik zal het armbandje teruggeven, dat beloof ik. En ik hoop dat we nooit meer gaan verhuizen want ik zou haar erg missen. Ik wilde dat ik in een huis woonde dat naar popcorn rook en waar sterren op het plafond zaten.

Nu

Donderdag 29 december 2016

Het gezin waaruit ik kom is anders dan andere gezinnen. Ik geloof dat ik dat als kind al wist. Mijn hele leven wil ik al hetzelfde: dat mijn ouders net zo van me houden als andere ouders van hun kinderen houden. Onvoorwaardelijk. Het was al niet zo geweldig vóór ma Claire uit het ziekenhuis mee naar huis nam, maar het was wel beter dan daarna. Niemand die er toen nog naar me omkeek, net zomin als er nu iemand naar me omkijkt.

Paul is niet teruggekomen. Elke keer dat de deur opengaat hoop ik dat hij het is, maar de enigen die na de artsenvisite bij me langs zijn geweest worden daarvoor betaald. Ze praten tegen me, maar ze vertellen me niet wat ik wil weten. Ik neem aan dat het lastig is om iemand antwoord te geven als je niet weet welke vragen hij heeft. Als Paul inderdaad gearresteerd is, dan is het van nog groter belang dat ik wakker word. Ik moet me zien te herinneren wat er is gebeurd.

De avondvisite wordt snel afgewerkt, ik ben geen hoofdattractie meer. Ik ben oud nieuws. Er is iemand met nog zwaarder letsel opgenomen. Zelfs welwillende mensen houden het niet vol iets te helen wat niet geheeld kan worden. Twee Pakjes Per Dag had het eerder vandaag met een van de anderen over haar vakantie. Ze gaat naar Rome met een man die ze via het internet heeft leren kennen en ze lijkt vrolijker dan anders, wat minder hardhandig. Wat zou haar echte naam zijn? Carla, misschien. Ze klinkt als een Carla. Ze is niet mijn favoriete verpleegster, maar ik zal haar toch missen. Ze maakt nu deel uit van mijn dagelijkse routine en ik heb het niet zo op verandering.

In mijn nieuwe wereld ben ik afhankelijk van volslagen vreemden. Ze wassen me, ze verschonen me en ze voeden me via een maagsonde. Ze verzamelen mijn plas in een zak en ze vegen mijn vieze billen af. Dat doen ze allemaal om goed voor me te zorgen, maar ik heb het nog steeds koud, ik heb nog steeds honger en dorst en ik ben nog steeds bang. Ik ruik warm eten op de gang aan de andere kant van mijn kamerdeur. Het water loopt me in de mond ter voorbereiding op wat niet gaat komen. Het zakt naar mijn keel en glijdt langs het slangetje, terwijl de machine die voor me ademt zucht en puft alsof hij het spuugzat is. Ik zou er alles voor overhebben om echt eten te proeven, om het op mijn tong te voelen, om te kauwen, het door te slikken en warm naar mijn maag te voelen zakken. Ik probeer niet te denken aan alle dingen die ik niet kan eten, niet kan drinken, niet kan doen. Ik probeer niet te denken aan wat dan ook.

Ik hoor iemand binnenkomen – een man, is mijn eerste gedachte, alleen gebaseerd op een vage lichaamsgeur. Wie het ook is, hij zegt niets en ik heb geen idee wat hij doet. Opeens voel ik vingers die mijn gezicht betasten, en dan trekt hij mijn rechterooglid omhoog en schijnt met een fel lampje in mijn oog. Alles is verblindend wit, tot hij mijn ooglid weer laat zakken. Net als ik er een beetje van bekomen ben doet hij hetzelfde met mijn linkeroog, wat mijn desoriëntatie alleen maar erger maakt. Wie het ook is, diegene verlaat kort daarna mijn kamer. Gelukkig. Ik had nooit kunnen denken dat in bed liggen zo oncomfortabel kon zijn. Ik lig al zeker zesduizend seconden op mijn rechterzij, daarna ben ik de tel kwijtgeraakt. Ze zullen me zo wel komen draaien. Er komt nooit iets goeds van als ze me op mijn rechterzij leggen, volgens mij is het mijn ongelukskant.

Ik voel iets op mijn gezicht druppen, iets kouds. En nog een keer. Kleine druppeltjes water vallen op mijn huid. Het voelt als regen, maar dat slaat nergens op. Instinctief open ik mijn ogen en zie ik de donkere hemel boven me. Het lijkt wel alsof ze het dak van het ziekenhuis hebben gehesen waardoor het nu inregent. Ik kan mijn ogen openen, maar ik kan me niet bewegen. Ik kijk omlaag en zie dat mijn ziekenhuisbed is veranderd in een bootje dat op kalm water dobbert. Ik zeg tegen mezelf dat ik niet bang hoef te zijn, dat het een droom is, net als al die andere keren. Het gaat harder regenen en de lakens die over mijn krachteloze ledematen zijn getrokken beginnen nat en koud aan te voelen. Het lichaam waarvan ik ben vervreemd begint te rillen. Er beweegt iets onder de lakens, maar ik ben het niet. Het meisje in het roze badjasje kruipt onder de deken op het voeteneind vandaan en gaat recht tegenover me zitten, alsof we elkaars spiegelbeeld zijn. Haar haar is kletsnat en ze heeft nog steeds geen gezicht. Ze kan niet praten maar dat hoeft ook niet, zwijgen is onze gemeenschappelijke taal. Zij heeft hem gekozen, en ik schik me in haar keuze. Ze wijst naar de zwarte hemel en ik zie de sterren, honderden, zo dichtbij dat ik ze zou kunnen aanraken als ik mijn arm in de lucht zou kunnen steken, als ik me zou kunnen bewegen. Maar het zijn geen echte sterren. Het is een verzameling lichtgevende stickers, die een voor een beginnen los te laten en met omgekrulde witte plastic punten op mijn bed vallen. Nu zitten er stervormige gaten in de nachthemel. Het meisje begint te zingen en ik wilde dat ze ermee ophield.

Row, row, row your boat, gently down the stream.

Ze haalt haar handen onder de deken vandaan en ik zie iets van goud glinsteren om haar pols.

Merrily, merrily, merrily, merrily...

Ze grijpt het bed dat een boot is geworden aan weerszijden vast en begint naar links en naar rechts te schommelen. Ik wil zeggen dat ze dat niet moet doen, maar ik kan niet praten.

Life is but a dream.

Ik sluit mijn ogen voor ze ons laat omslaan. Het water is koud en donker. Omdat ik me niet kan bewegen kan ik niet zwemmen, dus zink ik machteloos, als een vleeskleurige steen, de zwarte diepte in. Onder water hoor ik nog steeds haar vervormde stem:

Life is but a dream.

Dan hoor ik een heel luid gepiep en allerlei waterige geluiden, maar ik ben niet meer onder water. Er zijn stemmen die ik ken en gezichten die ik niet ken.

Mijn ogen zijn open.

Ik zie zenuwachtig gedoe van dokters en verpleegsters.

Dit is echt.

Dan vallen de stemmen stil, op één na.

'Dit is VF, we moeten klappen.'

Dat zijn niet mijn initialen.

'Bed los.'

De gezichten verdwijnen en ik zie alleen nog maar het witte plafond.

Alles is wit.

Ik sluit mijn ogen omdat ik bang ben voor wat zij zouden kunnen zien. Dan hoor ik aan het voeteneind van mijn bed de stem van mijn vader zeggen: 'Hou vol, Peanut.' Het is alsof ik een geest hoor praten.

Ik open mijn ogen weer en hij lacht naar me. Ik besef dat

ik hem echt kan zien. Hij ziet er heel oud uit, heel broos, heel moe. Alles is wit om ons heen, ik ben alleen met mijn vader en ik voel dat er tranen langs mijn wangen rollen.

'Het spijt me van alles,' zegt hij. Ik wil tegen hem zeggen dat het goed is, maar ik kan nog steeds niet praten. Ik wil zijn hand nog een keer vasthouden, maar ik kan me nog steeds niet bewegen.

'Als ik had geweten dat dat de laatste keer zou zijn dat we elkaar spraken, dan had ik dat allemaal niet gezegd. Ik meende het niet. Ik hou van je, we houden allebei van je. Dat is nooit anders geweest. Het leven is slechts een droom.' Hij loopt naar de deur en kijkt niet meer om. Ik word weer dat kleine meisje dat wanhopig probeert haar vader bij te houden. Hij loopt langzamer dan vroeger, maar hij laat me net als toen achter.

Eerder

Donderdag 22 december 2016 – ochtend

'Mocht u net hebben afgestemd op *Coffee Morning*: welkom,' zegt Madeline. 'In het voorgaande deel van ons programma hebben we een eerlijk en open gesprek gehad over vreemdgaan. Hier in de studio discussiëren we verder over waarom sommige vrouwen vinden dat je overspel nooit en te nimmer door de vingers moet zien, terwijl anderen liever vergeven en vergeten. En we praten met vrouwen die overspel plegen. Amber schuift aan, ze zegt dat je iemand nooit door en door kent, ook jezelf niet. Amber, leg dat eens uit.' Madeline rolt met haar ogen en kijkt in haar script wat het volgende item is. Dan kijkt ze mij weer aan: 'Nou, hoe verdedig je jezelf?' De toon van haar stem verandert per woord, alsof haar batterijen leeglopen. Dan geeft ze over, de hele tafel zit onder. Ze kijkt op, veegt met haar hand langs haar mond en gaat gewoon door.

'Amber?' Nu is het Pauls stem die uit Madelines mond komt.

'Amber?' Ik ga rechtop in bed zitten. 'Je had een nachtmerrie,' zegt Paul.

Ik knipper met mijn ogen terwijl ik het duister in tuur. Ik ben kletsnat van het zweet en ik voel me niet goed.

'Maar nu is alles weer oké,' zegt hij.

Dat is niet waar. Ik duw het dekbed van me af en ren naar de badkamer, waar ik met één hand de wc-pot vastgrijp en met de andere het haar uit mijn gezicht houd. Het is snel voorbij. Als ik Paul uit bed hoor stappen, trek ik de badkamerdeur dicht.

'Hoe is het?' vraagt hij van de andere kant van de grenen barrière.

'Het gaat wel weer. Het is koud, ga maar weer naar bed. Ik kom zo,' jok ik. Al gauw hoor ik hem zonder tegensputteren teruglopen.

Ik spoel de wc door, was mijn gezicht en poets terwijl ik in de spiegel kijk mijn tanden. Omdat ik daar een gekkin zie, kijk ik weer omlaag. Ik spuug de tandpasta uit, kleine rode spatjes in het wit, en veeg mijn mond af. Mijn wijsvingers en duimen vinden elkaar en mijn handen komen op ooghoogte. Ik trek aan mijn wenkbrauwen, eerst aan de een en dan aan de ander, en laat kleine haartjes in de wastafel vallen. Pas als ik tien kleine zwarte stukjes van mezelf op het witte porselein tel, houd ik op. Het moeten er altijd tien zijn. Wanneer er voldoende tijd is verstreken draai ik de koude kraan open en spoel mezelf weg.

Ik doe zo zachtjes als ik kan de deur open en ga even kijken bij Paul. Hij is alweer diep in slaap, er klinkt een licht gesnurk uit zijn open mond. Ik pak mijn badjas van het haakje aan de binnenkant van de slaapkamerdeur en sluip over de overloop naar mijn kamertje. Het is er opgeruimd en netjes, nog precies zoals ik het heb achtergelaten. Ik haal mijn witte handschoentjes en vulpen tevoorschijn en staar naar het blanco papier. Ik ben te moe om iets te bedenken, maar dan herinner ik me juffrouw MacDonald van de basisschool met haar Drie-Dingen-tip. De woorden komen vanzelf, ik schrijf ze glimlachend op:

Beste Madeline,

Ik hoop dat je genoten hebt van de brieven die je tot nu toe van me hebt ontvangen. Ik weet dat je graag fanmail leest.
Ik ben geen fan.
Er zijn drie dingen die je van me moet weten:

1. Ik weet dat je niet bent zoals je je voordoet.
2. Ik weet wat je hebt gedaan en wat je niet hebt gedaan.
3. Als je niet doet wat ik je vraag, vertel ik aan iedereen wie je werkelijk bent.

Ik blijf je net zolang schrijven tot de boodschap duidelijk is. Maar eens raakt mijn inkt op, dus laten we hopen dat we niet al te lang meer met elkaar te maken hebben. Mocht mijn inkt opraken, dan zal ik er op een andere manier voor moeten zorgen dat je naar me luistert.

'Wat ben jij aan het doen? Waarom ben je niet weer in bed gekropen? En waarom heb je goochelaarshandschoenen aan?'

Paul, in T-shirt en boxershort, kijkt om het hoekje van de deur. Ik ben betrapt.

'Ik kon niet slapen. Ik dacht, laat ik eindelijk maar eens aan de kerstkaarten beginnen, maar ik had koude handen,' stamel ik.

Hij kijkt me bevreemd aan. 'Oké. Hoe dan ook, ma heeft me net een sms'je gestuurd, ze denkt dat de dokters haar dood willen hebben. Ik moet er dus weer heen.'

Ik wist niet dat ze kon sms'en.

'Nu meteen?'

'Ja, nu meteen. Ze heeft me nodig.'

'Ik ga wel met je mee,' bied ik aan.

'Nee, dat hoeft niet. Ik weet dat je veel aan je hoofd hebt op je werk op dit moment. Ik blijf niet lang weg.'

Voor ik kan antwoorden is hij alweer weg. Ik hoor de douche kletteren en de boiler aanslaan. Zoveel haast heeft hij dus ook weer niet. Ik vouw mijn brief op, stop hem in een rode envelop en leg mijn witte handschoentjes terug in de la. Ik loop naar de badkamer, de deur staat op een kier, en ik zie hoe de stoom zich verzamelt, klaar om naar buiten te glippen. Door de stoomwolk turend ontwaar ik mijn echtgenoot, in zijn blootje onder de douche. Het is een tijd geleden dat ik hem zo heb gezien en ik ervaar een curieus gevoel van zowel afwijzing als opluchting. Ik loop snel door naar onze slaapkamer en pak zijn telefoon van het nachtkastje: 06:55 – ik had me niet gerealiseerd hoe laat het al was, het voelt nog als midden in de nacht. Ik tik Pauls wachtwoord in. Een paar maanden geleden, toen ik dat voor het eerst deed, had ik moeten gokken. Eerst had ik onze trouwdatum ingetoetst, toen mijn geboortedatum, en uiteindelijk die van hem. Natuurlijk had hij die van hem gekozen. Ik open zijn sms-inbox. Het laatste sms'je is van mij, van meer dan vierentwintig uur geleden. Er zijn geen sms'jes van zijn moeder. Ik hoor de douche uitgaan. Ik leg het toestel terug en ga in bed liggen, met mijn gezicht naar de muur. Ik hoor hoe hij zich afdroogt, zich aankleedt, deodorant opspuit, zijn riem omdoet en zijn muntgeld weer in zijn broekzak stopt.

'Hoe ga je, met de trein?' vraag ik.

'Nee, met de auto ben ik sneller.'

'Ik dacht dat de auto gekeurd moest worden?'

'Ik hoorde van Dave dat hij klaar is. Ik haal hem even bij hen op, ik heb een reservesleutel.'

'Heeft hij je ook ge-sms't?'

'Nee, hij belde gisteravond. Hoezo?'
'Zomaar.'
Hij heeft op alles een antwoord.
Hij kust me gedag en zegt dat hij van me houdt. Ik zeg dat ik ook van hem hou. Afgesleten woorden, die zijn gekrompen en hun betekenis hebben verloren. Ik lig doodstil terwijl ik luister naar het geluid van mijn man die me verlaat, wat niet lang duurt. Als de voordeur dichtslaat, sta ik op en zie ik hem van achter het slaapkamergordijn de straat uit lopen.
Ik kom meteen in actie: ik ga naar beneden en doe het licht aan in de keuken. Ik heb een droge keel, dus ik pak een glas water om mee naar boven te nemen. Voor het gasfornuis blijf ik staan om twaalf keer te controleren of het gas echt uit is, tikkend met de vingernagels van mijn vrije linkerhand. Ik zie dat het rode lichtje van het antwoordapparaat op het kastje in de gang staat te knipperen. De enigen die weleens ons vaste nummer belden zijn mijn ouders, maar tegenwoordig doen ook zij dat niet meer. Mijn wijsvinger blijft aarzelend boven de *play*-toets zweven, bijna alsof ik hem niet durf aan te raken, alsof ik me eraan kan branden. Ik neem een grote slok water om mijn angst weg te spoelen en druk de toets in. Het is Paul, twee dagen geleden. Hij heeft dus echt gebeld om te zeggen dat hij bij zijn moeder was. Ik snap niet dat ik het lichtje niet eerder heb zien knipperen, ik loop er vaak genoeg langs. Ik wis het bericht en dan blijft mijn vinger hangen bij de *play all*-toets. De behoefte om zijn stem nog een keer te horen zou weg moeten zijn, maar dat is niet zo. Met gesloten ogen luister ik naar het vertrouwde stemgeluid van mijn vader, dat mijn hart en mijn oren binnenstroomt. *Hallo, ik ben het, papa. Bel me even terug als je dit bericht hebt gehoord, Peanut.* Het is heel lang geleden dat hij me zo heeft genoemd. De tranen

die ik tot nu toe in bedwang heb weten te houden beginnen vrijelijk te stromen. Ze trekken sporen over mijn wangen en blijven zo lang ze kunnen aan mijn kin hangen voor ze op mijn nachthemd vallen en natte vlekken van verdriet vormen. Ik bewaar dit bericht al heel lang. Paul zegt dat het ziekelijk is, hij begrijpt er niets van. Puur uit nieuwsgierigheid pak ik het toestel op en druk ik de *redial*-toets in om het laatst gebelde nummer terug te bellen. Nadat de telefoon een paar maal is overgegaan hoor ik een klik en krijg ik een ingesproken boodschap te horen. Met een woedende blik kwak ik het toestel terug in de houder – alsof het ding er iets aan kan doen. Ik heb Claire nog nooit gebeld met deze telefoon.

Eerder

Donderdag 22 december 2016 – ochtend

Ik ben een paar minuten te laat op mijn werk. Madeline is er al, maar dat is niet erg, vandaag niet. Ik voel me nog steeds gedesoriënteerd, alsof ik droom in een droom. Ik heb in Pauls kast gekeken toen hij weg was. Het mooie roze tasje met zijn zwart kanten inhoud stond er niet meer, hij had het meegenomen. Niet echt een cadeautje voor zijn moeder, lijkt me.

Ik zit rustig aan mijn bureau terwijl de rest van de ploeg zich verzamelt. Collega's zeggen 'goedemorgen' en ik antwoord met een knikje. Het is alsof je naar een vastgelopen plaat luistert. Ik ben vandaag niet in de stemming om een praatje te maken, om sociaal te doen of wat dan ook. Mijn dag is niet bepaald prettig begonnen. Zodra ik het idee heb dat niemand op me let, bestudeer ik de gezichten van de vrouwen om me heen. Ze ogen stuk voor stuk afgestompt, een beetje mat, tamelijk verloren. Een groep watertrappelende mensen die zich drijvend probeert te houden in een onvoorspelbare zee. Het zijn geen vriendinnen van me, niet echt. We zouden elkaar allemaal kopje-onder duwen als we onszelf daarmee zouden kunnen redden. Ik stel vast dat ik me nergens zorgen over hoef te maken; ze zien mijn ware ik niet, ze zien zichzelf niet eens.

Madeline komt haar kantoortje uit om iemand af te blaffen en ik vang haar blik op. Ze kijkt naar mij terwijl ze tegen een ander praat en heel even ben ik ervan overtuigd dat ze het weet. Ik heb een vreselijk vieze smaak in mijn mond die ik maar niet weg krijg. Ik voel me weer misselijk worden en loop richting toiletten, terwijl ik mijn uiterste best doe om niets te laten merken. Zodra ik de deur door ben, schiet ik een wc-hokje in. Ik spoel door en buig mijn hoofd net op tijd over de rand van de pot, in de hoop dat niemand me zal horen. Er komt alleen maar gal, ik heb nog niets gegeten. Ik vraag me af of het mijn zenuwen zijn, mijn schuldgevoel of een combinatie van die twee. Hoe dan ook, ik moet mezelf bij elkaar zien te rapen, dit komt heel slecht uit nu. Ik hoor de stem van Jo aan de andere kant van de deur. Ze raadt me aan om even langs de drogist te gaan voor we beginnen, er is er een hier vlakbij. Ze heeft wel een punt. Ik wacht even om zeker te weten dat alles eruit is, doe dan de deur open en was mijn handen, opgelucht dat ik weer alleen ben.

Na de uitzending voel ik me een stuk beter. Madeline daarentegen voelt zich helemaal niet goed. Ze heeft zich de hele ochtend heen en weer gesleept naar de wc en transpireert over haar hele lijf. Ze denkt dat ze voedselvergiftiging heeft. Ik denk dat het veel waarschijnlijker is dat het de laxeerpilletjes zijn die ik voor het begin van de uitzending in haar koffie heb gedaan. Madeline drinkt graag koffie, ze drinkt de hele dag koffie, ze slaat nooit een kop af, maar het moet wel zwarte koffie zijn. Ze gaat ook graag met de auto naar haar werk. Het openbaar vervoer vindt ze 'smerig en vol bacillendragend werkvolk'. Maar nu voelt ze zich zo beroerd dat ze niet in staat is om zelf naar huis te rijden, dus ik stel voor haar te brengen. Ze werpt me een verbaasde blik toe, maar Matthew valt me bij. Eerst denk ik dat ze niet zal toehappen, maar na nog een keer naar de wc te zijn gesjeesd lijkt ze er wel voor te voelen. Gelukkig.

Als we het gebouw verlaten draag ik haar tas omdat ze zich 'zo slap' voelt en ik doe net alsof ik niet weet welke auto van haar is wanneer we bij het parkeerterrein zijn. Ze haalt de vw Golf van het slot en geeft de autosleutel aan mij, waarna ze op de achterbank kruipt alsof haar auto opeens in een taxi is veranderd. Ze blaft me haar postcode toe die ik in het navigatiesysteem toets, en maant me dan om voorzichtig te rijden en op mijn hoede te zijn voor 'buitenlanders op de weg'.

Tijdens de rit valt ze in slaap, en ik concludeer dat deze Madeline me beter bevalt. Monddood gemaakt. Haar gif, dat tussen haar lippen door naar buiten sijpelt als ze wakker is, kan geen kant op als ze slaapt.

Ik heb er een bloedhekel aan om door Londen te rijden. Het verkeer is te druk en te lawaaiig. Er zijn te veel mensen onderweg en iedereen heeft haast, hoewel slechts een klein deel ervan echt ergens hoeft te zijn. Zodra we het centrum uit zijn wordt het beter, worden de wegen breder en minder vol.

Wanneer de navigatie aangeeft dat we nog maar tien minuten van onze bestemming zijn, maakt de auto een waarschuwend geluidje en gloeit er een dreigend rood symbooltje op het dashboard op.

'De tank is bijna leeg,' zeg ik terwijl ik in de achteruitkijkspiegel zie hoe de ogen van mijn passagier, weer wakker, zich vernauwen.

'Dat kan niet,' zegt ze.

'Maak je geen zorgen, er zit vast nog genoeg in om mee thuis te komen.'

'Zie ik eruit alsof ik me zorgen maak?' Weer maken we oogcontact in de achteruitkijkspiegel. Ik houd haar blik niet langer vast dan me verstandig lijkt bij een snelheid van vijfenzestig kilometer per uur, en kijk dan weer naar de weg voor me.

Daarna wordt er niet meer gesproken, tot ik links afsla, de straat in waar ze woont. Ze blaft waar en hoe ik moet parkeren, maar ik hoor het maar half. Mijn blik glijdt omhoog langs het huis waarvan ze zegt dat het het hare is, en mijn gevoel schiet alle kanten op. Ik ken deze plek. Ik ben hier eerder geweest.

Vroeger

Eerste paasdag 1992

Lief dagboek,
Taylor is de hele paasvakantie met haar ouders weg en ik voel me ellendig. Ik heb haar na de laatste schooldag niet meer gezien en ik zie haar dinsdag pas terug, als de school weer begint. Ze heeft me een kaart gestuurd. Een paar dagen geleden kwam mama er met een vette grijns op haar gezicht mijn slaapkamer mee binnenvallen. Ze dacht dat hij me vrolijk zou stemmen. Dat was niet zo. Taylor lijkt het uitstekend naar haar zin te hebben zonder mij en ik heb niet het idee dat ze míj ook maar een beetje mist.
Ik ga dit jaar niet op vakantie, niet eens in Engeland, mama zegt dat we het niet kunnen betalen. Toen ik haar erop wees dat papa heel veel heeft gewerkt en dat we dus geld zat zouden moeten hebben, begon ze te huilen. Ze huilt voortdurend de laatste tijd en ze is niet dik meer. Ik vraag me af of ze zich misschien te verdrietig voelt om te eten. Vorige week was ze op een avond zo verdrietig dat ze niet kon koken. Ik mag niet aan het fornuis komen, dus at ik alleen chips en koekjes. Ik vroeg aan mama of ze nog verdrietig was om omoe, maar ze zei dat ze verdrietig was om alles.
Mama zei dat ze me volgende week een dagje meeneemt naar Brighton als ik me goed gedraag. Ik vroeg waar ze me mee naartoe zou nemen als ik me niet goed gedroeg, maar daar kon ze niet om lachen. Ik heb haar eraan herinnerd dat ik al tienenhalf ben, dus een beetje oud voor draaimolens, maar over de pier lopen

wil ik wel en ik hou van het geluid van de zee. Nu ik ouder ben, is mama een parttimebaan aan het zoeken, net als de moeder van Taylor. Tot nu toe is het nog niet gelukt er een te vinden, ook al heeft ze al tig keer gesolliciteerd. Bij elk sollicitatiegesprek trekt ze haar honderd jaar oude zwarte mantelpakje aan en maakt ze zich veel te zwaar op, en als ze dan weer thuiskomt gaat ze de hele middag aan de drank. Ik zou haar ook geen baan geven, ze is te verdrietig en te lui. Vóór de vakantie heb ik drie dagen achter elkaar hetzelfde shirt moeten dragen. Ze zei dat dat niet erg was en dat niemand op school het zou merken, en toen spoot ze een heel vies luchtje op me zodat ik de hele dag naar haar stonk.
Over het lunchpakketje dat ik van thuis meeneem heb ik ook iets interessants te vertellen. Een van de taken van papa is het bijvullen van de snoepautomaten op zijn werk. Het leuke van zijn baan is dat hij gratis dozen chocoladereepjes en chips mee naar huis mag nemen. Vorige week bracht hij een doos met veertig KitKats mee. Net op de laatste schooldag hadden we geen brood meer in huis, dus gaf mama me twee KitKats mee in plaats van boterhammen met boter en chips, wat ik prima vond. Maar toen de lunchpauzebegeleider zag wat ik at, dacht ze dat ik mijn lunchpakketje vergeten was, ook al zei ik dat dat niet zo was. Toen mocht ik bij de kinderen gaan zitten die een warme maaltijd krijgen, wat ik super vond, want Taylor krijgt ook warm eten.
Ze zat alleen, zoals gewoonlijk, dus ik ging aan haar tafeltje zitten. Maar ineens was er gedoe. Blijkbaar had mama nog niet betaald voor de vorige keer dat ze me een warme maaltijd hadden gegeven. Ik denk dat juffrouw MacDonald medelijden met me kreeg, want uiteindelijk betaalde zij voor me. Laat maar zitten, zei ze. Tegen de tijd dat ik mijn fish-and-chips kreeg, was iedereen al naar buiten gestuurd, om te spelen. Ik zag bijna de hele school op het grasveld terwijl ik aan mijn eten zat. Ik spotte ook een groep meisjes van mijn klas, ze stonden in een kring met Taylor in het midden. Een van hen gaf haar een zet en een ander ving haar op, alsof

ze een lappenpop was, en ze keek niet alsof ze het leuk vond. Toen ze probeerde weg te lopen, gaven ze elkaar een hand en gingen ze dicht tegen elkaar aan staan terwijl ze haar weer naar het midden van de kring duwden. Ik liet de rest van mijn eten liggen en zei dat ik ook geen toetje meer hoefde, terwijl ik best nog honger had. Ik rende naar het speelveld maar ik kon Taylor en de meisjes niet vinden. Ik rende naar het plaatsje waar ze weleens in haar eentje op de trap zit, maar daar was ze ook niet.

Ik ging terug naar ons klaslokaal, ook al was het nog lunchpauze, maar ook daar was niemand. Toen viel mijn oog op iets, op iets wat niet klopte. Ik liep naar het aquarium en keek naar de dode goudvis die aan het oppervlak van het groenige water dreef. Taylor en ik hadden een paar weken geleden het aquarium helpen schoonmaken. Juffrouw MacDonald had ons laten zien dat je het water eruit kunt krijgen door een stuk tuinslang in het water te laten zakken en dan aan het uiteinde te zuigen. Als je het goed doet, stroomt het water vanzelf naar buiten en kun je het in een emmer opvangen. Het heeft alles te maken met zwaartekracht. Net als de maan en de sterren. De eerste keer dat ik het probeerde kreeg ik een slok aquariumwater binnen en daar moest Taylor erg om lachen. Ik geloof niet dat iemand het daarna nog heeft schoongemaakt.

Ik wist dat de vis dood was en ik wist niet wat ik daarvan vond. Als klein meisje had ik een goudvis gehad die ook dood was gegaan. Omoe had hem door de wc gespoeld en ik was er verdrietig om geweest. Maar dat was mijn vis, ik had hem een tijd gehad. Deze vis was niet van mij, maar terwijl ik zocht naar de juiste gevoelens, gingen mijn handen hun eigen gang en openden de klep van het aquarium. Ik weet niet waarom ik hem wilde vasthouden. Hij was nat en glibberig en koud. Toen kwam Taylor het lokaal in. Ze keek naar de dode vis, en toen naar mij. Ze pakte de vis van me af, stopte hem terug in de bak en deed de klep dicht. Ze haalde een tissue uit haar mouw, een beetje zoals een goochelaar een konijn

uit zijn hoed tovert, en droogde toen eerst mijn hand af en daarna de hare. Ik was blij dat alles goed was met haar.
Vorig jaar kreeg ik met Pasen twee chocolade-eieren. Een van mama en papa en een van omoe. Die van omoe was het lekkerst want in het ei zelf zaten nog snoepjes. Ik heb ze geteld, het waren er dertien, en dat heb ik onthouden omdat het geluk en ongeluk was, allebei. Dit jaar heb ik maar één paasei gekregen, maar daar was ik ook blij mee want ik kreeg hem van Taylor. Ik had niets voor haar, maar dat komt nog wel. Misschien geef ik haar wel een paar KitKats, we hebben er toch genoeg.

Nu

Donderdag 29 december 2016

Mijn ouders zijn dood. Ik weet niet hoe je zoiets kunt vergeten, maar ik was het vergeten. Ze waren hier, in mijn ziekenhuiskamer, net zo realistisch als alle anderen, en toch waren ze er niet. Ze kunnen hier helemaal niet geweest zijn, want ze zijn al meer dan een jaar dood. Wat de geest toch niet allemaal vermag – hij kan hele werelden creëren en hij is absoluut in staat je een kunstje te flikken als dat je zelfbehoud ten goede komt. We hadden niet eens contact meer toen ze stierven. Ik herinner me de laatste woorden die mijn vader tegen me sprak – ik hoor ze nog steeds, alsof mijn herinnering een lp is die onbarmhartig blijft overslaan.

'Nu moet je eens goed luisteren, Amber. Wat voor afstand er ook tussen ons bestaat, hij is door jou geschapen. Al sinds je tienerjaren heb je je in je eigen wereldje teruggetrokken. Jij wilde ons daar niet hebben en wat we ook hadden geprobeerd, we hadden je niet kunnen bereiken. Dat weet ik omdat we het hebben geprobeerd. Jarenlang. De wereld draait niet om jou; als je zelf kinderen zou hebben dan zou je dat inmiddels weten.'

Daarna hebben ze niet meer gebeld, en ik ook niet.

Claire was degene die belde om me te vertellen dat ze er niet meer waren. Een busongeluk in Italië. Ik had het op het nieuws gezien, maar zelfs toen de nieuwslezer zei dat er werd gevreesd dat er Britse toeristen onder de slachtoffers waren, had ik geen flauw idee dat de stem uit de tv zich rechtstreeks tot mij richtte. We hebben nooit geweten wat er is gebeurd, niet echt. Er werd gespeculeerd dat de buschauffeur achter het stuur in slaap was gevallen. Het was een dag of wat in het nieuws en daarna werden onze ouders door iedereen vergeten, behalve door ons. Ergens anders was iemand iets ergs overkomen en dat werd het nieuwe nieuws, terwijl wij als enigen naar ons verhaal bleven kijken. Ze hadden de naam van Claire als naaste verwant in hun paspoort gezet, niet de mijne. Zelfs in de dood verkozen ze haar boven mij.

Claire regelde alles: ze regelde hun vervoer naar huis, organiseerde hun uitvaart, en sprak met de notaris. Ik ruimde hun huis leeg, deed hun spullen weg, deelde stukjes van hun leven uit aan andere mensen in andere huizen. Claire zei dat zij het niet aan zou kunnen.

Ik ben nog steeds geschokt van hoe waarachtig ze op me overkwamen in deze ziekenhuiskamer. Het kan niet anders dan dat ik mijn eenzaamheid zo wanhopig graag met iemand wilde delen dat mijn geest me tegemoetkwam door mijn ouders als levende herinneringen terug te laten komen. De doden zijn niet zo heel ver weg als je ze echt nodig hebt; ze houden zich op aan de andere kant van een onzichtbare muur. Verdriet is altijd alleen van jou, en dat geldt ook voor schuld. Het is niet iets wat je kunt delen. Claire was intens verdrietig door hun dood. Ze huilde dikke tranen, wekenlang. Ik huilde vanbinnen, voor altijd. Ik begin aan alles te twijfelen wat mijn geest me tegenwoordig voorschotelt, het is lastig uit te pluizen wat echt is en wat een droom zou kunnen zijn.

De deur gaat open en iemand schuift een stoel bij. Hij

pakt mijn hand en alleen al door de manier waarop hij hem vasthoudt weet ik dat het Paul is. Zijn handen zijn zacht, op een vereelt stukje huid op zijn middelvinger na, waar zijn pen tegenaan drukt tijdens het schrijven. Hij is er weer. De politie heeft hem dus laten gaan. Het blijft een poosje stil tussen ons. Ik voel dat hij naar me kijkt, hij zegt geen woord, houdt alleen mijn hand vast. Als de verpleegsters binnenkomen om me te draaien en te verschonen, gaat hij op hun verzoek even de gang op. Als ze weer weggaan, komt hij terug. Ik wil weten wat er gebeurd is, wat de politie allemaal heeft gezegd, wat ze dachten dat hij had gedaan.

Een verpleegster komt hem melden dat het bezoekuur voorbij is. Hij geeft geen antwoord, maar zijn gezicht moet hebben gesproken, want zij zegt dat hij zo lang mag blijven als hij wil. Wat de politie ook dacht dat hij had gedaan, de verpleging vindt hem duidelijk een goede echtgenoot. Het blijft nog een tijdje stil tussen ons. Hij kan de juiste woorden niet vinden en die van mij zijn me ontnomen.

'Het spijt me,' zegt hij.

Net als ik me lig af te vragen wat hem spijt, voel ik dat hij zich over me heen buigt en slaat de gebruikelijke paniek toe. Ik weet niet waarom ik bang ben en dan flitst die herinnering voorbij, mannenhanden om mijn keel, het voelt alsof ik geen lucht meer krijg ondanks de machine die zuurstof in mijn longen pompt. Ik voel Pauls handen op mijn gezicht, niet om mijn keel, maar ik weet niet wat hij aan het doen is. Ik kan het wel uitschreeuwen wanneer hij iets in mijn oren stopt, zodat de soundtrack van mijn wereld inkrimpt. Daar ben ik helemaal niet blij mee. Mijn gehoor is het enige wat me nog rest.

'Wat ben je aan het doen?' vraagt Claire. Haar stem komt als een schok. Ik weet niet hoe lang ze hier al zit, ik wist niet dat ze er was.

'Volgens de dokter kan het helpen,' zegt Paul terwijl hij mijn hand weer vastpakt.

'Heeft de politie je laten gaan?'

'Daar lijkt het wel op.'

'Hoe gaat het met je?'

'Wat denk je?'

'Je ziet er vreselijk uit en je ruikt alsof je nodig onder de douche moet.'

'Dank je, ik ben regelrecht hierheen gekomen.'

'Maar nu is het voorbij.'

'Het is niet voorbij, ze denken nog steeds dat ik...'

Maar voor mij is het wel voorbij, want hun stemmen vallen weg. Mijn oren worden gevuld met muziek, die pulserend mijn lichaam in stroomt en alle zintuigelijke gewaarwordingen zo ver afzwakt tot ik niet anders meer weet. Alles en iedereen is weg, ik word van deze plaats weggevoerd door een reeks noten die uitmonden in een herinnering: dit is de muziek waarop Paul en ik naar het altaar liepen. De songtekst – over het helen van iemand van wie je houdt – neemt me mee terug in de tijd. Zelfs toen al wilde hij me helen, toen ik zelf nog niet wist dat ik beschadigd was. Hij probeert het nog steeds.

De herinnering heeft rafelrandjes, maar ze is echt, dus speel ik haar vertraagd af om hem vast te kunnen houden. In een hoekje van de herinnering zie ik Paul staan, hij schuift een ring om mijn vinger, hij lacht naar me en we zijn gelukkig. We waren gelukkig toen. Ik herinner me opeens hoe gelukkig we waren. Konden we die versie van onszelf maar weer zijn. Te laat, nu. Het was een kleine ceremonie, ik heb nooit veel vrienden gehad. Eerlijk gezegd zijn er gewoon niet veel mensen om wie ik echt geef. Met iedereen die je tegenkomt is onvermijdelijk iets aan de hand. Zodra ik iemand goed genoeg ken om alle deuken en barstjes te zien, wil ik eigenlijk niet meer met die persoon verder. Ik mijd beschadigde mensen niet omdat ik denk dat ik beter ben. Ik houd er alleen niet van om naar mijn spiegelbeeld te kijken. Bovendien loopt het nooit goed af met degenen die ik wel toelaat, en daarom doe ik geen moeite meer om nieuwe vrienden te maken. Ik heb geleerd dat het beter is om gewoon vast te houden wat je hebt.

Het nummer is afgelopen, ik ben weer terug. De muziek maakt weer plaats voor het ritme van de beademingsmachine, vergezeld door een piepje dat anders dan anders klinkt. Er is een verpleegster binnengekomen. Ik hoor het aan het ge-*shhh* van haar plastic schort terwijl ze om het bed loopt. Het schort krijgt wat het wil: het wordt stil in de kamer. Ik schilder mijn leven in geluiden, mijn overwerkte oren houden het penseel vast. Het gepiep stopt. Als de verpleegster weg is, hervatten Paul en Claire hun gesprek waarbij ik me blijf afvragen welke woorden ik heb gemist.

'Je moet ophouden met jezelf de schuld te geven, Paul. Het was een ongeluk.'

'Ik had haar nooit moeten laten gaan.'

'Je mag niet instorten. Ze heeft je nodig, maar zo raak je zelf in de vernieling. Wat jij nodig hebt is douchen, slapen en je hoofd op orde brengen.'

'Ze denken nog steeds dat ik reed, dat ik zo'n vent ben die zijn vrouw slaat als hij dronken is en dat ook nog vergeet. Zo ben ik niet.'

'Dat weet ik.'

'Ze mogen me niet. Ze zullen het niet opgeven, ze komen terug, dat weet ik gewoon. Ik laat haar niet nog een keer alleen. Jij kunt gaan als je wilt.'

Nu moeten ze doorpakken en praten, maar ze houden ermee op. De auto werd bestuurd door iemand anders, dat weet ik zeker. Maar niet door Paul. Ik ben opgelucht dat Claire hem ook gelooft.

'Ik kan nog wel even blijven om je gezelschap te houden,' zegt ze.

'Wat jij wilt.'

Ze geven zich over aan de stilte. Paul speelt nog een herinnering voor me af, het favoriete liedje van onze laatste vakantie. Er volgen meer songs, meer herinneringen, maar dan houdt de muziek op, neemt de stilte het weer over, alleen heel veel luider nu.

'Wil je praten over de baby?' vraagt Claire.

Welke baby?

'Nee,' zegt Paul.

'Wist je het?'

Wist je wat?

'Ik zei dat ik er niet over wilde praten.'

Ik wil dat ze erover praten.

Maar dat doen ze niet. De beademingsmachine zucht en puft, echoot de frustratie die in de kamer hangt.

'Goed, dan ga ik maar naar huis. Het is al laat,' zegt Claire. 'Ik kan je een lift geven, en ik wil ook best wat schone kleren en toiletspullen voor je halen, maar dan moet je me je huissleutel even geven.'

Nee, niet doen.

'Geef me maar een lift dan, maar ik ga over een paar uur weer terug.'

'Je moet rusten.'

'Ik moet bij Amber zijn.'

'Oké.'

Claire geeft me een kus op de wang, ik ruik haar pepermuntshampoo. Mijn haar ziet er vast niet uit, het is al zo lang niet gewassen. Ook Paul kust me gedag, en hij trekt de oordopjes uit mijn oren. Ik wil niet dat hij weggaat, ik voel me somber worden als de deur achter hen dichtgaat en ik met mijn stilte en machines achterblijf. Dan hoor ik de deur weer, vast Paul die zich heeft bedacht, die toch bij me wil blijven, maar het is Paul niet.

'Hallo, Amber,' zegt een mannenstem. Ik hoor de klik van een slot en ik weet dat hij het is, de man die eerder langs is geweest, de man die mijn voicemailberichten heeft gewist. 'Ik kwam je man net tegen. Een tamelijk morsig ventje, ik snap niet wat je in hem ziet. Hoorde ik nu van een van mijn collega's dat we je bijna kwijt waren geweest? Maar je hebt de weg terug gevonden, dus het is toch nog goed afgelopen.'

Collega's.

Werkt hij hier?

'Wist je dat een van de middelen waarmee we mensen in een coma houden hetzelfde middel is dat ze in Amerika voor de doodstraf gebruiken? Daarom ben ik zo verrast dat ik je vanavond terugzie, want met die dosering had je allang dood moeten zijn. Ik had namelijk een verkeerde berekening gemaakt.'

Dit kan niet waar zijn, dit gebeurt niet echt. Wakker worden. WAKKER WORDEN!

'Iedereen maakt weleens een fout. Maar fouten zijn er om van te leren. Van nu af aan ga ik nog veel beter voor je zorgen.'

Dit is géén droom.

'Niets te danken. Ik weet dat je me zou bedanken als je het zou kunnen.'

Ik ken deze man.

Hij streelt mijn gezicht.

Ik weet het weer.

Hij buigt zich voorover, kust me, en likt dan langzaam aan mijn wang, alsof hij mijn huid wil proeven. Ik krimp inwendig in elkaar. Hij duwt mijn beademingsslang een stukje opzij en kust me op de mond. Zijn tong wringt zich tussen mijn lippen door naar binnen, zijn tanden knarsen langs die van mij en langs de slang. Zijn hand glijdt omlaag en omvat mijn borst onder het ziekenhuishemd. Als hij klaar is legt hij me weer neer zoals hij me heeft aangetroffen.

'Je hebt gelijk, we moeten het niet overhaasten,' zegt hij, en hij loopt de kamer weer uit.

Eerder

Donderdag 22 december 2016 – avond

Ik doe dit niet omdat Paul vanavond niet naar huis komt. En het komt ook niet door het verdwenen tasje met zwart kant, daar kan een heel logische verklaring voor zijn. Ik doe het omdat ik het wil, en dat is oké. Zoveel mensen zijn bevriend met hun ex, dat hoeft niets te betekenen en ik doe niets verkeerds. Ik moedig de woorden aan om zich te blijven herhalen in mijn hoofd, net zolang tot ik ze misschien ga geloven. Elke stap vooruit lijkt er een in de verkeerde richting te zijn, maar ik vervolg desondanks mijn gekozen weg.

Op de Southbank krioelt het van de mensen met allemaal dezelfde glimlach. De Theems danst in het maanlicht en de majesteitelijk verrijzende gebouwen in de verte slingeren mee met de oever van de rivier. Ik hou van de stad bij avond. In het donker zie je de viezigheid en de treurigheid niet.

Ik spot hem onmiddellijk aan de bar. Vreemd genoeg voelt zijn silhouet na al die jaren nog even vertrouwd. Hij zit met zijn rug naar me toe maar ik zie dat hij al een drankje in zijn hand heeft. Het is nog niet te laat. Ik kan me nog omdraaien en naar buiten lopen en alles wat niet is gebeurd gewoon vergeten.

Het is alleen maar een drankje.

Mijn hoge hakken lijken aan de vloer vast te plakken, tot ik opeens kotsmisselijk word en alles in me schreeuwt dat ik snel moet zijn. Ik zie een verlicht bordje dat naar de toiletten wijst en ik wring me tussen de vroegeavonddrinkers door, bang dat ik het niet haal. Maar zodra ik in het wc-hokje sta ebt het gevoel weg, wie weet waren het gewoon mijn zenuwen. Ik was mijn handen. Geen idee waarom, ze zijn niet vies. Ik pak een papieren handdoekje en droog ze af, waarbij de trouwring aan mijn linkerhand me opeens in het oog springt. Ik haal een keer diep adem, adem weer uit en kijk mezelf dan aan in de spiegel, dankbaar dat er niemand anders in de toiletten is die deze versie van mij ziet. De ogen die terugkijken staan vermoeid en afwezig, maar over het geheel genomen ben ik wel tevreden. Mijn nieuwe zwarte jurkje staat goed, flatteert mijn verwaarloosde lichaam, en mijn hoge hakken, hoe oncomfortabel ook, geven me zelfvertrouwen. Ik heb mijn donkerbruine haren opgestoken, ik heb me opgemaakt en mijn nagels gelakt. Ik weet niet waarom ik zoveel moeite heb gedaan, maar ik wil er goed voor hem uitzien.

Ik probeer mijn spiegelbeeld met een glimlach gerust te stellen, maar ze lacht niet helemaal van harte terug. Ik zet mijn gezicht weer in de neutrale plooi. Het stille niets dat me heeft omarmd en rust heeft gebracht spat uiteen als de deur opeens openvliegt. Het rumoerige cafélawaai stroomt naar binnen en zuigt alle zuurstof uit de kleine ruimte. Ik doe mijn best om boven de herrie te blijven dobberen en grijp de wastafel vast, mijn knokkels wit en naar de uitgang gericht. Twee vrouwen, lichtelijk aangeschoten, stommelen naar binnen, lachend om iets wat buiten mij om gaat. Ze ogen jonger dan ik, hoewel ik vermoed dat we ongeveer van dezelfde leeftijd zijn. Hun rokken zijn kort, hun lippen zijn rood, en hun papieren hoedjes herinneren me eraan dat het bijna Kerstmis is. Het heeft geen enkele betekenis meer – Kerstmis. De vrouwen tetteren hard genoeg om de stemmen in mijn hoofd, die zeggen dat ik moet maken dat ik wegkom nu het nog kan, te overschreeuwen. Dus haal ik diep adem en loop naar de bar.

Ik ga vlak naast hem staan en adem zijn geur in, meteen weer vertrouwd, en verboden. Hij lijkt me totaal niet op te merken.

'Een glas malbec, graag,' zeg ik tegen de man achter de bar. Uit mijn ooghoek zie ik dat Edward zijn hoofd omdraait, dat zijn ogen me van top tot teen opnemen, net zoals vroeger.

'Hallo, Edward,' zeg ik terwijl ik me naar hem toe keer. Ik doe mijn best om mijn stem en gelaatsuitdrukking zo effen mogelijk te houden. Hij glimlacht ook. De tijd heeft mij veranderd, maar hem duidelijk met rust gelaten. We zijn ruim tien jaar verder, maar hij is bijzonder goed opgedroogd. Als vanzelf registreer ik zijn gebruinde huid, witte tanden en ondeugende bruine ogen waarin lichtjes van plezier lijken te dansen terwijl hij naar me kijkt.

'Die is voor mij, en doe mij nog maar een pint Amber Ale – goeie naam.' Hij haalt een knisperend vers briefje van twintig pond uit zijn leren portefeuille en legt het op de bar. Zijn witte katoenen overhemd lijkt bijna een maatje te klein, het spant om zijn torso om alle spieren binnen te houden. Tijdens onze studietijd zat hij al dag en nacht in de sportschool, en blijkbaar traint hij nog steeds. 'Zo, dus je bent gekomen.'

'Inderdaad,' zeg ik. Zijn ogen kijken me zo indringend aan dat ik moeite moet doen om mijn blik niet af te wenden.

'Goed om je weer te zien.' Iets in de manier waarop zijn blik de mijne vasthoudt maakt dat ik me een beetje in elkaar voel krimpen. Mijn wijn wordt ingeschonken, het kan me niet snel genoeg gaan.

‘Ik had een paar uur vrij vanavond en het leek me leuk om even bij te praten,’ zeg ik.

‘Een paar uur? Is dat alles wat je voor me overhebt?’ zegt hij terwijl hij me mijn glas aanreikt.

‘Nee, voor jou heb ik maar tien minuten, daarna heb ik een afspraakje met een stel coole mensen.’

Hij glimlacht, een fractie te laat.

‘Een áfspraakje?’ vraagt hij.

Ik bloos.

‘Oké. Laat ik de tijd die ik van je krijg dan maar zo goed mogelijk benutten. Proost.’ Hij heft zijn glas en houdt mijn blik vast terwijl we een slok nemen. Ik kijk als eerste weg en drink meer in één keer dan verstandig is.

Het ijs tussen ons is snel gebroken. De alcohol maakt onze tongen los, hoe meer drank, hoe makkelijker het wordt. Het voelt natuurlijk om bij hem te zijn, ondanks het gat van jaren. Drie dagen voor kerst, en het is onaangenaam druk in de bar, maar ik merk het amper. De onbekenden om ons heen worden regelmatig ververst en vormen een buffer tegen de gevaarlijk scherpe randjes van degenen die we ooit waren. Ik beantwoord Edwards glimlachjes, complimentjes en lichte aanrakingen, me er maar al te goed van bewust dat een klein ophaaltje al voldoende is om het weefsel van mijn huidige leven te laten scheuren. Na twee glazen voel ik me al meer aangeschoten dan me verstandig lijkt. Ik heb vandaag niet veel kunnen eten.

‘Ik weet niet hoe het met jou staat, maar ik verga van de honger,’ zegt hij alsof hij mijn gedachten leest. ‘Heb je tijd voor een snel hapje?’ Ik denk even na over zijn voorstel. Ik heb honger, ik vermaak me. Ik doe niets verkeerds. In mijn – zij het korte – zelfonderzoek kan ik geen reden bedenken om nee te zeggen.

‘Wel in de buurt dan,’ zeg ik.

'Doen we,' zegt hij en hij staat op om me in mijn jas te helpen. Nadat we ons door de mensenmassa heen gedrongen hebben duwt hij de deur voor me open. 'Na jou.' Ik was vergeten hoe het voelt om met een gentleman op stap te zijn. Het voelt alsof ik met iemand uit het verleden uit ben, uit mijn verleden.

Het is ontnuchterend koud buiten, maar Edward zegt dat hij iets weet wat niet al te ver weg is. Ik ben het lopen op hoge hakken op straatkeien aardig verleerd. De tweede keer dat ik zwik, haakt hij mijn arm door de zijne en ik laat hem begaan, in het besef dat we nu vast als een stelletje ogen, wat ik, geloof ik, niet erg vind. Bij een deftig huis blijft hij staan en ik weet even niet waar ik aan toe ben als hij mijn arm loslaat en op de intimiderend zwarte deur klopt.

'Wat doe je nu?' fluister ik. Ik voel me net een schoolmeisje.

'Een plek zoeken om te eten, of heb je geen trek meer?'

Voor ik antwoord kan geven, zwaait de grote, glanzende deur open en zie ik een in zwart pak gestoken man van middelbare leeftijd in de deuropening staan. Hij is bizar lang, alsof iemand hem heeft uitgerekt, en hij heeft het gezicht van iemand die te vaak slecht nieuws heeft gekregen. 'Hebben jullie toevallig nog een tafel voor twee?' vraagt Edward.

Tot mijn verbazing knikt de man. 'Zeker, meneer, komt u binnen.'

Ik voel me net Alice in Wonderland als ik achter de man in pak aan de lange marmeren gang door loop. Ik kijk over mijn schouder om me ervan te vergewissen dat Edward me nog volgt. Hij lijkt in zijn nopjes en ik realiseer me dat dit waarschijnlijk onderdeel van zijn plan was. Ik vind het niet zo erg, het is niet zo dat hij me heeft gedwongen. We gaan een smalle deuropening door aan de rechterkant van de gang en staan dan in een grote, met kaarsen verlichte eetkamer, waar we naar de enige nog vrije tafel worden geleid. Er zitten vier andere stellen, ze kijken niet op.

'Ik haal de wijnkaart even voor u,' zegt de man in pak, waarna hij onze jassen aanneemt en achter een gordijn verdwijnt dat een deuropening afschermt.

'Goeie hemel, indrukwekkend,' is het enige wat ik kan uitbrengen.

'Dank je, ik kom hier graag. *Members only*.'

Zijn gebruinde handen pakken het wit katoenen servet dat voor hem op tafel ligt en vouwen het voorzichtig open, alsof het de lijkwade van Turijn is, waarna hij het op zijn schoot legt. Ik doe hetzelfde met mijn servet en vraag me af waar de wijnkaart blijft. Ik vrees dat zonder die kaart alle interessante gesprekswegen al bewandeld zijn.

'Hoe gaat het in je nieuwe baan?' vraag ik.

'Goed. Heel goed, zelfs. Hij was eigenlijk tijdelijk, maar ze hebben me een vaste aanstelling aangeboden en ik heb besloten nog wat langer te blijven.'

'Gefeliciteerd. In welk ziekenhuis?'

'Het King Alfred.'

'Dat is vlak bij mij,' zeg ik. Hij glimlacht.

'En je vriendin, werkt zij ook in Londen?'

'Ja, maar in het centrum. Omdat ik wisseldiensten draai en zij overdag werkt, zie ik haar niet zo vaak als ik zou willen. Trouwens, ze doen hier niet aan een kaart, je krijgt gewoon iets voorgezet, maar het is altijd goed.'

'En als ik niet lust wat ik krijg voorgezet?'

'Ik weet vrij zeker dat je het wel lust.'

Ik luister naar wat hij over zijn werk vertelt. Hij heeft altijd al arts willen worden, en nu is hij het. Ik geloof dat dat een van de dingen was waartoe ik me aangetrokken voelde toen ik hem leerde kennen. Hij wilde mensen helpen, mensen redden. Hij praat niet lang over zichzelf door, daar is hij te bescheiden voor, dus hij brengt het gesprek algauw op mij. Mijn verhalen lijken oppervlakkig en onbetekenend vergeleken met de zijne. Met wat ik doe red ik geen levens. Met wat ik doe help ik mezelf.

Het is lang geleden dat ik zo lekker heb gegeten, maar als ik nog een keer word bijgeschonken kan ik het toch niet laten om een steek uit te delen.

'Weet je vriendin dat je vanavond uit bent met een ex?' vraag ik.

'Natuurlijk! En jouw man?'

Ik zeg niets en daar moet hij om lachen. Dat vind ik niet prettig.

'Het is al zo lang geleden. We zijn ieder onze eigen weg gegaan en een stuk volwassener geworden,' gaat hij verder. Ik voel me dwaas en oud, voorbij mijn houdbaarheidsdatum.

Hij hoeft geen dessert, dus zeg ik ook nee. Terwijl hij verder praat, gaan mijn gedachten naar toen we nog samen waren. Hij moest moeite doen om van me af te blijven toen, maar dat was ruim tien jaar geleden. Hij ziet er dan misschien nog wel hetzelfde uit, maar voor mij gaat dat niet op. Onder mijn nieuwe outfit en make-up zit gewoon de oude ik van nu, en niet degene die hij zich herinnert.

'Ik loop met je mee naar Waterloo,' zegt hij.

'Dat is helemaal niet nodig, ik ben heel goed in staat om er op eigen kracht te komen.'

'Ongetwijfeld, maar ik ben hier nieuw, weet je nog? Ik loop misschien verkeerd, dus ik hou je graag gezelschap.'

Hij biedt me zijn arm aan als we het restaurant verlaten en ik zie niet in waarom ik hem niet zou accepteren. Ik voel zijn warmte door zijn jas heen en ik zie hoe vrouwen naar hem kijken terwijl we naar het station wandelen. Wanneer we in de stationshal zijn, glijden mijn vermoeide ogen haastig over het bord met de vertrektijden, want ik wil de laatste trein naar huis niet missen.

'Ik moet naar perron 13. Heel erg bedankt voor de gezellige avond.' Ik geef hem een kus op zijn wang.

'We doen het snel nog een keer.'

'Dat lijkt me leuk,' antwoord ik, er niet geheel zeker van dat dat waar is.

Hij grijpt mijn hand en ik voel me meteen ongemakkelijk.

'Ik moet gaan,' zeg ik terwijl ik mijn vingers los probeer te wurmen.

'Nee, dat hoeft niet. Nog één drankje. Als je de volgende...'

'Het gaat echt niet, volgens mij is dit de laatste.'

'Blijf dan bij me. Dan nemen we een kamer in een van de beste hotels van Londen.' Zijn grip wordt knellender en ik ontwaar een blik in zijn ogen die ik uit mijn herinneringen had verwijderd. Ik trek mijn hand los.

'Ik ben getrouwd, Edward.'

'Je bent niet gelukkig. Als je dat wel was geweest, was je vanavond niet gekomen.'

'Dat is niet waar.'

'O nee? Ik ken je.'

'De versie van mij die je kende is al een aantal jaren achterhaald.'

'Dat denk ik niet. We hebben er destijds allebei een potje van gemaakt, maar we kunnen de draad weer oppakken. Ik besefte toen niet wat ik had, maar nu wel, en ik wil het terug. Ik denk dat jij dat ook wilt. Daarom ben je gekomen.'

'Het spijt me echt als ik die indruk heb gewekt. Ik moet gaan.'

Ik loop weg. Ik hoef niet om te kijken om te weten dat hij er nog staat en dat ik een grote vergissing heb gemaakt.

Vroeger

Woensdag 14 oktober 1992

Lief dagboek,

Vandaag was ik jarig. Ik ben nu elf. Het was ook Taylors verjaardag, maar we hebben hem niet samen gevierd. Dit was dus echt de vreselijkste verjaardag ooit. Alles is kapot en ik kan niets bedenken om het weer goed te maken. In één klap was het foute boel, en daarna werd het alleen maar erger en erger. En ik kon er niets aan doen, echt niet.

Als ik 's avonds naar bed ga, doe ik Taylors gouden armbandje, waar onze geboortedatum in is gegraveerd, altijd om. Het klinkt suf, maar als ik het draag voelt het alsof ze een beetje bij me is en daar word ik blij van. Vanwege de opwinding vergat ik het vanmorgen af te doen voor ik naar beneden ging. Dat was heel erg dom.

Mama zei dat ik eerst moest ontbijten en dat ik dan pas mijn cadeautjes mocht openmaken. Ze denkt alleen maar aan eten en ze is weer dik, zo dik deze keer dat ze met de keukenschaar de tailleband van haar legging heeft ingeknipt omdat hij te strak zat. Ze zag het armbandje toen ik het pak cornflakes wilde pakken, en in eerste instantie reageerde ze rustig, vroeg ze alleen maar wat voor armbandje het was en hoe ik eraan kwam. Ze bekeek de inscriptie en las hem hardop voor. *Voor mijn dochtertje*. Ik wilde geen gedoe op mijn verjaardag dus zei ik dat het een cadeautje van Taylors moeder was.

Het was een leugentje om bestwil, en ik beloofde God dat als hij echt bestond en ervoor zou zorgen dat mama het vergat ik het armbandje de volgende dag terug zou geven. Maar God bestaat niet, of hij heeft me niet gehoord. Mama ontplofte en ging verschrikkelijk tekeer. Zelfs papa, die zich alweer ziek had gemeld, zei dat ze overdreven reageerde, maar dat leek het alleen maar erger te maken. Ze beval me het af te doen, maar ik deed alsof ik het sluitinkje niet loskreeg. Toen ging ze de kamer uit en dacht ik dat het daarbij bleef, maar ze liep naar de telefoon die aan de andere kant van de keuken aan de muur hangt.

Papa schudde wat cornflakes in mijn kom maar ik kreeg geen hap door mijn keel. Ik wist dat ze Taylors moeder aan het bellen was en dat het foute boel was. Mijn cornflakes plopten en knisperden, terwijl ik zag hoe mama haar zelfbeheersing verloor. Het kan best lastig zijn om een gesprek te volgen als je maar één kant van het verhaal hoort, maar soms kun je de ontbrekende stukken zelf invullen, alsof je alles hebt gehoord. Ze zei tegen Taylors moeder dat we het cadeautje zouden teruggeven. Mama zei dat ze het niet op prijs stelde dat Taylors moeder meer geld spendeerde aan een cadeautje voor haar dochter dan zij als moeder zich kon veroorloven, en dat het aan de ouders was om te beslissen of hun kind sieraden mocht dragen of niet.

Ik ben geen kind.

Toen viel mama stil. Het leek alsof het gesprek afgelopen was, maar ze hield nog steeds de hoorn tegen haar oor, het rode snoer strak om haar vingers gewonden. Toen keek ze naar mij, en ik wist dat zij wist dat ik had gelogen en dat het niet uitmaakte of het een leugentje om bestwil was of niet. Haar mond hing open, alsof ze in zichzelf 'o' zei, maar dan heel lang. Toen zei ze 'Dag' en 'Sorry', en wist ik dat ik op mijn donder zou krijgen. Ze hing op en zei heel beheerst dat ik niet mocht liegen. Toen vroeg ze of ik het armbandje had gestolen.

Ik zei nee.

Soms lieg ik. Iedereen liegt weleens.

Mama beval me nog een keer het af te doen. Ik schudde mijn hoofd en toen kwam ze op me af, dus rende ik weg. Mama is behoorlijk snel als ze niet heeft gedronken, ook al laat ze zich te veel gaan. Op sportdag heeft ze tweemaal de hardloopwedstrijd voor ouders gewonnen, maar ze haalde me pas boven aan de trap in. Ze schreeuwde in mijn gezicht dat ik moest ophouden met liegen, ik voelde de spatjes spuug, en toen vroeg ze nog een keer of ik het armbandje had gestolen. Zodra ze merkte dat ik weer 'Nee' ging zeggen, gaf ze me een heel harde klap in mijn gezicht. Mama stond tegen mij te schreeuwen en papa stond onder aan de trap tegen mama te schreeuwen en toen greep ze mijn pols beet en rukte ze aan het armbandje.
Het was maar dun goud, dus het knapte en viel op de grond.
Het was iets wat zomaar kon breken.
Wat er daarna gebeurde was niet mijn bedoeling, ik wilde alleen maar dat ze me met rust liet en dat ze ophield met alles te verpesten, dus gaf ik haar een duw.
Het was niet mijn bedoeling dat ze van de trap zou vallen, het was een ongeluk.
Alles leek te vertragen, en ik zag hoe haar boze, tot spleetjes samengeknepen ogen zich wijd opensperden terwijl ze achterover-viel. Ze kwam onder aan de trap neer en bewoog niet en alles werd stil. Eerst dacht ik echt dat ze dood was. Ik wist niet wat ik moest doen en papa denk ik ook niet want hij bleef ik weet niet hoe lang roerloos staan. Toen kreunde ze en dat was afschuwelijk. Ze klonk niet meer als mama maar het geluid kwam toch echt uit haar. Papa keek heel ongerust en zei dat hij een ziekenauto ging bellen, maar mama zei dat het sneller ging als hij haar met de auto naar het ziekenhuis bracht. Papa hielp haar overeind en ze bleef maar jammeren om de baby.
Ik ben geen baby, ik ben elf jaar.
Tegen mij zeiden ze niets, ze zeiden me niet eens gedag. Ze gingen door de voordeur naar buiten en reden gewoon weg.

Ik raapte het gebroken armbandje op en liep naar beneden.
Er zat een helderrode bloedvlek op de vloerbedekking waar mama had gelegen, ze had zichzelf vast lelijk opengehaald. Ik ging naar de keuken en pakte de telefoon. Ik toetste *redial* in voor het laatst gebelde nummer omdat ik Taylor met haar verjaardag wilde feliciteren, maar ik kreeg geen gehoor. Mijn verjaardagstaart stond op een schaal op het fornuis. Omoe zou zelf een taart hebben gebakken, maar mama had er gewoon een in de supermarkt gehaald. Hij was roze met een danseresje van glazuur erop en hij deed me denken aan Taylors sieradendoosje, waardoor ik bijna moest huilen.
Ik ging per ongeluk tegen een van de knoppen van het fornuis aan staan en schrok me een hoedje toen ik vonken zag, ik mag niet aan het fornuis komen. Dom dat ik schrok, natuurlijk, want als je het gas wilt aansteken moet je er eerst een lucifer bij houden, ik heb het omoe honderden keren zien doen. Ik drukte de vonkontsteking nog een paar keer in, alleen maar omdat er nu niemand was die kon zeggen dat het niet mocht.
Toen het tijd was om te gaan lunchen had ik nog steeds niet ontbeten. Mijn cornflakes waren te zompig om nog op te eten, maar ik had wel honger, dus haalde ik het grootste mes dat ik kon vinden uit de bovenste la. Ik sneed een heel grote punt uit de taart en at hem op met mijn handen, aan de keukentafel. Maar eerst deed ik mijn ogen dicht en blies ik heel hard over de taart, ook al stond er geen kaarsje op, en deed ik een wens. Ik mag niet zeggen wat voor wens, anders komt hij niet uit.
Toen ik het stuk taart op had keek ik naar het stapeltje cadeaus en bedacht ik dat mama nog veel bozer op me zou worden als ik ze uitpakte terwijl zij weg waren. Ik maakte één envelop open, omdat ik Taylors handschrift herkende. Er stond niet veel op de kaart:

Gefeliciteerd met je verjaardag!!
Groetjes van Taylor

Onder haar naam had ze twee groene rondjes getekend met een glimlachend gezichtje erin. Toen pas moest ik huilen, er rolden echte, dikke tranen over mijn wangen en ik kon niet meer ophouden. Ik denk niet dat we nog twee erwtjes in een dop mogen zijn.

Nu

Vrijdag 30 december 2016

'Ben je alweer terug?' zegt Paul.

'Ik kon niet slapen,' antwoordt Claire.

'Ik ook niet.'

Ik ook niet, onze slapeloosheid lijkt besmettelijk.

'Ik ga wel weer, dan kunnen jullie even samen zijn.'

'Wat mij betreft kun je blijven, hoor.'

Er lijken uren voorbij te gaan zonder dat een van beiden iets zegt. De verpleegsters komen me draaien, maar mijn uitzicht blijft hetzelfde. Ik wil hun vertellen over de man die me gijzelt in mijn slaap. Ik weet niet of ze me zouden geloven zelfs al zou ik het kunnen vertellen. Ik weet inmiddels wel wie hij is, maar ik weet niet waarom hij me dit aandoet, het enige wat ik heb gedaan is nee zeggen.

Mijn echtgenoot en mijn zus zitten ieder aan een kant van mijn bed, mijn gebroken lichaam vormt de grens tussen hen. De uitgerekte tijd waarin we ons alle drie bevinden wordt toegedekt met de stilte van onuitgesproken woorden. Woorden die als muren voelen, alle letters, alle lettergrepen stapelen zich op en vormen een wankel huis van onbeantwoorde vragen. Leugens vormen het cement waarmee de muren overeind worden gehouden. Als er niet zoveel leugens zouden zijn, waren de muren allang ingestort. In plaats daarvan hebben wij er een gevangenis van gebouwd.

Vandaag houdt Paul mijn hand niet vast en hij laat me ook geen muziek horen. Bladzijdes worden omgeslagen, tijd gaat voorbij, de beademingsmachine markeert elk moment dat hij moeite doet om voor mij te ademen, tot de kamer bijna op knappen staat en een van ons de stilte moet doorprikken. Ik kan het niet, zij doet het niet, maar hij wel.

'Het was een meisje.'

De vier woorden komen aan als een dolkstoot en slaan een gat in het zwijgende bestaan waaraan we gewend zijn geraakt.

Het was een meisje.

Ik was zwanger.

Het was een meisje.

Verleden tijd.

Het was een meisje.

Ik ben niet meer zwanger.

Nu mijn herinnering compleet is, wil ik die niet meer hebben. Wil ik die teruggeven.

Er groeide een kindje in mijn buik maar ik heb het gedood met wat ik fout heb gedaan, en ook dat kan ik me niet meer herinneren. Ik weet nu alleen wat ik erdoor heb verloren.

'Jullie kunnen het altijd nog een keer proberen,' zegt Claire.

We waren het niet meer aan het proberen. We hadden het opgegeven.

Ze was een ongelukje.

Een schitterend, verkloot wonder van een ongelukje.

Ik stel me voor hoe Claire haar armen om Paul heen slaat en hem tegen zich aan klemt om hem te troosten. Zelfs het verdriet om mijn ongeboren kind is niet meer van mij, ook dat heeft ze van me afgepakt. Die gedachte ontsteekt een vonk van jaloezie, die zich door heel mijn onbeweeglijke lichaam verspreidt, terwijl een emotionele zwaarte me onderduwt, nog dieper in mijn slechtste zelf.

Ik zou haar hebben gehouden.

We zouden dolblij met haar zijn geweest.

Nu ben ik haar kwijt, en ons kwijt.

Zuster Noord komt binnen, er hangt een geur van avondeten om haar heen. Ze is zich er totaal niet van bewust dat ze stoort bij iets wat ik nauwelijks kan bevatten. Ik voel al mijn haat naar haar uitgaan, maar zij weet het niet en gaat gewoon haar gang alsof de wereld zojuist niet is vergaan.

Rot op en laat me met rust!

Ik voel dat ik wegglijd, dat mijn grip op de werkelijkheid verslapt. Er wordt iets bij me naar binnen gepompt, iets wat ik niet wil. Ik voel dat het onder mijn huid door kruipt en mijn geest verlamt, dat het het leven uit me perst. Heel even denk ik dat het misschien niet zo erg is om nu dood te gaan, om er zomaar tussenuit te knijpen. Even wil ik niet meer wakker worden. Niemand die me echt zou missen als ik er niet meer ben, ze zullen waarschijnlijk alleen maar beter af zijn. Ik geloof dat ik huil, maar de zuster veegt net op dat moment met een washandje over mijn gezicht, dus ze merkt het niet. Ze gaat niet bepaald zachtzinnig te werk. Misschien ziet ze alle smerigheid die zich onder de oppervlakte schuilhoudt. Het natte washandje kletst in mijn gezicht en ik open mijn ogen.

Ik zie dat ze over me heen staan, allemaal in het zwart gekleed. Ik lig niet meer in mijn ziekenhuisbed, ik lig in een open lijkkist. Iedereen is er: Paul, Claire, Jo, en zelfs *hij* is er. Hij gooit scheppen aarde over me heen en ik snap niet dat ze hem niet tegenhouden. Het zit in mijn haren, mijn mond, er zit zelfs wat in mijn ogen. Ik gil tegen ze dat ze hem moeten laten ophouden, maar ze luisteren niet omdat ze me niet kunnen horen.

Ik ben niet dood.

Hij lacht naar me, buigt zich dan voorover tot in de kist en fluistert in mijn oor: 'Ja, dat ben je wel, maar wees maar gerust, je krijgt gezelschap.'

Hij tilt het kleine meisje in het roze badjasje op en legt haar naast me in de kist. Ze slaat haar armpjes om mijn middel. Alles wordt zwart als de kist de grond in zakt. Ik begin te huilen en zij begint te zingen.

Stille nacht, heilige nacht…

Alles slaapt, fonkelt zacht…

Ze wijst naar de sterreloze hemel en ik staar naar de maan.

De maagd'lijke moeder met zorgen vervuld…

Ze kruipt heel dicht tegen me aan.

Heeft haar kindje in doeken gehuld.

Ze keert haar gezichtje naar mij toe, haar vinger gaat naar de plek waar haar lippen horen te zitten. *Shhh.*

Slaap in hemelse rust.

Slaap in hemelse rust.

Ze reikt omhoog en trekt aan een onzichtbaar koord, waardoor ze, met net zo'n geluidje als dat van de badkamerlamp thuis, de maan uitschakelt en het meedogenloos donker wordt. Dan begint het nog harder aarde te regenen. Ik gil opnieuw dat ze moeten ophouden, maar mochten ze me al horen, ze luisteren niet. De kuil is te diep om eruit te kunnen klimmen, maar ik moet iets doen. Ik krab in de muren van aarde, zoekend naar iets om me aan vast te grijpen, mijn nagels klauwen in de grond. Het begint echt te regenen en er klettert zoveel water en aarde op me neer dat ik het opgeef en me tot een balletje oprol. Ik maak van mijn angst een huis om in te schuilen. Er valt een muntje naast mijn voeten, alsof ik op de bodem van een wensput lig. Het is een munt zonder afbeeldingen.

'Als je weg wilt, hoef je alleen maar naar de uitgang te

wijzen,' zegt het meisje. Ze staat over me heen gebogen, in haar geklitte haren zit samengeklonterde natte aarde. Ik volg haar blik en zie aan mijn voeten een bord met groene neonletters liggen: NOODUITGANG.

'Je hoeft alleen maar te wijzen als je weg wilt, meer hoef je niet te doen.'

Ik kijk naar het bord, dat al half bedolven is onder de aarde, en probeer ernaar te wijzen, maar ik kan mijn handen niet bewegen. Als de pijn komt, begin ik weer te huilen. En dan is er bloed. Er drupt bloed op het bord, bloed op mijn ziekenhuishemd, bloed op mijn handen die ik tussen mijn benen klem in een poging te voorkomen dat het leven uit me glijdt. Ik doe mijn ogen dicht van de pijn en wanneer ik ze weer opendoe en omhoogkijk, zie ik alleen nog maar het gezicht van Claire. Het kleine meisje pakt mijn hand en helpt me naar het bord aan mijn voeten te wijzen. Het kost me het laatste beetje kracht dat ik nog in me heb.

'Zag je dat?' zegt de stem van Claire in de verte.

'Wat?' vraagt Paul.

'Kijk! Haar hand... Ze wijst naar iets.'

'Amber, kun je me horen?'

'Wat zou dat betekenen?'

'Het betekent dat ze er nog is.'

Eerder

Vrijdag 23 december 2016 – ochtend

Ik trek de wc door en veeg mijn mond af met een dun velletje gerecycled papier. Ik wrijf harder over mijn lippen dan nodig is, de ruwe structuur werkt als schuurpapier. Ik gun mezelf een moment om op adem te komen, dankbaar dat geen van mijn collega's me zo heeft gezien. Het is de laatste uitzending voor de kerstvakantie, ik moet nog één dag zien door te komen, dan is het gebeurd. Nog maar een paar uur, dat moet lukken. Ik haal een pepermuntje uit mijn tas en stop het in mijn mond. Ik heb ruime ervaring met het verbergen van een kater, maar dat is iets anders dan dit.

Ik heb er vanochtend mijn agenda op nageslagen. Dertien weken en het was me niet eens opgevallen. Het is niet zo dat we het vaak doen en ik had gewoon aangenomen dat het nooit zou gebeuren. We hebben het zo lang geprobeerd en nu, nu ik het heb opgegeven, nu ben ik zwanger. Ik begrijp er niets van maar ook weer wel en ik weet zeker dat het zo is. Na het werk ga ik een zwangerschapstest halen, dat is wat ik ga doen. Ik twijfel er niet aan dat het zo is, maar ik moet het zeker weten.

Ik hoor niets, dus trek ik nog een keer door en duw dan de deur van het hokje open. Ik denk dat ik alleen ben, maar dat is verkeerd gedacht.

'Daar ben je. Is alles wel in orde?' vraagt Madeline.

Ik voel dat ik rood word. Ik ben haar hier nog nooit tegengekomen, ze hoort hier gewoon niet. Ik dacht dat ze een potje onder haar bureau had of zoiets.

'Wat is er met je hoofd gebeurd?' vraagt ze terwijl ze naar mijn voorhoofd staart. Ik kijk in de spiegel en kam met mijn vingers een paar lokken haar over de blauwe plek.

'Toen ik gisteravond thuiskwam ben ik gestruikeld over iets wat in de gang stond, niets aan de hand.' Het is de waarheid en toch laten de woorden een onaangename smaak achter in mijn mond.

'Een latertje, zeker? Was je je verdriet aan het verdrinken?'

Ik draai de kraan open om mijn handen te wassen en geef geen antwoord.

'Nou ja, beter dat dan ochtendmisselijkheid. Niets zo fnuikend voor de carrière van een vrouw als zwanger worden!'

Ik reageer niet, ik ga gewoon door met mijn handen wassen. Ze is anders dan anders, heb ik het idee, alsof ze het script heeft verscheurd. Ze improviseert en ze gaat te snel voor me – de zinnen die ik heb gerepeteerd zijn niet bruikbaar meer. Ik draai de kraan dicht, pak een papieren handdoekje en keer me naar haar toe. Soms zeg je door niets te zeggen juist heel veel, maar ik ben geblokkeerd.

'Ik ben blij dat ik je heb gevonden,' zegt ze.

Ik wil wegrennen. Mijn hart bonst zo dat ik bang ben dat ze het kan horen.

'Ik moet zeker weten dat dit gesprek onder ons blijft,' vervolgt ze alsof we als oude vriendinnen onder één hoedje spelen en ik te vertrouwen ben. Ik kan er nog steeds geen woord uit krijgen, dus knik ik. Haar hand verdwijnt in haar handtas, ze haalt er een stapeltje rode enveloppen uit. 'Ik wil graag weten wat je hiervan weet.'

Ik kijk ernaar. Dan kijk ik haar aan. 'Kerstkaarten?'

'Het zijn geen kerstkaarten. Je weet vast wel dat er op het internet over me wordt gekletst. En zowel op kantoor als thuis heb ik deze week dreigmail gekregen. Ik weet zeker dat die twee zaken verband met elkaar houden en ik wil weten of jou iets ongewoons is opgevallen, of dat je een vreemd persoon hebt zien rondhangen.'

'Nee, ik geloof het niet.'

'En jij hebt niets naars ontvangen?'

'Nee.' Ik glimlach. Onbedoeld.

'Dit is geen grap, het is pure ernst. Volgens mij is de schrijver van deze brieven hier binnen geweest.'

Dan zie ik het, waarom ze anders dan anders lijkt. Dit is hoe Madeline eruitziet als ze bang is. Ik heb het alleen nog nooit gezien.

'De laatste is vanmorgen op mijn bureau gelegd, voor ik binnenkwam,' zegt ze terwijl ze de bovenste rode envelop omhooghoudt.

'Wat staat erin?'

'Het doet er niet toe wat erin staat.'

Er is ruimte voor woorden die we niet uitspreken.

'Heb je het aan Matthew verteld?' vraag ik.

'Nee, nog niet.'

'Misschien moet je dat doen.'

Ze kijkt me onderzoekend aan. 'Ik zie je straks wel weer,' zegt ze en ze verlaat de toiletten. Ik blijf nog even en was opnieuw mijn handen.

Tijdens de uitzending observeer ik Madeline iets uitvoeriger. Ik haat haar, maar ze is goed in haar werk, ook al verdient ze deze baan niet. Ik bestudeer haar gezicht, nog steeds speurend naar een gelijkenis die ik niet zie. Ze geeft een knikje als ik me excuseer om even naar de wc te gaan, alsof ze begrijpt hoe ik me voel, alsof ze met me meeleeft.

Ik hol naar buiten, maar laat mijn telefoon liggen. Jo komt achter me aan om te zien of het wel goed met me gaat. Ze zegt dat ik wat water tegen mijn gezicht moet petsen, en dat helpt een beetje.

'Je moet het nog even zien vol te houden, de uitzending is bijna afgelopen. Je houdt je geweldig, het komt allemaal goed,' zegt ze.

Kon ik haar maar geloven. Waren die woorden maar echt. Ze gaat alvast terug naar de studio om mij een moment te gunnen om bij te komen. Dan loop ik terug, maar bij Matthews bureau blijf ik even staan. Er is niemand op de afdeling tijdens een uitzending en hij laat zijn telefoon altijd liggen. Niet interessant genoeg om te stelen, vermoed ik; zijn toestel is zo oud dat er niet eens een wachtwoord op zit. Het kost me minder dan een halve minuut om een sms'je te versturen en het vervolgens uit zijn verzonden berichten te verwijderen.

Ze zijn halverwege een van tevoren opgenomen kerstitem als ik weer binnenkom. De microfoons staan uit, ik heb een paar minuten.

'Je ziet er niet lekker uit. Ik kan de rest van de uitzending wel in mijn eentje doen als je liever naar huis gaat,' zegt Madeline.

'Het gaat wel, dank je,' mompel ik en neem mijn plaats weer in. Het schermpje van mijn telefoon is nog steeds verlicht met het berichtje dat ik zojuist van Matthews telefoon heb verzonden.

Tafel gereserveerd voor jou, mij en de nieuwe presentator volgende week. M x

Ik hoef maar één blik op Madelines gezicht te werpen om vast te stellen dat ze het heeft gezien. Ik glimlach verontschuldigend. Ik zie dat haar hals en borst rood worden, alsof haar huid van inwendige woede verbrandt.

Het inbelthema is familiebezoek met kerst. Ik luister geduldig naar Kate uit Cardiff die niet naar haar schoonmoeder wil, naar Anna uit Essex die haar broer al meer dan een jaar niet heeft gesproken en niet weet wat ze als kerstcadeautje voor hem moet kopen. Het slaat allemaal nergens op, het is te stom voor woorden. Deze mensen hebben niets om zich serieus zorgen over te maken. Het is pathetisch. Mijn misselijkheid speelt opnieuw op wanneer Madeline over het belang van vergeving begint.

'Kerstmis is een feest om met je familie te vieren, hoe je er ook over denkt,' zegt ze, terwijl ik mijn best doe om niet de hele boel onder te kotsen. Wat weet zij ervan? Ze heeft geen familie meer.

Als de uitzending er eindelijk op zit, ben ik afgedraaid, maar ik weet dat me nog heel wat te doen staat vandaag. Het is mijn laatste kans, en ik ben net pas begonnen.

Madeline kijkt niet graag tv, maar het enige wat ze leuker vindt dan zichzelf terughoren op de radio is zichzelf terugzien op een tv-scherm. Omdat ze het gezicht is van Crisis Child, moet ze af en toe een televisie-interview geven, iets zeggen uit naam van de liefdadigheidsorganisatie, en vandaag is het zo'n dag. Het nieuwsprogramma waarvoor ik als verslaggever heb gewerkt heeft haar geboekt voor een interview tijdens hun nieuwsshow rond het lunchuur. Ze gaat het hebben over kinderen die met kerst in armoede leven. Met één telefoontje had ik het geregeld. De organisatie bood hun beroemde woordvoerster aan, plús het mobiele nummer van haar PA, mochten ze geïnteresseerd zijn. De rest ging vanzelf.

Er staat een gigantische satellietwagen beneden op straat geparkeerd, klaar om te beginnen. Als ik uit het raam kijk, zie ik al een camera op een statief klaarstaan voor de kerstboom voor ons gebouw. Zodra we klaar zijn met de debriefing, gaan we naar beneden.

‘Gaat het nog lang duren?’ blaft Madeline naar een van de technici.

‘Nee hoor, alleen nog even de satelliet zoeken en u een microfoontje geven,’ zegt John, een vroegere collega van me. Hij draait zich om en ziet mij achter Madeline staan. Er verschijnt een brede glimlach op zijn gezicht. ‘Amber Reynolds! Hoe gaat het met jou? Ik hoorde al dat je nu hier werkt.’ Hij geeft me een knuffel, het vertoon van zoveel affectie verbaast me eerlijk gezegd. Ik plooi mijn mond tot een glimlach en probeer niet al te ontoeschietelijk over te komen – ik kan hem echt niet terugknuffelen, ik hoop alleen maar dat hij me snel weer loslaat.

Als hij dat eindelijk doet, zeg ik: ‘Met mij gaat het goed, hoor, dank je. Hoe is het met je gezin?’ Hij krijgt de kans niet te antwoorden.

‘Wat heb jij hier te zoeken? Niemand wil jou interviewen,’ zegt Madeline terwijl ze een nijdige blik mijn kant op werpt.

‘Matthew heeft me gevraagd je terzijde te staan.’

‘Dat zal wel.’

Er is weinig over van Johns glimlach. Hij doet dit werk al ruim dertig jaar en in die tijd is hij heel wat types als Madeline tegengekomen. Beroemdheid imponeert niet als bescheidenheid ontbreekt.

‘Als ik heel even…’ John rommelt met het microfoontje, maar het is erg lastig om tussen alle lagen zwarte kleding een geschikte plek te vinden om het onzichtbaar vast te klemmen.

‘Blijf van me af,’ snauwt Madeline. ‘Geef maar aan haar, zij doet het wel. Zij is per slot van rekening ook televisieverslaggeefster geweest. Tegenwoordig durft iedereen zich journalist te noemen.’

John knikt, rolt met zijn ogen als ze even niet kijkt en geeft het microfoontje aan mij.

'Ik hoor nog steeds weinig studio,' zegt Madeline, die nadat ik alles heb bevestigd aan haar oortje staat te frummelen.

'Het volume staat helemaal open,' zeg ik tegen John.

'Ik zal even kijken of ik het in de bus kan opschroeven,' zegt hij terwijl hij zijn koptelefoon afzet en achter de camera vandaan komt. 'Als je het niet erg vindt, tenminste.' Ik zie dat hij blij is dat hij een excuus heeft om zich terug te trekken.

'Tuurlijk niet... Nu ik er toch ben, kan ik mezelf maar beter nuttig maken.' Ik pak zijn headset zodat ik de producer aan de andere kant kan horen en geef Madeline een teken als ze kan beginnen. Ze is niet in het minst uit het veld geslagen en schakelt met het grootste gemak naar de meelevendeambassadeursmodus zodra ze denkt dat heel de wereld naar haar kijkt. De antwoorden rollen van haar tong, de ene leugen na de andere.

'Volgens mij was dit het,' zeg ik terwijl ik de headset afzet.

'Weet je het zeker? Dat was wel heel kort.'

'Ik geloof het wel, ze praten nu met een andere gast.' Haar gefakete glimlach is meteen verdwenen. 'Het spijt me dat je dat sms'je hebt gezien,' zeg ik.

'Lulkoek.' Ze oogt geagiteerd en kijkt op haar horloge.

'Als je wel weggaat bij *Coffee Morning*, heb je wel meer tijd voor je liefdadigheidswerk.'

'Ik ga helemaal niet weg, ik heb een vaste aanstelling, en liefdadigheid begint thuis. Is dat je nooit verteld? Komt die eikel nog terug of kan ik gaan?'

'Ik zal even checken of ze klaar met je zijn,' zeg ik terwijl ik de headset weer opzet. Ik ben weer terug in de nieuwsshow. 'Het is vast heel bevredigend werk, hè, om aandacht te vragen voor kwetsbare kinderen?' Het is een gesprek dat we vaker hebben gevoerd, ik weet hoe ze erover denkt.

‘Kwetsbaar, ammehoela. De meesten van die kinderen zijn etterbakjes en dat ligt allemaal aan de ouders. Ze zouden een soort van IQ-test moeten ontwerpen om mensen die te achterlijk zijn om kinderen te krijgen eruit te pikken, en dan zou iedereen die te laag scoort gesteriliseerd moeten worden. Een groot deel van de ellende hier is te wijten aan het feit dat er te veel idioten met hun zwakzinnige nageslacht in dit land wonen.’ Ik zie John een eindje verderop uit de bus stappen. Hij steekt zijn armen in de lucht en begint als een bezetene te zwaaien, alsof hij een vliegtuig in nood naar de landingsbaan dirigeert.

‘Volgens mij kun je gaan,’ zeg ik.

‘Mooi, het werd tijd,’ antwoordt Madeline. Ik ben het volledig met haar eens. Ze draait zich ogenblikkelijk om en marcheert het gebouw in. Ik loop achter haar aan en kan mijn ogen niet van het zendertje afhouden dat nog steeds aan de achterzijde van haar brede, zwarte pashmina zit geklemd. Ze geeft een hengst op de liftknop, kijkt me dan aan en glimlacht. ‘En dan heb je nog die sletten die per ongeluk zwanger worden, vaak van iemand met wie ze geen kinderen zouden moeten krijgen. Daarom heeft God abortus uitgevonden. Helaas kiezen de meeste van die stomme trutten daar niet voor.’ De liftdeuren schuiven open. ‘Ga je mee of niet?’ Ik schud mijn hoofd. ‘O ja, vergeten, je durft niet in een lift.’ Ze maakt een ‘tsts’-geluid, rolt met haar ogen en stapt de lift in, waar ze een paar keer achter elkaar op de sluitknop ramt om ervoor te zorgen dat de deuren dichtgaan voor er iemand anders kan instappen.

Wanneer ik na heel veel trappen op de vijfde verdieping aankom, lijkt het alsof ik net te laat ben voor een aflevering van mijn favoriete dramaserie. Iedereen staart in de richting van Madelines kantoortje. Matthew is bij haar binnen, de deur is dicht, maar ze staan zo hard tegen elkaar te schreeuwen dat hun zogenaamde privégesprek voor iedereen woordelijk te verstaan is.

'Wat is er aan de hand?' vraag ik aan niemand in het bijzonder.

'Madelines microfoontje stond nog aan. Ze schakelden tussendoor even over naar een gast in de studio en vervolgens weer naar haar. Alles wat ze net heeft gezegd is live op tv uitgezonden.'

Ik doe heel erg mijn best om onthutst te kijken.

Vroeger

Vrijdag 30 oktober 1992

Lief dagboek,

Mama is vandaag uit het ziekenhuis gekomen, en dat is best toepasselijk, want morgen is het Halloween en zij is een heks. Zonder haar in huis ging alles beter. Ik had verwacht dat Taylors moeder heel erg boos op me zou zijn na het gedoe met het armbandje, maar ze is eigenlijk nog aardiger dan anders: ze heeft me twee weken lang naar school gebracht en weer opgehaald, want papa moest werken.

Ik wilde Taylor haar armbandje teruggeven en ik heb mijn excuses aangeboden omdat ik het per ongeluk zo lang had geleend, maar ze zei dat het niet erg was en dat ik het mocht houden. Ze heeft het zelfs voor me gerepareerd door met een klein veiligheidsspeldje de schakeltjes weer aan elkaar te maken. Ik vind het er cool uitzien, beter nog dan eerst. Ik denk dat ze me gewoon heel erg dankbaar was voor wat er vorige week op school is gebeurd en dat dit haar manier was om dank je wel te zeggen.

Ik weet echt niet hoe het komt dat de andere meisjes zo'n hekel aan Taylor hebben. Ze ziet er leuk uit en ze is aardig en slim maar dat zijn geen redenen om lelijk tegen haar te doen. Gelukkig maar dat ik haar toen vond in de meisjestoiletten. Ze waren met zijn tweeën: Kelly O'Neill en Olivia Green. Ze hadden proppen nat wc-papier in hun handen en gierden het uit. Ze stonden op de wc-bril over het tussenschot heen naar haar te kijken, de een in het hokje links en de ander in het hokje rechts van Taylor. Ik hoorde Taylor huilen achter haar gesloten deur. Kelly beval haar op te staan en haar billen te laten zien. Het andere meisje floot. 'Als je het doet, gaan we weg,' zei ze en dat leidde tot nog meer gelach. 'Doe niet zo preuts, laat zien.' Ik werd zo kwaad dat ik het in mijn buik voelde en ik trapte hun deurtjes open. Kelly wierp me een vuile blik toe en keek toen weer over het schot heen naar Taylor. 'Je vriendinnetje is er, ze wordt jaloers. Als ik jou was zou ik maar snel je onderbroek ophijsen.'

De deur van de toiletruimte zwaaide open en juffrouw MacDonald verscheen en beval ons naar buiten te komen. Kelly en het andere meisje deden wat ze vroeg en grijnsden naar me toen ze langs me liepen. Ik zei dat ik naar de wc moest en daarna meteen zou komen. Toen ze allemaal weg waren, klopte ik op de deur van het middelste hokje, maar Taylor wilde nog steeds niet naar buiten komen. Dus klom ik in het hokje ernaast op de wc, net als Kelly had gedaan, en keek ik over het schot. Ze zat op de wc-bril met haar broek op haar enkels. Ze was bedekt met nat wc-papier, van die kleffe proppen die je tegen het plafond kunt gooien. Ik denk niet dat ze uit het niets waren gekomen. Ik zei dat ze haar deur van het slot moest halen en dat deed ze.

Ik klom van de wc en duwde zachtjes tegen haar deur. Daar stond ze. Haar ogen waren betraand, haar wangen waren rood en haar broek hing nog steeds op haar enkels, dus ik bukte me en trok hem omhoog. We praten er niet meer over. Ik weet niet of ik het wel had moeten opschrijven. We laten elkaar nu niet meer alleen en de andere meisjes blijven bij ons uit de buurt, wat ik prima vind.

Alles ging perfect, tot mama weer thuiskwam. Ik was vanmiddag zo blij toen ik uit de Volvo stapte dat ik over de oprit naar de deur ben gedanst. Taylors moeder bracht ook steeds eten voor papa en mij mee, dat we in de oven konden opwarmen, dingen die ze zelf had klaargemaakt, die ongelooflijk lekker ruiken en smaken.

Papa drinkt minder dan hij weleens doet en ik mocht heel vaak bij Taylor logeren als hij moest overwerken of naar het ziekenhuis moest. Mij wilde mama niet op bezoek hebben. Niemand heeft dat tegen me gezegd, dat weet ik gewoon. Ik wilde toch niet gaan, ziekenhuizen doen me denken aan toen omoe doodging. Papa zei dat mama een kleine operatie aan haar buik heeft gehad, en dat het daarom zo lang duurde voordat ze weer naar huis mocht. Hij zei dat ze er slecht aan toe is geweest. Hij zei dat ik er niets aan kon doen.

Ik wist dat ze vandaag thuiskwam, maar ik denk dat ik het was vergeten. Dus toen ze boven aan de trap stond toen ik uit school kwam, schrok ik me kapot en werd ik heel bang. Ze zei niets, ze stond alleen maar als een soort spook in haar grote witte nachthemd op me neer te kijken. De kringen rond haar ogen waren nog donkerder dan eerst en ze leek heel erg mager, alsof ze was vergeten te eten in het ziekenhuis.

Ik wist niet wat ik moest zeggen, dus ging ik naar de kamer en zette de grote tv aan. De afstandsbediening doet het niet meer, dus je moet een knop onder het scherm indrukken en dan even wachten tot het beeld aan flikkert. Er was een tekenfilmpje dat ik niet leuk vind, maar ik zat al op de bank, dus ben ik maar blijven kijken. Ik had mijn muts nog op en mijn handschoenen nog aan, want het is altijd koud in huis sinds de verwarming het niet meer doet. We hebben een open haard en op zondag maken we een vuurtje, maar ik mag er nooit dichtbij komen en het is geen zondag vandaag.

Ik hoorde haar de trap af komen, heel langzaam, net als opa toen zijn heup uit de kom was geschoten. Een deel van mij wilde hard weglopen, maar ik kon nergens heen. Ik wilde op mijn nagels bijten, maar mijn handschoenen zaten in de weg, dus ging ik op mijn handen zitten en begon ik met mijn benen te zwaaien, alsof ik niet op een bank maar op een schommel zat.

Ze stond in de deuropening en vroeg of ik iets tegen haar te zeg-

gen had. Ik schudde nee en bleef naar de tv kijken. De kat in het tekenfilmpje zat achter de muis aan, maar die was hem weer eens te slim af. Ik lachte, ook al was het niet zo grappig.
'Het is weer zover, hè?' zei ze.
De muis pakte een paar lucifers en stak ze tussen de tenen van de kat en de kat had het niet eens door, hij stond de hele tijd de verkeerde kant op te kijken. Toen stak de muis alle lucifers aan en rende weg. De kat rook dat er iets brandde maar zag de vlammen pas toen het al te laat was. Ik deed alsof ik er hard om moest lachen en hoopte dat ze weg zou gaan en me met rust zou laten.
'Ik zei: het is weer zover, hè?' Ze zei het met haar boze stem, en dat betekent dat ik op mijn donder krijg.
Ik haalde mijn schouders op, stond op en ging naar de keuken. Mijn kleurspullen van gisteravond lagen nog op tafel, dus ging ik gewoon verder. Mama was achter me aan gekomen en ging tegenover me zitten. Ik keek niet op. Mijn potloden waren stomp, allemaal. Toen keek ik haar aan en vroeg of ze de punten voor me wilde slijpen. Dat mag ik niet zelf doen. Haar ogen zeiden iets, maar haar lippen bewogen niet. Ze schudde haar hoofd om nee te zeggen. Ik wilde toen alleen nog maar meer met mijn rode potlood kleuren, maar het was zo stomp dat er bijna geen kleur op het papier kwam. Ik duwde nog harder, waardoor er diepe krassen in het papier kwamen. Mama probeerde mijn hand vast te pakken om me te laten ophouden, maar ik trok hem weg. Ze zei dat we moesten praten, maar ik had haar niets te zeggen, dus bleef ik doen alsof ze er niet was en pakte ik mijn zwarte potlood, waar nog wel een soort van punt aan zat. Het was moeilijk om met mijn handschoenen aan binnen de lijntjes te blijven, het zwarte potlood ging heen en weer over het hele plaatje tot ik niet meer kon zien wat het voorstelde.
Mama zei dat ik haar aan moest kijken. Dat deed ik niet. Ze zei het nog een keer, maar nu zo dat elk woord op zichzelf stond: 'Kijk. Me. Aan.'

Ik keek nog steeds niet op maar fluisterde iets, heel zachtjes. Ze vroeg wat ik had gezegd en ik fluisterde het nog een keer. Toen stond ze zo snel op dat haar stoel omviel, waar ik van schrok. Ze boog zich over de tafel heen en greep mijn kin vast en trok hem omhoog zodat ik haar wel aan móést kijken. Ik kreeg een beetje spuug in mijn ogen toen ze me weer vroeg wat ik had gezegd. Mijn kin deed pijn, dus zei ik: 'Ik. Haat. Je.'
Maar dat fluisterde ik niet.
Ze liet me los en ik rende de keuken uit en de trap op naar mijn kamer. Ik hoorde wat ze me achterna riep, ook al had ik mijn deur dichtgedaan en hield ik mijn handen voor mijn oren.
'Je mag Taylor niet meer zien. Ze komt er niet meer in.'
Ze kan niet voorkomen dat ik Taylor zie, we zitten op dezelfde school.
Ik probeerde te lezen, maar ik kon me niet concentreren, ik bleef de hele tijd maar dezelfde zin lezen. Ik gooide het boek op de grond en haalde Taylors gebroken armbandje uit het laatje naast mijn bed, waar ik het had verstopt. Ik deed de veiligheidsspeld open en probeerde het om te doen, maar het uiteinde gleed steeds van mijn pols. Ik wilde morgenavond langs de deuren gaan voor *trick or treat*, maar ik weet dat ik het niet eens hoef te vragen. Ik hoor haar heen en weer sloffen beneden; ze schraapt ovenschotels leeg in de afvalbak en verpest mijn leven.

Nu

Vrijdag 30 december 2016

Ik ben aan het vliegen, met mijn voeten naar voren, en het duurt even voor ik me herinner dat ik in het ziekenhuis ben. Ik kan me nog steeds niet bewegen of mijn ogen opendoen, maar ik zie lichten verspringen boven me, alsof ik door een tunnel ga. Subtiele overgangen van licht naar donker, van donker naar licht.

Ik realiseer me dat ik stevig ingestopt ben en dat ze me met bed en al ergens heen rijden. Ik weet niet wat dat betekent, vertelde iemand me dat maar. Ik stel mijn vragen in mijn hoofd, maar niemand geeft antwoord.

Verhuizen ze me naar een zaal?

Ben ik beter?

Ben ik dood?

Die laatste gedachte krijg ik niet uit mijn hoofd. Misschien is dit hoe dood zijn voelt.

Ik weet niet waar ik naartoe ga, maar het is er veel stiller dan waar ik was. Het bed rijdt niet meer.

'Ziezo, je bent er. Mijn dienst zit erop, iemand anders komt je straks ophalen,' zegt een onbekende stem. Hij klinkt alsof hij het tegen een kind heeft. Maar dat kan me niet schelen. Hij praat tegen me, en dat kan alleen maar betekenen dat ik nog leef.

Dank je.

Dan is hij weg en wordt het heel stil. Te stil, er ontbreekt iets.

De beademingsmachine.

Ze hebben me losgekoppeld en er zit geen slangetje meer in mijn keel. Daardoor raak ik in paniek, tot ik merk dat ik gewoon ademhaal. Mijn mond is dicht, maar toch vult mijn borst zich met zuurstof. Ik haal zelfstandig adem. Ik word écht beter.

Ik hoor voetstappen en dan voel ik handen op mijn lijf. Ik word weer bang. Ze tillen me van het bed en ik ben doodsbang dat ik val, dat ze me niet goed vasthouden. Ze leggen me op iets kouds. Het ziekenhuishemd is open aan de achterkant en mijn rug verkleumt op het koude oppervlak. Ik lig plat, met mijn handen langs mijn lijf, en ik staar omhoog in het niets, niet in staat om verder dan mezelf te kijken. Ze laten me achter en het wordt stiller dan stil. Eventjes.

Wat het ook is waarop ik lig, het tilt me op en dan schuif ik naar achteren, hoofd eerst, alsof ik mezelf inslik. De stilte wordt doorboord door een doordringend geluid, een soort gedempte, robotachtige schreeuw. Ik weet niet wat er gebeurt. Wat het ook is, ik wil dat het ophoudt. Het meedogenloze gebrom klinkt luid en vreemd en lijkt dichterbij te komen. Totdat het eindelijk ophoudt.

Ik registreer amper dat mijn lichaam teruggeschoven wordt naar het lichtere soort duister. Het mechanische gekrijs is veranderd in het gehuil van een baby en dat is nog veel erger. Ik voel iets nats en besef dat ik mezelf nat heb geplast. Er zat geen zak aan me om mijn vloeibare schaamte op te vangen, de lucht is zo penetrant dat ik mezelf uitschakel.

Het geluid van iemand die fluit laat me ontwaken op een plek waar het iets minder donker is. Ik haat mensen die fluiten. Ik lig op mijn eigen bed en word weer met mijn voeten naar voren door een reeks eindeloos lange gangen geduwd. Boven mijn hoofd volgen licht en donker elkaar weer op, alsof ik onder een lopende band van lampen door rijd. Het bed stopt en wordt naar achteren getrokken en stopt nog een paar keer. Het voelt alsof ik een stofzuiger ben geworden en heen en weer beweeg in een poging mijn eigen viezigheid op te zuigen. We komen abrupt tot stilstand en het gefloten deuntje houdt op hetzelfde moment op.

'Sorry dat ik u lastigval, maar kunt u me zeggen waar de uitgang is? Ik verdwaal hier altijd,' zegt de stem van een oudere vrouw.

'Hindert niets, hoor, dat gebeurt mij nog steeds, het is een doolhof hier. Terug naar waar u vandaan komt en dan de eerste rechts, dan komt u bij de hoofduitgang naar het bezoekersparkeerterrein,' zegt een stem die ik niet wil horen. Ik zeg tegen mezelf dat hij het niet is, dat ik het me inbeeld.

'Dank u.'

'Graag gedaan.'

Het is hem. De stem van de man die me gedrogeerd heeft. Ik weet het zeker.

Hij begint weer te fluiten en dat brengt iets bij me teweeg, het wrikt een vergeten herinnering los. Toen we studeerden liep hij continu te fluiten. Destijds irriteerde het me, nu maakt het me doodsbang. Ik had tegen mezelf gezegd dat ik me vergiste, dat ik in de war was, maar alle twijfel die nog ruimte liet voor hoop is in één klap verdwenen. De man die me hier vasthoudt is Edward. Dat staat nu wel vast. Ik weet alleen niet waarom.

We zijn weer aan het rijden en ik raak in paniek, waar brengt hij me heen? Hij zal vast wel door iemand tegengehouden worden, maar dan besef ik dat hij hier werkt. Niemand die vraagtekens zet bij een ziekenhuismedewerker die een patiënt vervoert. Ik voel me misselijk worden. Artsen horen mensen te helpen, geen pijn te doen.

Waarom doe je me dit aan?

Het bed op wielen staat nu echt stil en ik hoor iets wat veel erger is dan gefluit. Ik hoor de deur dichtgaan.

'Daar zijn we dan, eindelijk weer alleen.'

Eerder

Vrijdag 23 december 2016 – middag

Het hele team gaat altijd samen lunchen op de laatste werkdag voor kerst, maar nu zijn er twee afwezigen: Madeline en Matthew. Gezien de laatste socialemediaorkaan van de vijfde categorie en het feit dat het verhaal door een aantal andere zenders is opgepikt, verbaast dat me niets. Het volledige interview is op YouTube gezet en #FrostBijtInHet-Stof scoort hoog op Twitter, zij het om iets andere redenen dan eerst. Ze heeft vast de laatste chantagebrief die ik in haar tas heb gestopt nog niet gevonden. Maakt niet uit, die kan wachten.

Madeline en Matthew houden een crisisberaad met de omroepbazen op de zevende verdieping. Ik kan me niet voorstellen hoe dit verhaal nog een happy end kan krijgen, voor geen van beiden. Matthew zei tegen ons dat we alvast vooruit moesten gaan. Hij heeft gereserveerd in een klein Italiaans tentje om de hoek, omdat niets kerstiger is dan gehaktballetjes in tomatensaus!

De restauranteigenaar kijkt niet echt blij als hij ons ziet. We krijgen één lange tafel, alsof we aanzitten aan een middeleeuws banket, gedekt met kerstservetten en *Christmas crackers* en papieren kroontjes. De anderen vinden dat we de plaats aan het hoofd van de tafel vrij moeten laten voor Matthew, mocht hij nog komen, ik neem aan omdat hij het hoofd is van een disfunctioneel werknemersgezin. Ik kies een plaats aan het eind van de tafel, zo dicht mogelijk bij de buitendeur, en ervaar een moment van opluchting als Jo op de lege stoel naast me plaatsneemt. Godzijdank is zij er ook.

'*Vino rosso*?' vraagt ze voor ze naar een geopende fles huiswijn reikt die op tafel staat.

'Ik niet, dank je.' Ze trekt een gezicht maar ik kan zelfs aan Jo niet vertellen wat er is, niet voor ik het zeker weet. 'Niets aan de hand, hoor, ik heb alleen gisteren een beetje te veel gedronken.'

'Met Paul?'

'Nee, met een vriend van vroeger.'

'Van voor mij?'

'Ik heb nog meer vrienden,' zeg ik, beseffend dat ik verder geen vrienden heb, niet meer. Dit jaar hebben we zelfs minder kerstkaarten ontvangen dan ik had geschreven.

Een van de producenten buigt zich naar me toe met een Christmas cracker en probeert mijn aandacht te trekken. Ik beantwoord haar glimlach en vouw mijn vingers om het uiteinde van het glanzende goudpapier. Ik trek hard, maar er gebeurt niets en daar moeten we allebei om lachen. Ik trek harder en de Christmas cracker knalt open. Ik schrik me een hoedje, ook al was ik erop bedacht. Ik heb gewonnen. Ik zet het papieren kroontje op en lees mijn teamgenoten het raadseltje voor.

'Wat vaart op zee en is heel nerveus?' Ik kijk de kring verwachtingsvolle gezichten rond. Ik betwijfel of ik ze ooit nog zal zien. 'Een zenuwbonk.'

Een enkel glimlachje, een kreun, maar niemand die echt lacht. Iemand anders leest een beter raadsel voor.

Jo wijst naar het rode visje van flubberig plastic dat uit de Christmas cracker op het tafelblad is gevallen. Ik pak het op en leg het plat op mijn handpalm. Ik ken deze visjes, van toen Claire en ik klein waren. FORTUNE TELLER – MIRACLE FISH staat er op het witte envelopje waar hij in zat, en de herinnering tovert een glimlach op mijn gezicht. De vissenkop krult omhoog. Ik weet niet meer wat dat betekent, dus kijk ik op het bijgevoegde papiertje met uitleg. BEWEGENDE KOP = JALOEZIE.

Weg visje, weg glimlach. Ik ben jaloers. En daar heb ik alle reden toe.

De deur gaat open en er komt een stroom koude lucht naar binnen, waardoor bij een aantal mensen het kroontje van hun hoofd wordt geblazen. Het is Matthew. Madeline is niet meegekomen.

Hij maakt een show van het uittrekken van zijn jas en neemt plaats aan tafel. Vervolgens tikt hij met zijn mes tegen zijn glas prosecco, wat eigenlijk niet nodig is: het restaurant is op onze tafel na leeg en het beleefdheidsgebabbel van niet-drinkende collega's is al uitgeput, hoewel we genoeg hadden om over te roddelen.

'Ik hoop dat jullie allemaal gaan genieten van de kerstlunch en een welverdiende vrije middag...' zegt hij, een pauze inlassend voor het dramatische effect. Ik zou het liefst mijn bord naar zijn hoofd gooien. Ik vouw mijn papieren servet open en leg het op mijn schoot. 'Maar voor we beginnen, heb ik droevig nieuws voor jullie.' Nu heeft hij mijn onverdeelde aandacht. 'Ik weet dat jullie allemaal op de hoogte zijn van het ongelukkige incident met Madelines microfoontje tijdens het lunchbulletin vandaag.'

Ik neem kleine slokjes van mijn limonade, waarin zoveel ijs zit dat het pijn doet aan mijn tanden.

'Wat ik jullie ga vertellen heeft daar absoluut niets mee te maken.'

Leugenaar. Ik zet mijn glas neer en zet onder tafel mijn

handen in een vooruitwijzend bidgebaar tegen elkaar om te voorkomen dat ik in het openbaar velletjes van mijn lippen ga pulken.

'Het spijt me jullie te moeten vertellen dat Madeline helaas heeft besloten om ons om persoonlijke redenen te verlaten. Ze zal *Coffee Morning* niet langer presenteren.'

Kreten van ontsteltenis, waaronder die van mij.

'Ik vertel het jullie nu alvast omdat het morgen in alle kranten zal staan, en om jullie te verzekeren dat het programma blijft bestaan, jullie banen staan niet op het spel. We zullen het nieuwe jaar beginnen met enkele gastpresentatoren – Amber, ik hoop dat je hen kunt bijstaan, zoveel je kunt – en vervolgens een oplossing van langduriger aard zoeken.' Ik knik. Dit is zijn manier om mij te laten weten dat mijn baan niet op de tocht staat.

Het geklets en geroddel begint weer. Nu we iets nieuws hebben om over te praten, is er slechts één gespreksonderwerp. Matthew zei dat Madeline om persoonlijke redenen had besloten op te stappen – ik denk dat ik hier de enige ben die weet hoe persoonlijk die redenen zijn.

Het kerstknoflookbrood wordt op tafel gezet, het oogt droog en onsmakelijk. Ik zit te bedenken hoe ik ertussenuit kan knijpen als er achter me tegen het raam wordt geklopt. Ik draai me om en zie iemand staan, maar de kunstsneeuw op het glas maakt het moeilijk om het lachende gezicht dat me aankijkt te herkennen.

'Ken je hem?' vraagt Jo.

Ik weet even niet wat ik moet zeggen, mijn brein draait op volle toeren om te bedenken hoe hij opeens voor mijn neus kan staan. Edward schenkt ons allebei een brede glimlach.

'Momentje,' zeg ik tegen niemand in het bijzonder en ik sta op van tafel. Ik ga naar buiten, waar de koude wind me eraan herinnert dat ik beter eerst mijn jas had kunnen aantrekken.

'Hoi,' zegt hij, alsof hij het geoorloofd vindt om hier ineens op te duiken.

'Wat kom jij doen? Volg je me soms?'

'Whoa! Nee hoor, sorry. Ik snap dat het er zo uit kan zien, maar ik stalk je niet, echt niet. Je hebt gisteravond verteld dat jullie hier vandaag zouden gaan lunchen.'

Heb ik dat verteld?

'Ik had een vergadering iets verderop in de straat, en toen ik je zag zitten klopte ik in een opwelling op het raam, gewoon om dag te zeggen.'

Ik geloof hem niet.

Het valt me op dat hij zich niet heeft geschoren, er ligt een donker, stoppelig waas over zijn gebruinde kaken en kin, en hij heeft hetzelfde aan als hij gisteren aanhad, ik zie het witte overhemd onder zijn lange wollen jas. Hij wacht tot ik iets zeg en als ik dat niet doe, probeert hij het nog een keer.

'Ik lieg. Sorry. Dat is niet netjes van me. Je kijkt dwars door me heen, dat deed je vroeger ook al. Ik had geen vergadering. Ik herinnerde me dat je hier zou gaan lunchen en ik zocht naar een manier om je nog even te zien...'

'Luister, Edward...'

'Om mijn excuses aan te bieden. Ik schrok me kapot toen ik vanochtend wakker werd en me alles van gisteravond herinnerde. Ik wilde alleen maar mijn excuses aanbieden, meer niet. Ik weet niet waarom ik al die dingen heb gezegd, het zal de wijn wel zijn geweest. Niet dat ik je niet geweldig vind, hoor, maar wat geweest is, is geweest. Ik zal je niet langer ophouden, het spijt me echt, ik wilde alleen de lucht zuiveren en je ervan verzekeren dat ik geen psychopaat ben.'

'Oké...'

'Je staat te vernikkelen, ga alsjeblieft weer naar je vrienden. Ik vrees dat ik het alleen maar erger heb gemaakt. Ik zal je niet meer lastigvallen, Amber. Ik heb echt spijt van mijn gedrag.'

Hij oogt alsof het hem heel erg spijt, zo erg dat ik een beetje medelijden met hem krijg. Het is niet makkelijk om in een stad te wonen waar niemand weet wie je bent. Ik kijk om en zie dat Jo me van achter het raam naar binnen wenkt. Het voelt alsof ik iets tegen hem moet zeggen, maar ik kan de juiste woorden niet vinden. Ik heb het koud en ik voel me opgelaten, dus kies ik de verkeerde.

'Fijne kerstdagen, Edward. Tot ziens maar weer,' zeg ik, waarna ik weer naar binnen ga en hem in de kou laat staan.

Vroeger

Vrijdag 11 december 1992

Lief dagboek,
Het is weer zover. Ik ben van school gestuurd, maar dat is echt niet mijn schuld. Ik wilde helemaal niet naar school vandaag, want ik voelde me niet lekker, en als ik van mama in bed had mogen blijven was dit allemaal niet gebeurd. Eigenlijk is het dus haar schuld, zoals alles, maar ik denk dat zij het anders zal zien als ze erachter komt. Schelden doet geen pijn zei omoe altijd, maar Taylor had zich behoorlijk pijn kunnen doen als ik niet iets had gedaan.
We zaten in het technieklokaal en werkten voor het eerst met de bunsenbranders. Ik had me al heel lang afgevraagd wat het voor dingen waren, maar tot vandaag hadden we er nooit aan mogen komen. De gaslucht die vrijkwam toen we ze aanstaken vond ik lekker, het deed me denken aan omoes oude fornuis. Meneer Skinner deed alles voor. In alle bunsenbranders zit een gaatje en dat is belangrijk. Als het gaatje dicht is, krijg je een gele vlam, maar als het open is krijg je een gloeiend hete blauwe vlam. Het heeft eigenlijk allemaal met verbranding te maken. Maar gas kan gevaarlijk zijn, net als vuur natuurlijk, dus toen ik van de wc terugkwam en zag dat Kelly de vlam vlak bij Taylors haren hield, moest ik iets doen.
Deze keer was haar neus gebroken, zeiden ze. Ik herinner me niet eens dat ik dat heb gedaan, ik wilde haar alleen maar uit de buurt van Taylor krijgen. Meneer Skinner trok me van haar af en vroeg

wat er was gebeurd en ik zei dat ik het niet wist. Hij schreeuwde dat ik niet moest liegen en dat hij het gezien had, maar ik loog niet. Het enige wat ik me kan herinneren is dat de gezichten van Taylor en Kelly te dicht bij elkaar waren. Het was alsof er iets bij me knapte vanbinnen. Taylor is mijn vriendin. Niemand moet het wagen haar iets aan te doen. Ik had geen keus.

Meneer Skinner sleurde me aan mijn blazer naar de kamer van de directrice. Bij haar was ik nog niet binnen geweest, maar ik was niet bang. Ze zijn allemaal hetzelfde en ze kunnen me toch niets maken, niet echt. Het was erg dramatisch allemaal, een beetje alsof het een film was of zo. Alleen zou ik in een film de heldin zijn geweest. Maar nu, omdat het echt was en geen film, was ik de slechterik, die op een harde stoel in de gang werd gezet waar ik moest wachten terwijl zij mama belden.

Taylor kwam de gang in met de schoolverpleegkundige. Ze had haar hoofd gestoten toen ik haar wegduwde om haar te redden. Ze keek niet erg blij. Haar gezicht was helemaal rood en opgezwollen van het huilen, maar ze mankeerde niets, dankzij mij. De verpleegkundige zei tegen haar dat haar moeder eraan kwam. Tegen mij zei de verpleegkundige niets, en Taylor zei ook niets. Het is nog nooit gebeurd dat we elkaar niets te vertellen hadden, dus dat maakte me verdrietig. Ik vroeg of alles goed met haar was, maar ze bleef naar de grond kijken. Net toen ik het nog een keer wilde vragen, zei ze iets.

'Dat had je niet moeten doen,' zei ze.

Wat ik erg ondankbaar vond.

'Waarom niet?' vroeg ik.

'Omdat je dit moet gebruiken,' zei ze terwijl ze naar haar hoofd wees, 'en niet deze.' Ze stak haar handen omhoog. 'Hoe denk je dat ze tegen me doen als jij er niet bent? Je hebt alles verpest.'

Haar woorden maakten me verdrietig maar ook boos. Ik zag dat ze van streek was, dus zei ik maar niets en slikte mijn boosheid in. Er zat zoveel boosheid in me dat ik er buikpijn van kreeg.

Taylors moeder kwam binnen en gaf Taylor een dikke knuffel. Ik was bang dat ze net als Taylor verwijtend tegen me zou doen, maar ze gaf ook mij een knuffel, en toen wist ik dat ze nog steeds van me hield. Ik denk dat ze van me houdt. Niet zoveel als ze van Taylor houdt, maar best veel. Ze vroeg of mama me kwam ophalen en ik zei dat ik het niet wist. Taylors moeder en mijn moeder praten niet meer met elkaar sinds het voorval met het armbandje.

Taylors moeder sprak met de directrice in haar kamer. We konden alles horen door de glazen deur heen, waardoor ik het bordje op de deur waarop PRIVÉ stond behoorlijk stom vond. De school kreeg mijn moeder niet te pakken en mijn vader ook niet en uiteindelijk vonden ze het goed dat Taylors moeder me naar huis bracht.

Taylor zei niets tegen me toen we naar buiten liepen en ook niet toen we in de Volvo zaten en zelfs niet toen we stilstonden voor mijn huis. Taylors moeder keek me aan over haar schouder, alsof ze zich afvroeg wat ik daar nog deed, maar toen vroeg ik of ze met me mee wilde lopen en aan mama wilde uitleggen wat er was gebeurd, omdat ik bang was. Toen veranderde haar gezicht, een beetje alsof het helemaal zacht werd, en haar grote groene ogen keken verdrietig maar ook vriendelijk. Ze zei tegen Taylor dat ze in de auto moest blijven, maar Taylor had haar gordel niet eens losgemaakt – ze zat alleen maar naar buiten te kijken. Ze zei me niet eens gedag.

Taylors moeder liep achter me aan over het pad en klopte op de deur. De bel is al een tijdje stuk. Toen er niemand naar de deur kwam keek ik omhoog en zij omlaag, en ze glimlachte naar me. Ze is zo mooi en aardig en haar kleren kloppen altijd alsof alles wat ze draagt ook echt bij elkaar hoort. Ze klopte nog een keer. Toen er echt niemand kwam, vroeg ze of ik een sleutel had. Ik zei van wel maar ik zei ook dat ik nog steeds bang was, wat niet echt gelogen was, want ik was een beetje bang. Ik wist dat papa en mama heel boos zouden zijn. En aan omoe had ik beloofd dat zoiets nooit

meer zou gebeuren. Maar omdat omoe dood is, weet ik niet of ik mijn belofte nu verbroken heb of niet.
Zodra we binnen waren riep ik mama, maar er kwam geen antwoord. Toen zag ik haar. Eerst haar voeten, ze staken achter de bank vandaan, alsof ze zich had verstopt maar niet op zo'n slimme manier. Toen ik dichterbij kwam, zag ik dat ze zich niet had verstopt. Ze bewoog niet, haar ogen waren gesloten en ze lag met haar gezicht in een grote plas braaksel. Ik gilde naar Taylors moeder, ik was echt heel bang. Het leek echt alsof mama dood was, net als toen ze gebroken onder aan de trap lag. En het stonk verschrikkelijk. Haar hele kin en haar kleren zaten onder de kots. Taylors moeder zei dat ik niet bang hoefde te zijn, dat er wel iets was met mama maar dat alles goed zou komen. Ik moest haar helpen mama naar boven te sjouwen, en toen zei ze dat ik Taylor moest gaan halen. Ik zag dat Taylor niet wilde, maar ze ging toch mee. Maar ze zei nog steeds niets.
We gingen op de bank zitten en Taylors moeder zei dat we de tv aan moesten zetten en beneden moesten blijven. Ik zette hem aan, maar we keken niet echt en hij stond te zacht om het geluid dat van boven kwam te overstemmen. Taylors moeder sleepte mijn moeder mee naar de badkamer om de kots van haar af te wassen. Mama huilde heel hard en begon toen allerlei dingen te schreeuwen.
Van al haar geschreeuw heb ik drie dingen onthouden:

1. Fuck you. (Dat riep ze aan één stuk door.)
2. Mijn huis uit, vuile bitch. (Het is haar huis niet, het is omoes huis.)
3. Ik hoef je hulp niet.

Dat laatste vond ik nogal raar want het was duidelijk dat iemand haar moest helpen.
Behalve tegen papa heb ik mama nog nooit zo tegen iemand tekeer horen gaan. Ze schold Taylors moeder ook voor snob uit. Een

snob is iemand die zichzelf beter vindt dan een ander. Ik denk niet dat Taylors moeder dat vindt, hoewel ze een veel beter persoon is dan mijn moeder, ze is de beste moeder die er bestaat. Het was een afschuwelijke middag, maar stiekem was ik ook wel een beetje blij, want door al het gedoe dacht niemand er meer aan dat ik van school was gestuurd.
Taylor en haar moeder gingen pas weg toen papa thuiskwam. Hij zei de hele tijd 'Sorry' en 'Dank je wel', alsof hij verder niets wist te zeggen. Toen ze weg waren vroeg hij of ik zin had in kipnuggets. We aten met ons bord op schoot op de bank voor de grote tv, die nog steeds aanstond zonder dat er iemand naar keek. Papa was de ketchup vergeten maar ik zei er niets van. Hij maakte geen eten voor mama en ik denk dat ik wel weet waarom. Terwijl we zonder tv te kijken onze kipnuggets zonder ketchup opaten besefte ik voor het eerst dat papa waarschijnlijk net zo graag als ik wilde dat mama dood was.

Nu

Vrijdag 30 december 2016

'Hoe staat het ermee, Amber? Je bent je vechtlust nog niet kwijt, zie ik. Mooi zo.'

Mijn ziekenhuiskamer lijkt een tikje donkerder dan hij was. Ik wil het uitschreeuwen als Edward mijn gezicht aanraakt. Ik wil verdwijnen zodat hij me niet meer kan zien en nooit meer kan terugvinden.

'En dat je nu zelfstandig kunt ademen is heel goed nieuws, knap van je, hoor.'

Zijn vingers glijden naar mijn rechteroog, dat hij opentrekt. Heel even zie ik een wazig silhouet over me heen hangen, tot hij met een fel lampje in mijn oog schijnt, wat me totaal verblindt. Ik zie alleen maar wit, met een regen van bewegende puntjes erin. Hij doet hetzelfde met mijn linkeroog en dan wordt mijn wereld weer zwart.

'Ik denk dat je iets te snel vooruitgaat, misschien moeten we de boel een beetje vertragen.'

Ik hoor dat hij iets doet maar ik weet niet wat. Net als ik de hoop wil opgeven en me in mijn lot wil schikken hoor ik de deur opengaan.

'Hoe is het met haar?' vraagt Paul. Ik snap niet waarom hij zo rustig reageert op die man in mijn kamer, maar dan bedenk ik me dat hij alleen maar een witte jas ziet.

'Ik vrees dat ik niet de meest geschikte persoon ben aan

wie u dat kunt vragen,' zegt Edward.

'Neem me niet kwalijk, er komen hier zoveel mensen binnen… Hebben we elkaar niet eerder gesproken?'

'Ik dacht het niet, ik ben patiëntenvervoerder…'

Patiëntenvervoerder? Ik begrijp er niets van.

'… en de nachtdienst is al begonnen, dus u hoort hier niet meer te zijn.'

'U wel dan?' vraagt Paul.

Het blijft even stil en ik wacht angstig af wat er komen gaat.

'Uw vrouw heeft een scan gehad en ik heb haar net naar haar kamer teruggereden. Ik doe gewoon mijn werk.'

Je hebt niet tegen hem gezegd dat je mijn man bent. Gebruik je hersens, Paul, denk na.

'Het spijt me, dat was onbeleefd van me. Ik ben erg moe, excuseert u me. U komt vast van alles tegen, 's nachts in zo'n ziekenhuis,' zegt Paul.

'Het zou u verbazen wat er in het donker allemaal gebeurt,' antwoordt Edward. 'U mag best nog even blijven om uw vrouw gedag te zeggen, maar dan moet u weg. Ziekenhuisregels, hopelijk hebt u er begrip voor. Maar u kunt met een gerust hart gaan: wij zorgen goed voor haar in uw afwezigheid.'

Edward vertrekt en laat Paul en mij alleen. Hij trekt een stoel bij en gaat zitten. Ik moet iets verzinnen om hem duidelijk te maken dat de man die hij zojuist heeft gesproken degene is die me hier vasthoudt. Ik snap niet waarom Edward zei dat hij patiëntenvervoerder was en waarom Paul hem geloofde. Claire komt de kamer binnen, en voor het eerst ben ik daar blij om. Zij is zo slim, zij prikt er vast doorheen.

'Wie was dat?'

'Iemand die patiënten vervoert, hij zei dat we weg moesten.'

'Daar zal hij wel gelijk in hebben, het is al laat,' zegt ze terwijl ze naast Paul gaat zitten, nu eens niet aan de andere kant van het bed.

'Ze bewoog haar vinger, dat heb jij ook gezien. Ze wees naar iets, ik weet het zeker,' zegt hij.

Ik weet het weer. Ik wees naar het bordje NOODUITGANG. *Ik dacht dat ik het droomde maar ze hebben het gezien!*

'Ik zag haar vinger bewegen, ja, maar je hebt gehoord wat de dokter zei. Er zijn comapatiënten die hun hand bewegen, hun ogen opendoen, er zijn er zelfs die praten, maar ze zijn nog wel in coma. Die beweging van haar kun je vergelijken met een beweging die je in je slaap maakt als je naar droomt.'

Dit is erger dan een nare droom.

'Ik vind dat we positief moeten blijven, als ze de uitslagen hebben, zullen we wel...'

'Ik denk dat we realistisch moeten blijven,' onderbreekt Claire hem.

Dan zegt niemand meer iets.

'Trouwens, hen geloof ik ook niet,' zegt Claire na een poosje.

'Denk je dat de artsen tegen ons liegen?'

'Nee, dat niet. Ik denk dat ze niet naar ons luisteren. Het leek echt alsof ze ons iets duidelijk wilde maken, maar zij kennen haar niet en wij wel.'

'Maar waarom heeft ze het dan niet nog een keer gedaan?'

'Heb je dat aan haar gevraagd? Stel dat ze daar ligt en elk woord hoort?'

Claire pakt mijn hand, haar vingers zijn ijskoud.

'Amber, als je me kunt horen, knijp dan in mijn hand.'

'Dit slaat nergens op.'

'Misschien is het te moeilijk.' Ze legt mijn hand terug op het bed en laat hem los. 'Oké, Amber, we kijken naar je rechterhand. Als je me kunt horen, beweeg dan je vinger, ook al is het maar een klein beetje.' Ik wil het graag. Ik doe heel erg mijn best, maar hij heeft iets met me gedaan, ik weet het zeker. Ik stuur al mijn aandacht naar mijn rechterhand, het voelt alsof ik lig te hijgen van inspanning, maar er gebeurt niets.

'Het spijt me,' zegt Claire.

'Dat hoeft niet,' zegt Paul. 'Ik weet dat je alleen maar wilt helpen. En ik denk dat je gelijk hebt dat we even wat rust moeten nemen, laten we zo maar gaan.'

Nee, alsjeblieft niet.

'Nog vijf minuutjes, dan gaan we.'

We zitten met zijn drieën bij elkaar in de stille kamer. Zeiden ze maar iets, want ik voel dat ik wegglijd naar een andere plek en ik wilde dat ik iets had waaraan ik me kon vasthouden. Claire verbreekt het stilzwijgen.

'We hebben hulp nodig als ze nog lang in deze toestand blijft.'

'Dat blijft ze niet.'

'Dat hoop ik ook, maar als het wel zo is, redden we het niet met zijn tweeën.'

'O jawel, we gaan gewoon om de beurt bij haar zitten.'

'Een paar dagen hou je dat nog wel vol, maar dan? David trekt het niet om in zijn eentje voor de tweeling te blijven zorgen, en ik heb geen ouders meer die kunnen bijspringen, zoals vroeger. Heeft ze een vriendin die we kunnen bellen?'

Paul geeft geen antwoord.

'Ze heeft toch nog wel vriendinnen?' vraagt Claire.

'Ze heeft het weleens over ene Jo, op haar werk, ze gaan af en toe samen uit.'

Hun gesprek stokt en ik word misselijk. Claire herpakt zich sneller dan ik.

'Een vriendin die Jo heet?'

'Ja, een vrouw.'

Ik kan haar bijna horen denken.

'Heb je haar weleens gezien?' vraagt ze.

'Nee. Hoezo?'

'Zomaar. Nou ja, wie weet kan zij ons helpen.'

'Ik heb haar nummer niet.'

'Dat staat vast in haar mobiel, denk je ook niet?'

Ik hoor dat Paul iets opendoet en dan zie ik voor me hoe hij in mijn handtas rommelt, en de kamer begint de ene kant op te tollen en mijn bed de andere kant. Ik hoor haar zingen in de verte, het kleine meisje in het roze, maar ik moet hier blijven, ik moet dit zien te voorkomen. Paul mag niet in mijn telefoon kijken, er staan dingen in die hij niet mag zien. Ik geloof dat ik me iets ergs herinner. Iets wat ik niet had moeten doen, wat mijn man woedend zou maken als hij erachter kwam. De herinnering voelt heel realistisch, en roept een volgende herinnering op. Ik voel weer die sterke handen die mijn keel dichtdrukken, ik vecht om lucht te krijgen, maar nu geloof ik dat ik weet waarom. Mijn angst metselt zich in in mijn hoofd, zodat er niets meer bij komt of uit kan.

'De batterij is leeg,' zegt hij. Het draaien van de kamer wordt minder, maar houdt nog niet op. 'Ik neem hem wel mee, dan kan ik hem thuis opladen.'

Eerder

Vrijdag 23 december 2016 – namiddag

'Ik kan niet geloven dat ik het heb gedaan,' zeg ik.

'Ik ook niet, maar ik ben er blij mee,' antwoordt Edward.

'Ze zitten nu vast allemaal te praten over het feit dat ik er tijdens de kerstlunch met een vreemde vandoor ben gegaan.'

'Ik ben niet echt een vreemde.'

We lopen een café in en gaan aan hetzelfde tafeltje zitten waaraan ik een paar dagen geleden met Jo heb gezeten. Ik vind het een fijne plek, het voelt hier veilig, vertrouwd, alsof er nooit iets naars kan gebeuren.

'Er is nogal wat gedoe op mijn werk de laatste tijd, ik ga liever iets drinken met een oude vriend dan een beetje quasigezellig zitten babbelen bij een glas lauwe prosecco.' Ik laat een korte stilte vallen, eigenlijk zou ik meer moeten vertellen. 'Want meer is dit niet: twee vrienden die iets gaan drinken om een misverstand uit de weg te ruimen.'

'Begrepen,' antwoordt Edward. 'Wat kan ik voor je halen?'

'Ik betaal,' zeg ik terwijl ik mijn portemonnee opdiep uit mijn tas, die ik op mijn stoel laat staan. Hij is zwaar van alle spullen die ik niet op kantoor wilde laten liggen, spullen die ik misschien nog nodig heb.

'Doe mij maar een *pale ale*, kijk maar wat ze op de tap hebben.'

'Komt eraan, ik ben zo terug.'

Het is druk aan de bar en tijdens het wachten kijk ik naar de zwart-witfoto's die aan de muren hangen. Mijn ogen vinden de datum op het lijstje dat het dichtst bij me hangt: 1926. Alles ziet er nog exact zo uit als toen. De wereld draait maar door en blijft zichzelf maar herhalen tot er iets verandert, wat nooit zal gebeuren, omdat wij er niets aan kunnen veranderen. Ik maak een rekensommetje en besef dat ik word toegelachen door gezichten van mensen die dood zijn. Ik kijk weg. Als ik eindelijk aan de beurt ben, lijkt het alsof mijn voetzolen vast blijven kleven aan het lelijke bonte tapijt, zo langzaam kom ik vooruit. Ik manoeuvreer door de drukte naar het tafeltje, met in mijn ene hand een pint bier en in mijn andere een glas frisdrank en tussen mijn tanden twee zakjes cheese onion-chips. Edwards gelaatsuitdrukking verandert een beetje als ik ga zitten. Ik kan zijn blik niet duiden, dus doe ik of ik het niet heb gezien.

'Cheers,' zeg ik terwijl ik mijn glas hef.

'Cheers.'

'En, wat zijn je plannen voor de kerstdagen?'

'Ik moet helaas werken. Ik heb aan het kortste eindje getrokken en draai nachtdiensten van kerst tot Nieuwjaar.'

'Oei.'

'Hindert niet. Een nacht doorhalen is lang niet zo erg als vaak wordt gedacht.' Zijn woorden maken een herinnering los, die naar de oppervlakte komt.

'Weet je nog toen ik afstudeerde?' Ik zie dat zijn gezicht tegen een glimlach vecht.

Een poosje gaat het vanzelf, is het bijna gezellig. We praten over vakanties en landen die we hebben bezocht sinds we uit elkaar zijn en laveren veilig om gezamenlijke herinneringen heen naar verhalen die we niet gemeen hebben.

Een beetje afstand scheppend, de orde herstellend. Ik denk dat we op veilig terrein zijn en begin me wat meer ontspannen te voelen.

'Ben je gelukkig?' vraagt hij. Hij legt zijn handen op het tafeltje, nét iets te dicht bij de mijne. Ik breng mijn handen in veiligheid op mijn schoot en haak ze in elkaar tot één vuist.

'Ik hou van mijn man.'

'Dat vroeg ik niet.'

'Edward.' Dit is de laatste keer dat we elkaar zien, dit is een afscheid. Dat weet hij ook, maar toch vraagt hij het nog een keer.

'Nou? Ben je gelukkig?'

Ik besluit hem antwoord te geven, mijn glas leeg te drinken en dan naar huis te gaan.

'Nee, ik ben op dit moment niet echt "gelukkig". Maar dat heeft niets met mijn huwelijk te maken.'

'Waarmee dan wel?'

'Met het leven in het algemeen, denk ik. Het is moeilijk uit te leggen.'

'Probeer het eens.'

'Ik heb fouten gemaakt en daar krijg ik nu de rekening van gepresenteerd.'

Eerder

Vrijdag 23 december 2016 – vroeg in de avond

Ik word wakker met een bonkende hoofdpijn en kan niet thuisbrengen waar ik ben of wat er met me is gebeurd. Het laatste wat ik me herinner is dat ik met Edward zat te praten, in de pub. Ik ga overeind zitten. De plotse beweging maakt dat de kamer gaat golven alsof ik in een klein bootje op ruwe zee zit, maar ik zit niet in een bootje, ik zit op een bed. De kamer waarin ik me bevind is donker, de gordijnen zijn dicht. Het schemerige duister en de geur van deze plek komen me niet bekend voor, het is een mengeling van muffe spullen en zweet. Ik herken nog steeds niets, maar besef ineens dat ik naakt ben.

De tijd staat even stil terwijl ik naar mijn bleke, witte lichaam kijk. Elk stukje van mezelf dat gewoonlijk is bedekt, is verstopt, is nu bloot. Bijna meteen wordt het heel lawaaiig in mijn hoofd. De slaapkamer waarin ik me bevind is niet mijn slaapkamer. Ik kijk naar de onbekende marineblauwe lakens, ik hoor het geluid van een douche en ik probeer de vreemde smaak in mijn mond te duiden. Ik kijk om me heen of ik mijn kleren zie, ze liggen op de vloer. Ik heb niet eens alcohol gedronken, alleen maar frisdrank. Ik heb niets gedaan. Ik zou zoiets nooit doen.

Ik kan me niets herinneren.

Ik probeer me te bewegen, overeind te komen. Als ik probeer op te staan, voelt het alsof alles in slow motion gaat. De kamer begint opnieuw te hellen en te draaien. Ik voel me een druppel kwik gevangen in een labyrint – wat ik ook doe, het lukt me niet de goede kant op te bewegen. Ik buig mijn bovenlichaam voorover in een poging het aan mijn wil te laten gehoorzamen, maar hoe dieper ik buig hoe banger ik word dat ik breek. Ergens in de verte hoor ik een man fluiten, het geluid wordt gemengd met het gekletter van de douchestraal. Ik voel me misselijk. Dit kan niet waar zijn. Ik ben niet het type dat zoiets doet.

Ik dwing mezelf op te staan en voel de pijn tussen mijn benen. Ik weet niet of dit echt is of dat mijn verbeelding me parten speelt. Ik probeer alle gedachten en gevoelens van me af te zetten en doe een stap in de richting van het hoopje kleren die ik als die van mij herken. De kamer begint weer te tollen, probeert me uit mijn evenwicht te brengen. Ik kijk omlaag naar mijn blote benen en zie een tatoeage van blauwgroene plekken op allebei mijn knieën. Er is iets heel ergs gebeurd.

Ik moet proberen het me te herinneren.

In gedachten neem ik als een bezetene een map van recente herinneringen door, maar elk bestand dat ik open is leeg, tot ik weer in de pub beland. Ik heb alleen frisdrank gedronken, ik weet het zeker. Ik ben naar het toilet gegaan, weer teruggekomen en wilde snel naar huis gaan. En dan… niets.

Ik kijk nog een keer in het rond. Naast het bed zie ik een ingelijste foto staan, en mijn lichaam vergeet adem te halen. Mijn jongere ik kijkt naar me op, lacht om hoe dom ik ben geweest. Een jonge Edward heeft zijn arm om haar schouders geslagen, trekt haar iets te dicht tegen zich aan, hoewel ze dat niet erg lijkt te vinden. Ik weet nog dat de foto werd gemaakt. Het was bij mijn afstuderen. Een paar dagen voor ik het uitmaakte. Niet dat ik dat wilde, ik kon niet anders. Hij heeft hem al die tijd bewaard. De jongen op de foto is een man geworden die ik niet ken. Een man voor wie ik nu heel erg bang ben. En op de een of andere manier ben ik in zijn flat beland en liggen mijn kleren op zijn vloer.

Ik wil het me niet herinneren.

Dit is niet goed. Ik moet maken dat ik hier wegkom maar ik weet niet eens waar ik ben. Hoe heb ik zo dom kunnen zijn. Ik zet de afkeer van mezelf even op pauze om mijn omgeving in me op te nemen. Alles oogt onfris. Er liggen kranten op de grond, ongeopende post, een lege fles, ongewassen kleren, vuile borden, en op het kleed ligt een opengeslagen pizzadoos met nog wat half opgegeten korsten erin. Het ruikt bedompt in de kamer en ik zie dat er op alles een dikke laag stof ligt. In een hoek van de kamer staat een apparaat, eerst weet ik niet wat het is, maar dan herken ik het, het is een ouderwetse zonnehemel. Ik snap er helemaal niets van.

Mijn ogen keren terug naar mijn kleren die op een hoopje op het vlekkerige vloerkleed liggen. Mijn lichaam voelt beurs en protesteert krachtig terwijl ik me bedek met de kledingstukken die ik zie liggen en de rest maar laat zitten. Ik spot mijn tas en wil mijn telefoon pakken, maar die zit er niet in. Wel vind ik de ongeopende zwangerschapstest en opnieuw voel ik me misselijk worden. Ik kijk nog een keer de kamer rond. Mijn blik scant de rotzooi van een leven waarmee ik niet bekend ben en blijft haken bij mijn telefoon, die op een tafel ligt. Ik controleer de datum en de tijd – het is nog steeds vrijdag. Het geluid van de douche stopt en ik verstijf. Mijn benen gaan over op de automatische piloot en beginnen te bewegen, dwingen me naar de enige deur in de kamer te strompelen.

Ik duw de deurkruk naar beneden en open de deur, waarachter een lange, smalle gang blijkt te liggen. Het gefluit komt van achter een deur aan de andere kant van de gang. De gore bruine vloerbedekking wordt bijna volledig bedolven door stapels oude kranten en het ruikt er heel vochtig. Ik ontwaar twee grote prikborden aan de muur die ik onmiddellijk herken, ze hingen in zijn studentenkamer. Toen hingen ze vol met foto's van ons tweeën, en dat is nog steeds zo, behalve dan dat de fotocollage recentelijk is uitgebreid met foto's waar alleen ik op sta. Voor het gebouw waar ik werk, in de metro terwijl ik een krant lees, met een kop koffie in een café vlak bij waar ik woon – niet eens een week geleden, want ik heb mijn nieuwe jas aan. Het zijn er zeker honderd, en op elke foto zie ik mijn eigen gezicht. Ik dwing mezelf mijn blik af te wenden. Ik moet hier weg. En wel nu meteen.

Tussen waar hij is en waar ik ben zie ik een deur die oogt als een buitendeur. Ik weet dat ik geen tijd te verliezen heb terwijl ik tussen de muur en de hoog opgestapelde rommel door wankel. Het kost me veel moeite om het trillen van mijn handen zodanig onder controle te krijgen dat ik de ketting van de deur kan halen. Dan stap ik een nog diepere duisternis in en ben ik buiten, hoog, op een soort galerij in een flatgebouw. Ik kijk nog even om naar het huisnummer naast de marineblauwe deur waardoor ik zojuist naar buiten ben gekomen en dan maak ik me uit de voeten, zonder de deur achter me dicht te trekken. Ik geniet van de schok en de pijn van de koude lucht, ik voel hem mijn mouwen in glippen, mijn shirt in glijden, onder mijn rok omhoogkruipen. Ik dring mijn tranen terug. Ik verdien geen medelijden, van niemand, ook niet van mezelf.

Vroeger

Dinsdag 15 december 1992

Lief dagboek,
We zijn nu allemaal thuis, mama, papa en ik. Ik ben nog steeds geschorst, niet dat dat iemand interesseert. Papa gaat niet meer naar zijn werk. Hij moet voor mama zorgen, zegt hij, omdat ze zich niet goed voelt, maar hij zit de hele dag beneden voor de tv, terwijl zij boven op bed ligt. Hij zegt dat ik oud genoeg ben om de waarheid te weten en dat mama zwanger was voor ze van de trap viel en dat de baby dood is gegaan. Daarom had ze zoveel gedronken dat ze moest overgeven en had ze die middag zo tegen Taylors moeder geschreeuwd. Ik dacht dat mensen alleen dat soort taal uitsloegen als ze boos waren, maar papa zegt dat sommige mensen het ook doen wanneer ze verdrietig zijn.
Ik wist niet dat mama zwanger was maar ik ben blij dat ze het niet meer is, ik moet er niet aan denken. Ik vroeg aan papa of ze nog een keer zwanger zou worden en hij zei van niet omdat ze iets uit haar buik hadden moeten halen in het ziekenhuis. Daar was ik blij om. Ze kunnen niet eens goed voor mij zorgen, dus het zou nergens goed voor zijn als ze nog een kind kregen. Ik ben een beetje bang dat ze een nepbroertje of -zusje gaan adopteren om mama weer blij te maken. Dat wil ik allebei niet.
Papa moet altijd op pad voor het een of het ander, maar soms komt hij terug met helemaal niets. Hij zou eens een boodschappenlijstje moeten gaan maken, om niet de hele tijd van alles te

vergeten. Omoe deed dat ook. Hij vroeg of ik een oogje op mama wilde houden zodat hij brood, melk en een kraskaart voor de loterij kon gaan kopen. Dat was lastig, want ik wilde haar niet zien. De slaapkamerdeur stond op een kier, dus bedacht ik dat ik haar met één oog dicht in de gaten kon houden, precies zoals papa had gezegd. Ik dacht dat ze het misschien leuk zou vinden om me te horen zingen, vooral omdat ze het kerstconcert van dit jaar had gemist. Dus verzon ik een grappig liedje dat ik op de overloop voor haar zong.

What shall we do with the drunken mother?
What shall we do with the drunken mother?
What shall we do with the drunken mother...
Early in the morning?

Ik bedacht er zelfs een dansje bij, waarbij ik net deed alsof ik de ene na de andere fles naar binnen kieperde. Ze lachte niet, dus misschien sliep ze nog. Ze slaapt heel veel. Papa zegt dat haar verdriet haar heel moe maakt.

Toen papa weer terug was zei hij dat we even moesten praten. Hij was de melk weer vergeten maar ik zei niets, want zijn gezicht stond al zo zorgelijk. We gingen aan de keukentafel zitten en eerst dacht ik dat hij vergeten was waarover hij wilde praten, maar toen trok hij een gezicht en zei hij dat we weer moesten verhuizen. Ik zei tegen papa dat ik niet nog een keer wilde verhuizen maar hij zei dat het moest. Ik vroeg of het mijn schuld was, omdat ik van school was gestuurd, maar hij zei van niet. Hij begon het uit te leggen maar ik hoorde maar half wat hij zei want ik was zomaar gaan huilen.

Het heeft iets te maken met testen. Omoe had nog iets moeten testen voor ze doodging, maar dat was ze vergeten en nu moeten we verhuizen omdat iedereen van alles vergeet. Papa zei dat mama's zus heel boos is dat omoe het niet heeft getest. Ik wist niet eens dat mama een zus had. Papa zegt dat ik haar een paar keer heb gezien toen ik nog heel klein was maar ik zou het echt niet weten. Papa zegt dat die zus al jaren niet meer met mama of omoe praatte, maar toen omoe doodging bedacht ze dat ze de helft van haar huis wilde hebben. Ik vroeg of wij niet in de andere helft konden blijven wonen, maar papa zei nee, zo werkt dat niet. Ik vroeg of we konden blijven als hij drie dezelfde plaatjes op het lot openkraste, maar hij zei dat hij ze al open had gekrast en dat we niets hadden gewonnen.

Ik werd er heel verdrietig van en vroeg of ik even naar boven mocht om in mijn kamer te gaan lezen en hij zei ja, als ik maar stil was en mama niet stoorde. Hij zei dat we heel goed voor mama moesten zorgen omdat zij door al deze dingen nog meer van streek was dan wij. Ik vind dat ik helemaal niet voor haar hoef te zorgen. Zij zorgde zogenaamd voor omoe maar dat deed ze dus niet zo goed want omoe ging dood aan kanker. Ik kan er niets aan doen maar ik denk de laatste tijd weleens dat als een beter iemand, zoals de moeder van Taylor, voor omoe had gezorgd toen ze ziek was, dat omoe dan beter was geworden en nu nog geleefd zou hebben. Dan was er nu niets aan de hand geweest en hadden we niet wéér hoeven verhuizen. Het is allemaal de schuld van mama, en papa is te dom om dat te zien. Mama heeft alles voor iedereen verpest en dat zal ik haar nooit vergeven.

Nu

Oudejaarsdag 2016

Ik word wakker van het geluid, het komt me bekend voor. Mijn bed kantelt naar achteren zodat mijn voeten naar het plafond wijzen en het bloed naar mijn hoofd stroomt. Ze tillen me tot voorbij de rand, straks val ik nog en vangt niemand me op, maar dan laten ze mijn hoofd zachtjes achteroverzakken en voel ik het warme water en de zachte druk van vingers op mijn hoofdhuid.

Mijn haar wordt vandaag gedaan zonder dat ik daarvoor een afspraak hoefde te maken! Ik ruik de shampoo en visualiseer het schuim, en als ik heel erg mijn best doe kan ik mezelf een paar tellen laten geloven dat ik echt bij de kapper zit, dat het leven zijn voor mij normale loop heeft hernomen. Ik probeer er een beetje van te genieten, ik probeer me te ontspannen, probeer me te herinneren wat dat ook alweer is.

Ik denk veel na over tijd sinds ik de tijd kwijt ben. De uren hier gaan in elkaar over en zijn moeilijk uit elkaar te halen. Ze zeggen altijd dat de tijd vliegt maar hier, in deze kamer, vliegt de tijd helemaal niet. Hij kruipt voorbij en talmt en besmeurt de wanden van je geest met drekkige herinneringen zodat je niet vooruit of achteruit kunt kijken. Hij knaagt aan degenen die aan zijn oevers aanspoelen, dus ik moet wegzwemmen en mezelf stroomafwaarts weer oppikken.

'Dat voelt vast beter, alle bloedkorstjes weg,' zegt een

vriendelijke stem voor er een handdoek om mijn hoofd wordt gewikkeld. Ik denk aan bloed dat in wit porselein drupt en aan een steeds verder krimpende rode spiraal die een ander deel van me wegspoelt.

'Laat mij maar, je hebt het vast erg druk, en ik doe het graag,' zegt Claire. Ze heeft toegekeken, zo stil dat ik niet eens doorhad dat ze er was. De verpleegsters vinden haar aardig, dat merk ik. De meeste mensen vinden de versie die Claire van zichzelf laat zien wel aardig. Ze zetten het bed weer horizontaal en dan zijn we met zijn tweeën. Claire droogt mijn haren en vlecht ze dan, net als we bij elkaar deden toen we klein waren. Ze zegt geen woord.

'Je bent vroeg vandaag,' zegt Paul, die binnenkomt als ze de laatste hand aan mijn haar legt.

'Ik kan nog steeds niet slapen,' zegt Claire.

Het lijkt wel of ik niets anders doe dan slapen, maar dat is niet zo en zelfs als ik slaap lopen er de hele tijd mensen in en uit. Om me te draaien, te wassen, om medicijnen toe te dienen. Edward is al een poosje niet meer geweest, tenminste niet dat ik me herinner. Ik zeg tegen mezelf dat het mogelijk is dat hij me verder met rust laat, dat ik dan misschien wel echt wakker word, voorgoed.

'Er is iets raars gebeurd vannacht,' zegt Paul.

'Vertel op,' zegt mijn zus. Ik vond de regeling dat zij wegging zodra hij er weer was prettiger. Ze zijn nu veel te veel bij elkaar en daar kan niets goeds van komen.

'Ik heb Ambers telefoon opgeladen, maar er stond geen nummer in van iemand die Jo heet.'

'Dat is vreemd.'

'Ik heb haar baas gebeld, omdat ik dacht dat hij me het nummer wel kon geven. Aanvankelijk was hij heel vriendelijk, maar opeens zei hij geërgerd dat hij het niet kon geven omdat hij geen Jo kende.'

'Ik snap het niet,' zegt Claire.
Ik weet dat ze het wel snapt.
'Er is niemand bij *Coffee Morning* die Jo heet. Ik vroeg of het misschien een bijnaam was of zo, en vertelde dat Jo een vriendin was van Amber, op haar werk. Toen begon hij te hakkelen en probeerde hij op een aardige manier te zeggen dat Amber geen vriendinnen had op haar werk.'
Zwijg, alsjeblieft.
'Wat vreemd.'
'Ik begin langzamerhand te begrijpen waarom ze ontslag heeft genomen, die gast leek me een behoorlijke eikel.'
Zeg alsjeblieft niets meer.
'Heeft ze ontslag genomen?' vraagt Claire.
Niets meer, geen woord.
'Sorry, dat had ik niet aan je mogen vertellen. Even vergeten.'
'Waarom?'
'Ze had het er gewoon niet meer naar haar zin.'
'Nee, ik bedoel, waarom mocht je het niet aan mij vertellen?'
'Weet ik niet.'

Eerder

Vrijdag 23 december 2016 – avond

Ik durf geen oogcontact te maken met de taxichauffeur als hij me voor mijn huis afzet. Ik heb hem herhaaldelijk naar me zien kijken in zijn achteruitkijkspiegel toen we bij het flatgebouw wegreden, maar het was me niet duidelijk of ik afkeer of bezorgdheid in zijn ogen zag. Allebei, misschien. Ik betaal hem contant en wacht niet op wisselgeld, maar mompel een bedankje, stap uit en gooi het portier dicht. Het eerste wat ik zie als de taxi wegrijdt is de auto van Paul. Hij had niet gezegd dat hij vanavond nog terug zou komen. Hij heeft nauwelijks iets van zich laten horen.

Ik zoek in mijn tas naar een pepermuntje en spuit wat parfum op. Ik haal mijn poederdoos tevoorschijn en inspecteer verschillende delen van mijn gezicht in het licht van de lantaarnpaal voor ons huis. Voor het eerst sinds ik wakker ben geworden in andermans bed sta ik oog in oog met mezelf. Mijn make-up is er grotendeels af, maar mijn mascara is uitgelopen. Geen wonder dat de taxichauffeur me zo aanstaarde. Ik lik aan mijn vingers, wrijf over de huid onder mijn ogen en controleer mijn spiegelbeeld nog een keer. Ik zie er nog steeds als mezelf uit, ook al ben ik mezelf niet.

Ik stap van het trottoir het tuinpad op, wat voelt alsof ik een onzichtbare grens oversteek, en sluit het hekje achter me om mijn besluit om op mijn hoede te zijn te bekrachtigen. Het is zo koud buiten dat het hout bevroren is en ik hard moet duwen om het dicht te krijgen, waardoor mijn vingers bijna bevriezen. Ik dwing mezelf naar de voordeur te lopen en alles wat ik eerlijkheidshalve niet kan vertellen op straat achter te laten. Terwijl ik over het grind ploeter glijdt mijn oog langs de voorgevel van ons huis. Het ziet er onverzorgd uit, ongeliefd, het vraagt om aandacht. De witte verf bladdert op sommige plekken, als een vervellende, zonverbrande huid. Alles in de tuin lijkt dood of stervende. De dikke stam van de blauweregen vertakt zich en bedekt de hele voorgevel met een netwerk van droge, bruine aderen, alsof hij nooit meer zal gaan bloeien. Ik probeer mezelf ervan te overtuigen dat ik niets verkeerds heb gedaan, maar mijn schuldgevoel over wat ik me niet kan of wil herinneren vertraagt mijn pas. Madeline is afgehandeld, maar wat me nu staat te wachten kan veel en veel erger zijn.

Ik zoek in mijn tas naar mijn sleutels, maar ik kan ze niet vinden dus bel ik aan. Ik wacht even, maar de kou tart mijn geduld zo dat ik al snel nog een keer op de bel druk. Paul doet open. Hij zegt niets, en ik kijk hem alleen maar aan, alsof ik wacht tot hij me uitnodigt binnen te komen in mijn eigen huis. Maar ik heb het koud, dus ik wring me langs hem heen naar binnen.

'Je bent laat,' zegt hij terwijl hij de voordeur achter me sluit.

'Ja, we hebben de kerst ingeluid. Hoe gaat het met je moeder?' vraag ik.

'Met mijn moeder? Dat gaat wel weer. Volgens mij moeten we even praten.'

Hij weet het.

'Oké, praat maar.' Ik dwing mezelf hem recht in de ogen te kijken.

‘Ik moet je iets vertellen. Misschien is het beter dat we even gaan zitten.’

Hij weet het niet maar dat maakt niet uit. Ik ben te laat.

‘Ik denk dat ik eerst een drankje voor mezelf inschenk. Jij ook?’ vraag ik.

Hij schudt nee en ik loop door naar de keuken. Ik pak een fles rode wijn, zonder te kijken welke. Ik aarzel even als ik mijn arm uitstrek om een glas te pakken, maar zwicht toch, één glas kan geen kwaad. Het maakt niet meer uit. Hij gaat tegen me zeggen dat het voorbij is, en ik kan nu alleen nog maar luisteren. Het doet er niet eens toe wat ik wel of niet heb gedaan, hij heeft voor ons tweeën beslist.

Ik pak de kurkentrekker en grijp hem stevig vast om het trillen van mijn handen onder controle te krijgen terwijl ik hem in de kurk draai. Ik rijt hem vanbinnen open, en al draaiend voel ik de ironie daarvan langs mijn arm omhoogkronkelen, via mijn schouders naar mijn keel kruipen, waarna zij me in een wurggreep neemt, zodat ik er geen woord meer uit en geen hap lucht meer in krijg. Haar naam is een repeterende schreeuw in mijn hoofd. Ik heb Claire nodig. Ik heb haar op dit moment zo nodig, maar tegelijkertijd haat ik haar. Ik dacht dat ik vandaag een overwinning had behaald, maar nu lijkt het alsof ik het verkeerde spel heb gespeeld. Het geluid van de kurk die uit de fles plopt is minder bevredigend dan anders. Ik houd hem even tussen duim en wijsvinger: vanuit sommige hoeken oogt hij nog helemaal gaaf, niemand die zou vermoeden dat hij zo beschadigd is vanbinnen.

Paul zit op de bank die we gewoonlijk voor bezoek reserveren. Ik blijf even staan en ga dan tegenover hem zitten in de stoel waarin ik altijd zit. Ik voel me vies en beschadigd, maar ik geloof niet dat hij het merkt.

‘Ik weet niet goed waar ik moet beginnen,’ zegt hij. Hij

oogt nerveus, als een kind. Dat vond ik altijd iets schattigs hebben, maar nu niet, nu moet hij zich maar eens als een vent gedragen en gewoon zeggen wat hij te zeggen heeft. Maar ik laat niets merken, ik ga het hem niet gemakkelijk maken, waar ik net ook vandaan kom of wat ik misschien wel heb gedaan.

'Ik heb tegen je gelogen,' zegt hij. Hij kijkt nog steeds niet naar mij, maar naar een plek op de vloer.

'Waarover?'

'Ik ben gisteren niet bij mijn moeder geweest. De keer ervoor wel, ze was echt gevallen, maar toen ik gisterochtend de deur uitging, ging ik niet naar haar.'

Ik neem een slokje wijn. Nu pas besef ik dat ik de verkeerde kant op heb gekeken. Mijn geduld raakt op, ik heb geen zin meer in toneelspel.

'Wie is het?' vraag ik.

'Wie?'

'Degene met wie je een verhouding hebt.' Mijn handen trillen nog steeds een beetje, dus ik zet mijn glas neer.

Paul schudt zijn hoofd en lacht. 'Ik heb geen verhouding. Jézus. Ik was bij mijn agent.'

Het duurt even voor ik die onverwachte informatie verwerkt heb.

'Je agent?'

'Ja. Ik wilde het pas aan je vertellen als ik het honderd procent zeker wist, ik wilde je geen valse hoop geven om je vervolgens weer te moeten teleurstellen.'

'Waar heb je het over?'

'Mijn tweede boek. Ik vond het niet zo goed, ik dacht dat ik nooit meer iets zou kunnen schrijven wat goed was, maar ze hebben het verkocht, het is overal verkocht. Toen ik in Norfolk was hoorde ik dat er verschillende bieders waren, maar mijn hoofd liep zo om van dat gedoe met ma dat het niet zo tot me doordrong. Maar het is echt zo, en het gaat om heel veel geld. Ze vinden het geweldig, zelfs Amerikaanse uitgeverijen hebben erom gevochten, het liep als een dolle, dertien landen tot nu toe. En het mooiste komt nog: er is sprake van een verfilming. Die onderhandelingen zijn nog niet afgerond, maar het is allemaal heel veelbelovend.' Hij lacht, een echte lach, en ik realiseer me dat ik me niet kan herinneren wanneer ik hem voor het laatst zo gelukkig heb gezien. Ik glimlach ook, het werkt aanstekelijk, het gaat vanzelf. Maar dan herinner ik me iets wat ik niet kan vergeten.

'Er lag lingerie in je garderobekast. Maar nu niet meer.'

'Hè?'

'Je hebt kanten ondergoed gekocht voor iemand. Ik heb het gevonden. Het was niet mijn maat.'

Even weet ik niet of hij kwaad of geamuseerd is door wat ik hem vertel.

'Ik heb lingerie voor jóú gekocht. In de verkeerde maat, ja. Dus heb ik het teruggebracht. Als je nu naar boven gaat, zul je zien dat het tasje er weer staat, maar nu met dat wat ik de eerste keer dacht te hebben gekocht. Op dezelfde plek verborgen. Tenminste, ik had het verborgen willen houden tot kerst. Je dacht toch niet echt dat ik een verhouding had, hè? Of wel?'

Ik begin te huilen. Het gaat vanzelf.

'Ach liefje, het spijt me,' zegt hij, en hij pakt me vast. Ik laat hem begaan. 'Ik weet dat het niet zo lekker gaat de laatste tijd, maar ik hou van je. Van jou alleen. Ik weet dat ik de afgelopen maanden in mijn boek heb geleefd en het spijt me als ik afstandelijk ben geweest. We hebben zoveel voor onze kiezen gehad en natuurlijk ben ik ook kapot van het babygedoe, maar jij bent de enige voor mij en dat zal nooit veranderen. Begrepen?'

Dit is het moment om hem te vertellen dat ik misschien zwanger ben, maar die gedachte is nog niet opgekomen of ik laat hem alweer schieten. Ik heb de zwangerschapstest nog niet gedaan, ik wil het pas vertellen als ik het zeker weet. Heel zeker. Hij mag geen vergeefse hoop krijgen. Wat ben ik dom geweest.

Hij kust me. Het is een echte kus, en dat is heel lang geleden. Ik wil niet dat hij ophoudt, maar als hij ophoudt open ik mijn ogen en zie ik dat hij weer naar me glimlacht. Ik lach terug. De blijdschap die ik voel is echt.

'Er is alleen één addertje onder het gras,' zegt hij.

Mijn gespiegelde glimlach verliest zijn glans. 'Namelijk?'

'Ik moet een tijdje naar Amerika. Bij de deal hoort een promotietour, en als het verfilmd gaat worden kan het zijn dat ik een tijdje naar L.A. moet. Ik besef dat dit iets is wat we van tevoren hadden moeten bespreken, maar eh... ik heb al ja gezegd.'

'Is dat alles? Vond je dat nou zo moeilijk om te vertellen?'

'Ik weet niet voor hoe lang ik weg moet, dat kan best een paar maanden zijn. En ook al gaat het niet zo lekker tussen ons de laatste tijd: ik moet dit doen. Ik weet dat jij altijd hebt gezegd dat je niet ver van je familie wilt zijn en ik besef dat je je baan niet zomaar kunt opgeven, maar je kunt me komen opzoeken en ik kan tussendoor terugvliegen. Ik weet zeker dat het lukt als we ons allebei ervoor inzetten.'

Ik knik langzaam en laat alles even bezinken.

'Ik weet ook dat je het eng vindt om alleen thuis te zijn.' Ik werp hem een blik toe. 'Oké, niet eng, maar prettig vind je het ook niet. Neem vorige week, toen je 's nachts een keer dacht dat er iemand in de achtertuin was. Daar heb ik ook over nagedacht, want ik wil dat je je veilig voelt als ik er niet ben. Ik heb naar die minibeveiligingscameraatjes gekeken die je tegenwoordig hebt, die door beweging worden geactiveerd. Geen snoeren, zo geïnstalleerd. Die ga ik bestellen en aan de achtergevel bevestigen. Je kunt het beeld naar je telefoon streamen, als je dat wilt, om met eigen ogen vast te kunnen stellen dat er niemand is.'

'Ik heb vandaag ontslag genomen.'

'Wat?'

'Ik heb mijn ontslag ingediend. Voor ik naar huis ging heb ik het tegen Matthew gezegd.'

'Waarom dat?'

'Ik heb een afschuwelijke week achter de rug. Het is een lang verhaal. Het werd tijd om op te stappen. Dus als je echt wilt dat ik met je meega, dan ga ik mee.'

'Natuurlijk wil ik dat, ik hou van je!' Hij meent wat hij zegt, hij meent het oprecht en de tranen die zijn woorden bij me losmaken zijn ook echt. We spelen geen toneel, we zijn onszelf en ik voel me honderd keer lichter. De glimlach op zijn gezicht lijkt hem bijna op te slokken, zo breed wordt hij. Ik wil zijn lach beantwoorden maar dan dringt zich een gedachte aan me op die alles verpest. Ik denk aan waar ik vanavond wakker werd. Aan de doffe pijn tussen mijn benen, de nog ongeopende zwangerschapstest in mijn tas. Ik denk aan Claire. Ik heb van alles te vertellen wat ik niet kan en wil delen. Ik wil douchen. Ik wil dat wat er ook is gebeurd wegwassen. Hij ziet mijn gezicht betrekken.

'Wat is er? Is er iets?'

'Laten we er nog niets over zeggen. Nog niet.'

'We moeten het wel aan een paar mensen vertellen.'

'Nog niet, alsjeblieft. Ook niet aan mijn zus.'

'Waarom niet?'

'Beloof het me.'

'Oké, ik beloof het.'

Vroeger

Vrijdag 18 december 1992

Lief dagboek,
Ik heb Taylor al een hele week niet gezien en er is zoveel wat ik haar wil vertellen. Ik heb haar kerstkaart aan de binnenkant helemaal volgekalkt, maar niet alles paste erin, ook al had ik priegelig geschreven. Ik weet dat ze hem heeft gekregen, want ik heb hem zelf bezorgd omdat papa vergeten was postzegels te kopen. Ik heb bij haar aangeklopt, maar er kwam niemand naar de deur dus heb ik hem door de brievenbus gegooid. Ik hoop dat ze me nog belt want ik moet haar echt spreken.
Er komen steeds vreemde mensen bij ons langs en dat vind ik niet leuk. Een lange, magere man, kaal, hij had niet één haar op zijn hoofd, kwam met mama en papa praten. Hij zei dat hij Roger heette en hij lachte met witte tanden die niet echt waren. Roger is een makelaar met een glimpak aan. Hij zei dat het hem beter leek dat we weg waren als hij mensen rondleidde in ons huis. Hij zei niet waarom, maar ik denk dat het komt door hoe mama eruitziet, hij denkt vast dat ze mensen afschrikt.
Papa zei dat hij niet dacht dat iemand omoes huis zou willen kopen zo vlak voor kerst, maar dat dacht hij verkeerd. Ik was vanmorgen nog niet eens aangekleed toen er al mensen voor de deur stonden voor een bezichtiging, want zo noemt Roger het. Soms klopt hij aan, maar hij komt ook weleens gewoon binnen, hij heeft een eigen sleutel. Hij praat over omoes huis alsof hij er woont,

maar hij heeft hier nooit gewoond en wat hij zegt klopt niet.
Ik wilde helemaal niet ontploffen. Papa had vanmiddag een sollicitatiegesprek, hij heeft besloten dat hij iets anders wil gaan doen. Mama was naar de winkel om een blik witte bonen in tomatensaus te halen, dus ik was alleen thuis toen Roger zichzelf binnenliet. Ik sloop mijn kamer uit en zag de bovenkant van zijn glimmende hoofd tussen de trapspijlen door. Hij praatte net zo hard als een toneelspeler in zo'n toneelstuk waar omoe me weleens mee naartoe nam. Toneelspelers doen dat zodat mensen op de goedkoopste plaatsen helemaal achter in het theater hen ook kunnen horen. Roger schreeuwde tegen een dikke man en vrouw die vlak naast hem stonden. Ik vroeg me af of ze misschien slechthorend waren, net als opa. Ze waggelden door de gang als een stel eenden die te veel oud brood hadden gekregen en ze stonden me meteen tegen.
Roger praatte zo hard dat ik omoes deurstopper weghaalde en heel zachtjes mijn deur dichtdeed, maar ik bleef ze horen. Ik probeerde te lezen, maar ik kon me niet concentreren omdat ik wist dat ze beneden rondneusden op plekken waar ze niets te zoeken hadden. Ze kwamen de trap op, die nog harder kraakte dan anders, en ze hadden een eeuwigheid nodig om de badkamer te bekijken. Het is niet echt een grote badkamer, en er is niets bijzonders aan, dus ik weet niet waarom ze daar zo lang bleven hangen. Het was alsof ik inbrekers in huis hoorde rondlopen, met het verschil dat papa en mama ze naar binnen hadden gehaald.
Ze gingen de kamer in waar papa en mama vroeger sliepen. Ze waren aan de andere kant van de muur van mijn slaapkamer en ik hoorde de dikke man zeggen dat ons huis een 'opknappertje' was, geen idee wat hij daarmee bedoelde. Mama slaapt daar tegenwoordig alleen, en ik haat haar, maar toch vond ik het geen prettig idee dat zij daar rondliepen en aan haar spullen zaten. De dikke vrouw begon te praten, ze had al die tijd weinig gezegd, en

het kwam door haar, niet door Roger of die andere man, dat ik zo woest werd.
De drie dingen die ze zei waardoor ik ontplofte waren:

1. 'Je moet niet goed bij je hoofd zijn als je hier wilt wonen.'
2. 'Eigenlijk moet het worden gesloopt.'
3. 'Wat een kippenhok is dit.'

Ik merkte dat ik sneller ging ademen en dat het heel erg lawaaiig werd in mijn hoofd, wat altijd gebeurt als ik erg van streek raak. Ik kon niet geloven dat iemand zo onbeschoft en stom kon zijn. Wist ik veel wat er ging gebeuren, ik had het niet van tevoren bedacht, maar ik moest gewoon iets doen. Ik wilde niet dat dat afschuwelijke stel vetzakken omoes huis zou gaan kopen. Het was niet zo dat ik ze iets aan wilde doen, ik geloof dat ik ze alleen maar het huis uit wilde krijgen.
Het ging allemaal heel snel. Ik hoorde ze mama's kamer uit komen en over de overloop lopen. Toen Roger mijn deur opendeed begon ik zo hard als ik kon te gillen, heel lang. De dikke vrouw keek doodsbenauwd en Roger keek ook een beetje angstig. De dikke man had al een knalrode kop van het traplopen en zag eruit alsof hij een hartaanval ging krijgen.
'Rustig maar, kleine meid,' zei Roger. Dat maakte me nog kwaaier, ik ben geen kleine meid. Ze hadden me niet aan het schrikken willen maken, zei hij, maar dat sloeg nergens op. Zij hadden mij niet aan het schrikken gemaakt, maar ik hen. Ik wilde dat ze weggingen, dus zei ik wat mama tegen Taylors moeder had gezegd toen ze haar het huis uit wilde hebben. Ik gilde heel hard: 'Mijn huis uit, vuile bitch!', steeds maar weer. Zelfs toen ze de trap al af waren, stond ik nog op de overloop te gillen. Toen gooide ik de ijzeren deurstopper naar Rogers hoofd, maar ik miste, hij knalde tegen de muur en viel toen op de vloerbedekking. Ik was blij toen ze weg waren. Ik was bang dat ik omoes deurstopper kapot had gegooid,

maar er was niets mee, het roodborstje had niet eens een krasje, maar in de muur zat een deukje in de vorm van zijn snavel. Grappig dat zoiets kleins zoveel schade kan aanrichten.

Toen mama thuiskwam met de witte bonen zei ik niet wat er was gebeurd. De telefoon ging en ze nam hem op in de keuken, dus kon ik het gesprek niet volgen of horen wie ze aan de lijn had. Even later riep ze me naar beneden en zei ze dat Roger had gebeld. Ze zei dat ik op de bank moest gaan zitten dus ik dacht dat ik op mijn donder zou krijgen. Maar ze kwam naast me zitten, en toen ik haar aankeek zag ik dat ze haar verdrietige gezicht had opgezet, niet haar boze. Ze zei tegen me dat de eerste kijker van vanmorgen het huis had gekocht en dat we er snel uit zouden moeten. Ik begon te huilen, ik kon er niets aan doen, en zij huilde ook een beetje. Ze wilde me knuffelen, maar ik duwde haar weg en holde naar boven, naar mijn kamer.

Kort daarna kwam ze naar boven. Ze klopte op mijn deur, maar ik deed alsof ik het niet hoorde. Ik wist dat ze niet naar binnen zou komen zonder dat ik ja zei, niet na wat er vorige keer was gebeurd. Ze bleef een hele tijd voor mijn deur staan, en uiteindelijk fluisterde ze 'Welterusten', alsof ze een of andere geest was, en ging weg. Ik antwoordde te laat, ik denk niet dat ze me nog heeft gehoord, met een versje dat ze me vroeger had geleerd:

Night-night,
Sleep tight.
Don't let the bed bugs bite.
And if they do, squash them!

Ik rolde op mijn buik en trok het kussen over mijn hoofd. Ik hield mijn adem in zolang ik kon, maar op het laatst perste hij zich naar buiten en ging ik niet dood.

Nu

Oudejaarsdag 2016

'Hoe gaat het met je?'

Ik open mijn ogen en zie Jo. Ze zit aan mijn ziekenhuisbed en ik ben blij haar te zien, ook al is ze niet alleen gekomen.

'Had je niet beter gewoon kunnen zeggen dat je na de kerst niet terugkwam in plaats van met de auto tegen een boom te knallen, waardoor je nu in coma ligt?' Ze pakt mijn hand en glimlacht. Ze oogt zo jong. Was de tijd maar net zo mild voor mij geweest als voor haar. Ik kan mijn kamer zien en hij is veel mooier dan ik me had voorgesteld, veel lichter en vrolijker. Het raam staat wijd open, hij omlijst een strakblauwe hemel en het gekwinkeleer van vogels vormt het muzikale behang.

'Herinner je je al wat er is gebeurd?' vraagt ze. Ik schud mijn hoofd. 'Maar je weet dat het Paul niet was, hè? Hij zou je nooit iets aandoen. Niet op deze manier.' Ik knik want ik weet dat ze gelijk heeft. De waarheid is in de knoop geraakt en een beetje verdraaid sinds ik hier lig, maar de draden beginnen zich langzaam te ontwarren.

'Het was geen ongeluk, hè?' vraag ik. Het voelt vreemd om mijn eigen stem weer hardop te horen praten.

'Nee.'

Weer knik ik. De puzzelstukjes beginnen zichtbaar te

worden, maar het lukt me nog steeds niet om ze aaneen te leggen.

'Waarom heb je het gedaan?' vraagt Jo. Ze heeft het nu niet meer over het ongeluk.

Het is zo fijn haar te zien, ze is de enige tegen wie ik echt eerlijk kan zijn. Geen geheimen, geen leugens. Ik probeer de waarheid uit mijn herinneringen te filteren.

'Dat weet je,' antwoord ik.

'Ik weet niet waarom je ontslag hebt genomen, dat was nergens voor nodig.'

'Ik heb deze baan alleen genomen om Madeline te grazen te nemen, dat weet je.'

'Ik weet ook dat die baan goed voor je was, iets voor jezelf.'

'Het was een klotebaan.'

'Een populair radioprogramma presenteren, dat door miljoenen mensen wordt beluisterd, is geen klotebaan.'

'Klopt, maar ik presenteerde het niet echt, hè? Dat hebben we ervan gemaakt,' zeg ik.

Jo fronst. 'O ja?'

'Ja. Ik was de persoonlijk assistent van Madeline.'

'Is dat zo?'

'Ja, Jo, dat weet je best.'

'Zou kunnen. Dan ben ik het zeker vergeten. De dingen lopen soms nogal door elkaar in mijn hoofd.'

'Nee, dat gebeurt bij mij, in míjn hoofd lopen de dingen soms nogal door elkaar,' zeg ik, en ze laat mijn hand los.

De lucht wordt opeens heel donker en het begint te regenen. In plaats van vogelgeluiden hoor ik nu een ongeduldige wind die aan de gordijnen en de lakens rukt. De kamer lijkt fletser te zijn geworden, het is alsof ik naar een geremasterde kleurenversie van een oude zwart-witfilm kijk, je voelt gewoon dat er iets niet klopt. Wat ik zie, oogt niet langer authentiek en dat betekent dat ik weer aan het wegzakken ben. Ik kom overeind en strek mijn arm uit naar Jo.

'Vind me, alsjeblieft. Ik wil gevonden worden.'

Maar het kleine meisje in het roze badjasje staat op en pakt Jo's hand voor ik erbij kan. Ze trekt haar mee naar de deur. De kamer begint uit elkaar te vallen, grote puzzelstukken vallen het diepe duister in. Ik moet volhouden. Ik moet mijn leven weer in elkaar zien te passen, maar ik weet niet hoe.

'Moeten jullie echt weg?' vraag ik.

'Ik geloof het wel, hè?' zegt Jo, en dan gaan ze weg en trekken de deur achter zich dicht.

Eerder

De dag voor kerst 2016 – ochtend

Er bestaat niet zoiets als een goed moment om iemand te verliezen van wie je houdt, maar het overlijden van iemand die je lief is rond kerst is ronduit afschuwelijk. Allebei onze ouders stierven in de kerstperiode en daarna is Kerstmis nooit meer geweest wat het was. Het is iets wat ons eeuwig zal verbinden, hoezeer we ook van elkaar vervreemdden. Het was Claires idee, niet het mijne, om de dag voor kerst iets gezamenlijks te doen, maar ik kon geen nee zeggen, ik moest onze morbide traditie in ere houden. Zij zei dat we moesten proberen te denken aan wat we nog wel hadden en niet aan hetgeen we waren verloren. Ik doe mijn best. Ik weet dat zij hen in mij terugziet. Soms staart ze me zo aan dat het voelt alsof ze het allerlaatste beetje van mijn ouders uit mijn DNA probeert te trekken. Ik heb de ogen van onze moeder. Ik zie haar ook weleens, in de spiegel. Wanneer ik in haar ogen kijk, staan ze altijd teleurgesteld door wat ze ziet.

Kingston High Street was mijn keuze, het is er altijd druk. De tweeling, de verschrikkelijke tweeling, vormt een welkome afleiding van de dag die voor ons ligt. Claire duwt hen voor zich uit in de grootste tweelingbuggy die ik ooit heb gezien. Ze houden allebei hun eigen speeltjes in hun vuistjes geklemd, zij hoeven nooit iets te delen. Een jongen en een meisje, ze heeft nu haar eigen volmaakte gezinnetje, eigenlijk zou dat genoeg moeten zijn. Ze houdt meer van de tweeling dan ze van mij houdt, meer dan ze van ons allemaal gehouden heeft, en zo hoort het ook. Als zich vandaag een geschikt moment voordoet, zal ik het aan haar vertellen. Niet alles, alleen het hoognodige.

'Daar passen ze allang niet meer in, malle,' zegt Claire.

'Weet ik, ik vond het alleen zo schattig.' Ik hing het jurkje voor 0-6 maanden weer in het rek. Ik heb vanmorgen de zwangerschapstest gedaan, Paul sliep nog. Hij was positief. Ik denk dat ik het eigenlijk al wist. Ik weet niet hoe het komt dat ik nu ineens zwanger ben, na zo lang proberen. Ik denk dat het een teken is, dat moet haast wel. Ik moet alles achter me laten en een nieuwe start in het leven maken, met Paul. Alleen met Paul. Een eigen gezinnetje stichten, dat niemand ons kan afnemen. Ik wil het eerst aan hem vertellen voor ik het aan iemand anders vertel. Ik heb alles al gerepeteerd in mijn hoofd, wat zal hij blij zijn. Ik ga het vanavond vertellen.

Ik koop voor de tweeling wat kleertjes, die Claire uitzoekt. Ik kan het beste maar iets voor ze kopen wat zij mooi vindt, want zij zullen zich deze kerst later niet herinneren, laat staan wat ze aanhadden. Ik vraag me af of ze zich mij zouden herinneren als ik nu, of binnenkort, uit hun leven zou verdwijnen. Ik heb het pasgeleden opgezocht, de term 'peettante': een vrouwelijk persoon die het gezag over het kind krijgt mochten de ouders vroegtijdig komen te overlijden – ik kan die frase maar niet uit mijn hoofd krijgen. Tot nu toe heeft het feit dat ik hun tante en peettante ben nog niet zoveel betekend, maar dat komt nog. Ik ben van plan er veel meer voor ze te zijn zodra ze wat ouder zijn. Wat er deze kerst gaat gebeuren zullen ze zich niet herinneren, dat telt niet mee.

Het grote aantal mensen dat nog snel even de laatste kerstinkopen doet maakt het bijna onmogelijk om van de ene winkel naar de andere winkel te lopen. Ik vind het vreemd dat de mensen die we passeren, beladen met tassen en schulden, allemaal zo gelukkig ogen. Soms voelt het alsof alle mensen gelukkiger zijn dan ik, alsof ze een geheim hebben waar alleen ik niets van afweet. De brede glimlach op hun gezicht is te lawaaierig. Ik merk dat ik ze haat, dat ik alles haat. De kerstverlichting, de liedjes, de nepsneeuw, alles waarvan ik ooit zo genoot laat me koud. Claire geniet er ook niet van. We lijken meer op elkaar dan me lief is. Ik zie dat ze geïrriteerd begint te raken, of erger. Ik denk dat ik mijn nieuws beter vroeger dan later kan brengen als ik wil voorkomen dat ze afglijdt naar een plek die te donker voor mij is.

Ik loods onze kleine kudde naar een kerstmarktje, iets waar Claire van houdt. Ze blijft staan bij een kraampje met geurkaarsen. Ze pakt ze een voor een op, houdt ze voor haar gezicht en snuift de geur op. Elke geur heeft een naam. *Love. Joy. Hope.* Ik vraag me af hoe hoop ruikt.

'Die vriend uit je studietijd die je tegen het lijf was gelopen...' zegt ze met haar blik nog op de kaarsen gericht. Ik sta als aan de grond genageld, het geroezemoes van de drukke markt lijkt te verstommen.

'Hij was mijn vriend niet, hij is mijn ex,' weet ik nog uit te brengen.

'Whatever.' Ze pakt een houder op met geurstokjes, die als de stekels van een egel alle kanten op staan. 'Ik weet wie je bedoelt, gisteravond kwam het plotseling weer terug.'

Gisteravond, toen ik wakker werd in zijn bed.

Het zijn woorden in mijn hoofd, maar toch ben ik bang dat ze ze heeft gehoord. Ze praat verder zonder me aan te kijken, gelukkig maar. Mijn gezicht zou me kunnen verraden.

‘Hij studeerde toch geneeskunde?’ vraagt ze.

‘Ja.’

‘Hij liet je maar niet met rust toen je hem dumpte, weet je nog?’

‘Dat weet ik nog. Hij was in de war. Hij begreep niet waarom ik het uitmaakte. Ik kon niet tegen hem zeggen dat dat van jou moest.’

‘Het móést niet. Het was alleen geen goede man voor je. Hij was leuk om te zien maar hij spoorde niet helemaal. Hier.’ Ze tikt met haar wijsvinger tegen haar slaap. ‘Je weet toch nog wel dat hij je continu belde toen je er een punt achter had gezet? Dat hij je midden in de nacht bij je flat stond op te wachten?’

‘Zoals ik al zei: hij was in de war.’

‘Heb je je nooit afgevraagd waarom hij je uiteindelijk niet meer lastigviel?’ Ze kijkt me van opzij aan, haar ogen stralen van plezier, en dan richt ze haar aandacht weer op de spullen in het kraampje.

Mijn brein maakt overuren. De stukjes van een puzzel waarvan ik me niet bewust was dat ik hem moest oplossen beginnen op hun plaats te vallen.

‘Wat heb je gedaan?’ vraag ik.

‘Niet zoveel. Gewoon een paar brieven geschreven, meer niet. Het is echt jammer dat er geen brieven meer worden geschreven, vind je ook niet?’

Ze kijkt niet op, drentelt langs het kraampje, pakt pastelkleurige hompen was op en houdt ze voor haar gezicht om de geur te inhaleren.

‘Ik wil weten wat je hebt gedaan.’

Eindelijk draait ze zich om. ‘Ik heb het hoofd van de opleiding Geneeskunde een paar brieven gestuurd uit naam van vrouwen die zich wilden beklagen over zijn gedrag. Dat van je ex. Ik heb verschillende soorten papier gebruikt, en verschillende handschriften. Het was echt heel slim bedacht.' Ze glimlacht. 'Toen heb ik hem via een openbare telefoon gebeld en gezegd dat de brievenschrijverij alleen zou stoppen als hij je met rust zou laten.' Haar glimlach explodeert in geschater.

'Dat is niet om te lachen, Claire. Het had hem zijn carrière kunnen kosten.'

'Wat doet hij nu?'

'Hij is arts.'

'Niets aan het handje dus. Zoals gewoonlijk maak je je weer druk om niets. Ik zeg het maar voor het geval je hem weer "tegen het lijf" zou lopen. Wat ik je niet aanraad.'

'Waarom niet?' vraag ik, vrezend dat ik het antwoord al weet.

'Omdat ik geloof dat ik heb gezegd dat de brieven van jou kwamen.'

Eerder

De dag voor kerst 2016 – rond het middaguur

De kraampjes beginnen een beetje te draaien en ik moet me ergens aan vastgrijpen om overeind te blijven. De geur van glühwein overstijgt de stank van kaarsen, specerijen en mensen. Ik moet kalm blijven. Ik probeer me te focussen op wat ik haar vandaag wilde vertellen, dus duw ik Edward naar een donkere ruimte achter in mijn hoofd, waar ik hem in een doos stop met het deksel dicht. Ik heb vaker herinneringen opgeborgen in een doos in mijn hoofd. Soms is het de enige manier om met iets om te gaan.

'Zullen we er een nemen?' vraag ik.

'Vooruit maar,' zegt Claire.

Ik ga in de rij staan, terwijl zij een tafeltje voor ons zoekt. Ik zie dat ze de tweeling een paar chipjes geeft om ze zoet te houden. Die rotzooi is helemaal niet goed voor ze, maar ik zal er niets over zeggen. Ik hoor iemand achter me een foto nemen en ik draai me met een ruk om, denkend aan de recente foto's van mezelf die ik bij Edward in de gang heb zien hangen. Ik verwacht half hem te zien staan tussen de drommen mensen, met zijn lens op mij gericht. Ik moet hem uit mijn hoofd zetten, ik moet me met één ding tegelijk bezighouden, maar steeds zie ik maar dat beeld van mezelf toen ik me onbespied waande. Dat soort foto's registreert hoe we ons overeind proberen te houden als het leven ons de diepte in probeert te sleuren. Een rechthoekig stuk papier dat blootlegt wat zich vanbinnen afspeelt.

Ik zet onze drankjes op het tafeltje en warm mijn handen door ze om het hete glas te vouwen. Ik brand ze bijna, maar de pijn deert me niet. Claire nipt aan de fluweelzoete vloeistof en ik zie dat haar humeur opknapt van de warmte die door haar lichaam heen stroomt. Haar inwendige thermostaat wordt teruggezet naar een minder explosieve versie van zichzelf, maar toch voelt het nog ongemakkelijk tussen ons. Gevaarlijk.

'Niet boos zijn. Het is jaren geleden,' zegt ze terwijl ze nog een slokje neemt.

'Ik ben niet boos.'

'Wat is er dan?'

Die vraag overvalt me en het voelt alsof ik van mijn stoel glijd. 'Niets.'

'Vooruit, gooi het eruit. Ik ken je, weet je nog?' Ze glimlacht, ze denkt nog steeds dat ze de boel onder controle heeft. 'Je wilt iets zeggen, dus zeg het nou maar.'

Ik kijk om me heen. Het is heel druk.

'Ik heb gedaan wat je me hebt gevraagd,' zeg ik.

Ze zet haar glas neer.

'Madeline?'

'Ja.'

Ze glimlacht weer. Het verbaast me niet dat ze er nog niets van weet, ze zit bijna haar hele leven al in haar eigen Claire-vormige bubbel. De sociale media interesseren haar niets, ze e-mailt niet eens, ze gaat alleen het internet op om online te shoppen. Ze kijkt niet meer naar het journaal nu ze mij daar niet meer ziet, ze volgt een buitensporige hoeveelheid soaps en kijkt eindeloos naar reality-tv.

'Het werd tijd. Geen idee waarom je er zo lang over hebt gedaan. Ik wil alles weten,' zegt ze met een blik die net zo gretig is als die van een kind bij het zien van cadeautjes onder de kerstboom.

'Het belangrijkste is dat ze weg is. Ze is opgestapt.'

'Mooi. Ik wens haar al het ongeluk van de wereld toe.'

Ik heb altijd geweten waar ik aan toe was met Claire, ze doet zich bij mij niet als een ander voor. Ze weet wat ik weet en ze lijkt er niet mee te zitten. Katie, die in een kinderstoel zit, begint te huilen. Claire kijkt niet eens.

'Hoe keek ze?'

'Hoe bedoel je?'

'Toen je het zei?'

Katie zet een tandje bij. Ik zie dat er geërgerde blikken onze kant op worden geworpen, maar Claire heeft alleen maar oog voor mij. Haar gezicht is me zo vertrouwd, en toch kan ik met geen mogelijkheid vaststellen wat ze denkt.

'Ik wil er eigenlijk niet over praten.'

'Ik wel.'

'Ik heb het op mijn eigen manier gedaan. Het belangrijkste is dat het gebeurd is.'

De kinderen zijn nu allebei aan het krijsen, maar het is net of we ze niet kunnen horen.

'Dank je wel,' zegt ze. Dit voelt als een nepgesprek.

'Ik had weinig keus. En nu ik heb gedaan wat je hebt gevraagd, wil ik dat je Paul met rust laat.' Ze werpt me een blik toe als ik dat zeg, een waarschuwende blik. Een paar tafels verder valt een glas kapot op de stenen vloer en het voelt alsof er tussen ons ook iets is gebroken. Ik weet dat ik nu mijn mond zou moeten houden, maar in mijn hoofd is een laatje opengegaan en de woorden die zo lang keurig opgevouwen hebben gelegen tuimelen naar buiten.

'Ik meen het, Claire. Laat Paul met rust, of ik ga weg en dan zie je me nooit meer terug.'

'Is er iets gebeurd?' vraagt ze terwijl ze iets rechterop gaat zitten.

'Nee.'

'Ik geloof je niet. Je bent jezelf niet. Je bent... uit balans. Heeft hij je iets aangedaan?'

'Nee!' Ze kijkt me onderzoekend aan en ik wend mijn gezicht af. Te laat. Ze heeft iets gezien.

'Heeft iemand anders je iets aangedaan?'

'Nee,' zeg ik weer. Niet snel genoeg. Heel even wil ik haar alles vertellen. Ik wil tegen haar zeggen dat ze gelijk heeft, dat ze altijd gelijk heeft. Dat iemand me iets heeft aangedaan, maar ik kan me nog steeds niet herinneren hoe ik in Edwards bed ben beland. Als ik aan mijn naakte lichaam op de marineblauwe lakens terugdenk ben ik bang dat het allemaal mijn eigen schuld is geweest.

'Laat maar. Vertel het me maar als je zover bent. Dat doe je altijd. Maar Paul is niet goed voor je, niet meer. Hij is de weg in het leven kwijt, je kunt een beter iemand krijgen. Dat wisten pa en ma ook.'

'Laat hem met rust.'

'Doe niet zo raar.'

'Als er iets met hem gebeurt, maak ik mezelf van kant.'

Haar mondhoeken krullen omhoog. 'Nee, dat doe je niet,' zegt ze door haar glimlach heen.

Run rabbit, run rabbit. Run! Run! Run!

De tweeling is aan het krijsen en ik begin ook te huilen. Claire is de enige aan ons tafeltje die niet huilt.

'We hadden een afspraak,' zeg ik. 'Als ze erachter komen wat je...'

Claire reikt over de tafel heen en grijpt mijn hand. Ze houdt hem zo stevig vast dat het pijn doet.

'Ik zou maar oppassen, Amber.'

Vroeger

Zaterdag 19 december 1992

Lief dagboek,

Ik heb niets meer tegen papa en mama gezegd sinds ik weet dat we weer gaan verhuizen, maar ik vraag me af of ze het gemerkt hebben. Vanmorgen zei ik tegen papa dat ik naar het speeltuintje wilde en hij zei dat het mocht. Daarna, toen hij met mama boven aan het ruziemaken was, heb ik Taylor gebeld, en dankzij haar moeder kreeg ik haar aan de lijn. Ze zei amper iets, maar ik vroeg of ze daarnaartoe kon komen. Het speeltuintje ligt precies halverwege haar huis en mijn huis. Ik ben om 12.47 weggegaan omdat ik weet dat het dertien minuten lopen is en ik had tegen Taylor gezegd dat ze er om één uur moest zijn. Ik heb geen horloge, maar ik denk dat ik erg hard gelopen heb want ik heb een hele tijd op de schommel zitten wachten.

Net toen ik er genoeg van had zag ik de Volvo aan komen rijden. Taylors moeder zwaaide en lachte. Ik zwaaide terug maar ik lachte niet want ik wilde haar laten weten hoe verdrietig ik was. Ik vond het vreemd dat Taylor niet alleen was gekomen, zo ver lopen is het niet. Het duurde een eeuwigheid voor ze uitstapte en toen ze dat uiteindelijk deed, zag ze er anders uit dan anders. Ze had haar haren in een bob laten knippen, dus nu lijken we niet meer op elkaar.

Het speeltuintje is eigenlijk voor kleine kinderen, daarom staat er een hek met spijlen omheen, om ze binnen te houden zodat hen niets overkomt. Taylor kwam aanlopen en bleef aan de andere kant van het hek staan, dus het leek een beetje alsof ze me opzocht in de gevangenis. Eerst voelde het raar, niet zo gewoon en fijn als vroeger. Ik vertelde Taylor dat ik ging verhuizen en ze zei dat ze het al wist en maakte een malle beweging met haar schouders. Toen zei ze dat ze haar ouders had horen zeggen dat papa was ontslagen voor diefstal. Ik zei dat dat niet waar was en vertelde dat papa vrij had genomen om voor mama te zorgen. Ik weet niet of ze me geloofde. Ik zei dat we misschien beter konden praten als zij ook op een schommel zat en toen kwam ze naar mijn kant van het hek.

Ik vroeg hoe het op school was en ze zei dat ik weinig had gemist omdat het bijna vakantie was. Ik kreeg bijna niets uit haar en ik had het gevoel dat ze niet begreep hoe erg het was dat ik moest verhuizen, dus deed ik alsof ik een beetje moest huilen. Daarna deed ze veel aardiger, was ze weer de oude Taylor ook al zag ze er anders uit. Ik vroeg of het goed met haar was gegaan op school zonder mij en ze schudde haar hoofd. Ze trok haar jas uit en stroopte de mouw van haar trui op. Ze had twee ronde, rode littekens op haar arm. Ik vroeg wie dat had gedaan maar dat wilde ze niet zeggen. Ik vroeg of ik ze aan mocht raken en ze knikte. Ik voelde heel voorzichtig aan de gladde huid van haar arm en trok toen een achtje om de ontstoken rode kraters. Ik zei tegen haar dat ik het erg vond dat ik er niet was geweest om het te kunnen voorkomen. Toen ik mijn vinger terugtrok, deed ze haar mouw weer naar beneden en trok ze haar jas weer aan. Ik wist dat dat haar manier was om te zeggen dat ze er niet meer over wilde praten.

Ze stond op en liep weg en ik was bang dat ik haar van streek had gemaakt en dat ze echt wegging, maar dat was niet zo. Ze bleef staan bij de draaimolen en ging in een van de vier bakjes liggen. Het zag er zo mal uit dat ik in de lach schoot. Ik rende naar haar toe en begon de draaimolen te duwen terwijl ik heel hard mee rende, en toen moest zij ook lachen. Toen de draaimolen niet harder meer kon, sprong ik erop en ging ik in het bakje tegenover Taylor liggen. We lachten nog steeds en ik stak mijn armen door de stangen om haar hand te pakken. We hielden elkaar vast en lachten en draaiden rond tot ik duizelig werd, maar dat vond ik niet erg. Het liefst had ik altijd zo rond willen blijven draaien.

Later, toen we niet meer ronddraaiden maar nog wel in de draaimolen lagen, vertelde Taylor me een raar verhaal over haar vriendin Jo. Ze vertelde dat Jo nooit bang was om ergens naartoe te gaan waar ze nog nooit was geweest of om nieuwe mensen te ontmoeten, dat ze heel goed was in luisteren en geheimen bewaren. Ik begon een beetje jaloers te worden op Jo, want ik vind dat Taylor en ik zulke dikke vriendinnen zijn dat ze verder niemand anders nodig heeft. Ik vond die Jo eerlijk gezegd helemaal niks, tot Taylor zei dat ze niet echt was, dat het een vriendin was die ze had verzonnen. Ik moest heel hard lachen. Ze zei dat ik Jo best wel mocht lenen als ik ging verhuizen, zodat Jo me gezelschap kon houden als ik bang was of me alleen voelde en dat ik dan altijd een vriendin zou hebben, waar ik ook was. Ik zei dat ik geen andere vriendinnen nodig had zolang ik haar had, maar het leek of ze me niet hoorde. Ze zei dat Jo best een nachtje bij mij mocht logeren, alleen maar om te kijken of ze ook mijn vriendin kon worden. Ik zei: nee, dat hoeft niet. Toen gebeurde er iets vreemds, Taylor zei dat Jo op een van de lege schommels zat en dat ik aan haar gevoelens moest denken. Ik keek naar de schommels. Er was niemand te zien. Ik begon te denken dat Taylor niet helemaal spoorde, maar toen het tijd werd om naar huis te gaan zei ik dat Jo met me mee mocht, alleen om Taylor een plezier te doen. Jo is nu bij me, ze zit te kijken hoe ik in mijn dagboek schrijf. Ze heeft blond haar en draagt een blauwe spijkerbroek en we houden van dezelfde dingen. Ze fluistert de hele tijd van alles in mijn oor. Ik weet nog niet of we vriendinnen worden, maar van mij mag ze best nog wel even blijven.

Nu

Oudejaarsdag 2016

Paul gaat de kamer uit en ik wacht tot Claire iets zegt. Ik weet gewoon dat ze dat gaat doen, ook al gelooft ze niet dat ik haar kan horen.

'Vijfendertig jaar en nog steeds verzin je verhalen over je ingebeelde vriendin? Het is niet te geloven!' Haar lachje is onaardig. 'Ik ben benieuwd bij wie je echt bent geweest toen je zogenaamd bij Jo was, zoals je Paul hebt wijsgemaakt.'

De deur gaat open en dat komt me meer dan gelegen uit.

'Sorry, ik wilde u niet aan het schrikken maken,' zegt Edward.

Mijn opluchting is in één klap weg.

'U denkt vast: wat is dat voor gek die daar hardop in zichzelf zit te praten,' zegt Claire.

'Of u gek bent weet ik niet, maar u zit niet in uzelf te praten, u praat tegen uw zus. Het is goed om tegen een comapatiënt te praten. Goed voor haar en goed voor u.'

'Ik geloof niet dat we elkaar eerder hebben gezien. Hoe weet u dat ik haar zus ben?' vraagt Claire. Goed zo, Claire prikt overal doorheen.

'Vanwege de gelijkenis,' zegt Edward. 'Ik hoef alleen maar even...'

'Geen probleem, dokter...?'

'Clarke.'

Ik dacht dat hij tegen Paul had gezegd dat hij patiëntenvervoerder was.

Ik hoor de beleefdheidsfrases van mijn gijzelnemer en zus even aan. Ze mag hem niet, ik hoor het aan haar toon. Ik probeer me vast te houden aan de vorm van de woorden, hoe afgezaagd ook. Hun stemmen worden zachter, alsof iemand het volume van mijn wereld omlaag draait tot ik bijna niets meer kan horen. Ik weet niet hoe het komt, maar ik weet wat er gaat gebeuren. Ik heb voor stilte gekozen, dus kiest de stilte altijd voor mij.

De tijd vertraagt. Ik kan Claire nog horen in de verte, nog nét. Mijn ogen en mond zijn gesloten, dus vult de stilte mijn oren tot ik niet alleen stom en blind maar ook volslagen doof ben. Wanneer ik haar stem niet meer hoor, open ik mijn ogen en zie ik Claire recht voor me staan. We staan bij haar in de gang en ze staat doodstil, als een levend beeld. Het lijkt wel alsof ze midden in haar zin is blijven steken, de ontzetting is in haar gelaat geëtst, spat van haar glanzende ogen. Ik volg haar blik naar beneden. Ik zie bloed, het loopt van mijn enkels langs mijn benen omhoog waar het opeens verdwijnt, alsof ik het me heb ingebeeld. Ik weet meteen dat ik niets meer wil zien maar ik krijg mijn ogen niet meer dicht nu ze open zijn. Ik wil op stop drukken, maar mijn hoofd blijft het beeld terugspoelen. Claire schreeuwt tegen me. Ik kan niet verstaan wat ze zegt, er is geen geluid. Ik loop achterwaarts haar voordeur uit en de oprit af, zij sluit de deur als ik in de auto ga zitten. Ze stond me op te wachten, ze verwachtte me. Voor ik kan verwerken wat dat betekent, start ik de motor en rijd ik in Pauls auto achteruit over bekende straten tot ik voor ons eigen huis sta. Paul staat op de oprit te schreeuwen terwijl ik in zijn achteruit tot stilstand kom. Ik doe het portier tweemaal open voor ik uitstap, mijn koude natte vingers klemmen zich zo stevig om het contactsleuteltje dat mijn handpalm er pijn van doet. Ik kniel op het grind, zonder me iets aan te trekken van de steentjes die zich in de huid van mijn knieën boren en laat de sleutel vallen in de donkere ruimte onder de auto. Alles wordt me van achter naar voren uit de doeken gedaan. Ik sta op en draai me om naar Paul. We staan in de regen tegen elkaar te schreeuwen. Ik kan niet horen wat hij zegt, maar ik kijk naar zijn lippen die de woorden vormen. Zijn handen zwaaien boven zijn hoofd heen en weer, maar dat blijk ik verkeerd uit te leggen, want zijn gezicht drukt angst uit, geen woede. Het regent hard en alles vertraagt nog een keer tot de tijd zo goed als stilstaat.

Alles om me heen is zo scherp dat het bijna echt lijkt. Omdat het echt is. Dit is een herinnering, geen droom, ik weet het zeker. Ik kijk omlaag en zie dat mijn nieuwe crèmekleurige jurk drijfnat is en om me heen plakt, maar er is geen bloed en ik weet dat de baby er nog is, dat ze nog levend in me zit. Ik leg mijn hand op mijn buik. Ik vraag me af waarom ik geen jas aanheb en besef dat ik zo de deur uit ben gerend. Paul schudt zijn hoofd en loopt achterwaarts terug naar binnen. Ik sta alleen in de regen. Ik weet bijna zeker dat dit gedeelte niet klopt. Zo heb ik niet in de regen gestaan, maar nu lijkt het me van belang dat ík bevries in tijd en ruimte, tot ik me de rest kan herinneren, tot ik het snap. Het regent zo hard dat het pijn doet aan mijn gezicht. Het beeld vertroebelt en ik realiseer me dat een deel van het water op mijn gezicht uit mezelf komt. Ik hoor Pauls stem, die met de regen mee uit de donkere avondhemel valt.

'Ze huilt.'

De zwarte hemel zakt over het huis en druipt over het dak van de auto. De herinnering wordt afgedekt, maar ik moet hem vasthouden. Ik moet me herinneren wat er is gebeurd. Ik voel haar aanwezigheid al voor ik haar zie. Het meisje in het roze badjasje staat naast me en laat haar handje in mijn hand glijden. Eindelijk kan ik haar gezichtje zien, ik weet wie ze is.

'Kijk, ze huilt,' zegt Paul weer, van achter een boom, en ik besef dat het echt zo is.

Het kleine meisje begint ook te huilen en ik trek haar dicht tegen me aan, wetend dat ik haar nooit mag laten gaan. Zij had het niet kunnen voorkomen, het was niet haar schuld. Het beeld wordt donkerder, verduistert de herinnering. Dan pas wordt alles me duidelijk. Zij koos voor zwijgen, er zit niets anders op dan het te doorstaan. Het kleine meisje houdt me stevig vast, meer dan twintig jaren vallen weg en ik kijk neer op het meisje dat ik was. Ze heeft een kwart eeuw door tijd en ruimte gereisd om me eraan te herinneren wie ik toen was en me duidelijk te maken wie ik nu moet zijn.

Sommige mensen zijn een geest voor ze dood zijn.

Eerder

De dag voor kerst 2016 – namiddag

Mijn handen trillen nog als ik thuiskom. Ik heb Claire achtergelaten op het kerstmarktje, ik ben gewoon opgestaan en weggelopen. De hemel is donker van ongevallen regen en ik wil alleen maar binnen zijn en de wereld en alles wat ik verkeerd heb gedaan voorgoed buitensluiten. Ik diep de sleutels op uit mijn tas en besef dat ik Pauls sleutelbos heb meegenomen. Het is niets voor mij om dat niet opgemerkt te hebben. Ik moet tot rust komen, mijn aandacht erbij houden, scherp blijven. Zodra ik binnen ben, voel ik me beter. Ik leun achterover tegen de deur en doe mijn best mijn ademhaling en gedachten tot bedaren te brengen. Ik sluit heel even mijn ogen omdat ik helder wil denken maar als ik ze weer open heb ik nog steeds geen antwoorden. Het is moeilijk om iets te zien wat er niet is.

Ik trek mijn jas uit, hang hem aan de kapstok en buk om mijn schoenen uit te doen.

'Ik ben thuis,' zeg ik weinig enthousiast en zonder enige verwachting.

Er komt geen reactie.

Ik maak de veters van schoen nummer twee los.

'Paul?'

Niets.

Ik heb het nooit prettig gevonden om aangeraakt te worden. Ik heb mezelf getraind niet terug te deinzen of een stap achteruit te doen, maar ik heb het altijd zinloos gevonden om iemand vast te houden van wie je weet dat je hem weer los moet laten. Desondanks zou ik graag willen dat iemand me nu vasthield. Ik zou me aan iemand willen vasthouden en door die iemand vastgehouden willen worden.

Ik voel dat ik mijn tong heb gebrand aan de hete wijn, en ik heb dorst, dus ga ik eerst naar de keuken om een glas water te drinken. Terwijl ik het koude vocht naar binnen klok kijk ik om me heen en zie ik het meteen. Ik zet het glas neer en kijk naar het fornuis. De meest linkse knop staat niet in de juiste stand. Ik draai eraan tot hij helemaal uit staat en blijf er dan naar staan staren, alsof ik verwacht dat hij voor mijn ogen weer naar de verkeerde stand draait. Ik kijk zoekend in het rond alsof ik ergens het antwoord verwacht te vinden en ik voel de woede borrelen. Dat Paul zo onoplettend kan zijn, en juist vandaag. Ik hoor een vloerplank kraken en geef mijn woede vrij spel.

'Je hebt het gas niet uitgedaan!' gil ik in het luchtledige terwijl ik van de ene naar de andere kamer loop, op zoek naar iemand die ik de schuld kan geven. Maar Paul is er niet. Ik blijf staan in de voorkamer. Er is niemand, er staat alleen een gigantische kerstboom in de hoek. Die stond er nog niet toen ik vanmorgen vertrok, we hadden afgesproken dat we dit jaar niet aan kerstversiering zouden doen, maar toch staat er een boom, hij is groter dan ik ben en hij hangt vol kleine twinkelende lichtjes. Aan bijna elke tak hangt iets wat Paul en ik in de loop der jaren samen hebben gekocht: een miniatuur Little Brown Bag van Bloomingdale's van een trip naar New York, een piepklein groenstenen engeltje uit Nieuw-Zeeland, een sneeuwpopje van wit kant uit Duitsland. We hebben heel wat afgereisd, dat leven kunnen we weer oppakken nu hij weer een boek heeft geschreven. Ik ben geheel in de ban van de herinneringen die aan de takken hangen en merk dat ik in mezelf sta te glimlachen. Ik ben gewoon blij. Ik doe de kerstboomverlichting uit, ik heb ergens gelezen dat er brand kan ontstaan als ze te lang blijven branden, dat daardoor huizen tot op de grond zijn afgebrand.

Boven mijn hoofd kraakt een vloerplank en terwijl ik de trap op ga probeer ik het laatste beetje ergernis van me af te schudden. Hij heeft iets aardigs gedaan, dus moet ik hem dat andere vergeven. Ik kijk in alle kamers, en dat zijn er niet veel dus ik ben zo klaar, maar boven is hij ook niet. Ik loop terug naar onze slaapkamer, daar was iets mee, er was iets niet in de haak. Ik laat mijn blik door de kamer gaan en zie wat er niet klopt: de kastdeuren staan open, ook al is het maar op een kier. Ze horen dicht te zijn, altijd. Ik adem sneller dan normaal en de haartjes op mijn arm staan in de alarmstand, maar ik zeg tegen mezelf dat ik niet zo stom moet doen. Ik loop naar de kast om hem dicht te doen, maar dan zie ik dat er iemand aan mijn kleren heeft gezeten, ze hangen niet in de juiste volgorde. Ik hang alles altijd op maat en kleur. Daar heb ik een systeempje voor, en dit is mijn systeem niet.

Er is iets mis.

Nu weet ik het zeker.

Ik beeld het me niet in.

Ik sta doodstil en spits mijn oren of ik iets hoor. Niets. Ik sluip over de overloop, kijk om het hoekje van de openstaande deuren, bang daar iets aan te treffen. Zelfs mijn ademhaling maakt te veel lawaai. Bij de badkamerdeur blijf ik staan. Nu ik nog eens goed kijk, zie ik dat het deurtje van het medicijnkastje niet helemaal dicht is en dat de handdoeken niet hangen zoals ik wil. Dat is niets voor Paul, hij weet dat ik daar niet tegen kan. Er is iemand in ons huis geweest.

Claire.

Echt iets voor Claire, om me te straffen, om me een lesje te leren. Ik snap niet hoe ze me voor kan zijn geweest, of hoe ze binnen is gekomen zonder sleutel. Ik houd mijn adem in tot mijn gedachten zijn gestikt en ik zeker weet dat ik ze niet meer hoor.

Ik moet Paul zien te vinden. Ik moet weten dat alles goed is met hem. Dan hoor ik hem beneden, hij is vast via de tuin naar binnen gekomen. De opluchting dat alles goed is met hem maakt dat ik de boel de boel kan laten – ik haast me naar beneden, ik wil niets liever dan zijn gezicht zien. Hij is niet in de keuken, waar ik hem had verwacht. Ik hol terug door de gang naar de voorkamer en zet een glimlachend gezicht op als ik de deur opendoe, die ik voor zover ik me herinner niet dicht had gedaan.

De lichtjes in de boom branden weer, maar dat is niet het eerste wat me opvalt als ik binnenkom. Wat ik het eerst zie, is Edward, op de bank. Hij kijkt naar me alsof hij op me heeft zitten wachten, alsof we iets hadden afgesproken, alsof het doodnormaal is dat er een man uit mijn verleden in mijn woonkamer zit. Ik wil schreeuwen, maar liever nog wil ik wegrennen. Hij glimlacht naar me.

'Hallo, Amber. Je ziet er moe uit, ga even zitten.'

Vroeger

Maandag 21 december 1992

Lief dagboek,
Papa heeft vandaag onze kerstboom opgezet. Het is geen echte boom, hij is van plastic en hij is eigenlijk niet van ons, hij was van opa en omoe maar ik denk niet dat ze het erg zouden hebben gevonden. Hij heeft een rare kleur groen, alsof hij verschoten is en nu eigenlijk liever grijs wil zijn. Ik mocht hem versieren. De lichtjes doen het niet en er liggen geen cadeautjes onder de boom, maar toch vind ik hem mooi. Toen ik klaar was, zei Jo dat hij er mooi uitzag. Ik vind het eigenlijk wel fijn om haar om me heen te hebben.
Papa heeft een nieuwe baan, wat goed nieuws zou moeten zijn, maar dat is het niet. Zijn nieuwe baan is in Wales, wat echt niet in de buurt ligt. Wales ligt zo ver weg dat het een compleet ander land is. Ze hebben zelfs een eigen taal die klinkt alsof je achterstevoren praat, papa heeft het op een bandje laten horen. Taylor heeft weleens verteld dat ze in Wales op vakantie is geweest en dat ze er behalve Welsh ook Engels spreken, maar toch wil ik er niet gaan wonen.
Er zijn drie belangrijke redenen waarom we niet naar Wales moeten verhuizen:

1. Dan moet ik weer naar een andere school.
2. Dan ga ik Taylor heel erg missen.
3. Daar is geen omoe.

Omoe is ook niet hier, maar omdat al haar spullen er nog zijn kan ik gewoon doen alsof ze er nog is.
Papa is ons leven in dozen aan het stoppen. Door het hele huis heen staan stukjes van ons verleden opgestapeld, het is hier een doolhof van vergeten en overbodige oude spullen die met zoveel zorg in vloeipapier zijn gewikkeld en verpakt alsof ze ik weet niet hoeveel waard zijn. De dozen van onze vorige verhuizing stonden nog op zolder, en zo kwam het dat papa de boom vond. Hij vroeg of mama wilde helpen inpakken maar ze voelt zich niet lekker, dus doet hij het in zijn eentje. Mama kleedt zich niet eens meer aan, ze loopt gewoon in haar pyjama rond. De dokter heeft haar slaappillen gegeven, wat ik nogal gek vind omdat ze al bijna de hele dag in bed ligt.
Papa zegt dat ik oud genoeg ben om mijn eigen spullen in te pakken. Hij heeft stevig bruin plakband over de bodem van twee dozen geplakt en ze in mijn kamer gezet, en toen zei hij dat ik ze voor het eten ingepakt moest hebben. Hij heeft een briefje van tien pond in een keukenla gevonden en gezegd dat we onszelf konden trakteren op fish-and-chips, hij en ik. Ik ben blij dat hij wat geld heeft gevonden, ik geloof dat we niet veel meer hebben. Gisteren belde er een man aan die naar papa vroeg en ik hoorde dat hij zei dat we onze waterrekening niet hadden betaald. Ik heb de kranen in de keuken en de badkamer uitgeprobeerd en ze doen het nog. Papa zei dat als er nog een keer iemand aanbelt we moeten doen alsof er niemand thuis is en dat we onder het raam moeten gaan zitten, zodat ze ons niet kunnen zien als ze naar binnen kijken.
Ik heb geprobeerd de spullen in mijn kamer in te pakken, maar dat is moeilijker dan het lijkt. Ik stopte een paar boeken in een van de dozen, maar dat voelde verkeerd, dus heb ik ze er weer uitgehaald en teruggezet. Ik geloof niet dat mijn boeken dit huis uit willen, ze horen hier en eigenlijk zouden ze hier zo lang als ze willen moeten kunnen blijven. Dus heb ik mijn kleren in de dozen

gestopt. Ik heb toch niet veel kleren nodig, ik heb alles twee dagen aan en dat gaat prima. Ik douche ook niet meer, om zuinig te zijn met het water dat we niet hebben betaald, maar ik geloof dat niemand het heeft gemerkt. Een van de dozen heb ik met bruin plakband dichtgeplakt, maar de rol bungelt nog aan de doos, ik mag geen schaar op mijn kamer hebben.

De fish-and-chips waren superlekker! Die van mij waren met zout en azijn en ketchup en ik kreeg het bijna niet op maar toch heb ik alles opgegeten. Ik geloof dat papa die van hem ook lekker vond. Het was gezellig samen, maar toen begon hij rode wijn uit een pak te drinken en werd hij chagrijnig. Ik vroeg waarom de wijn in een pak zat en niet in een fles en toen zei hij dat ik niet zoveel moest vragen en mijn kop moest houden. Papa zou niet zoveel moeten drinken, hij wordt er iemand door die niet zo aardig is. Hij doet wel alsof hij aardig is met die kerstboom en die fish-and-chips, maar hij houdt niet echt van me. Ik heb een tijdje naar hem zitten kijken na het eten, toen hij voor de grote tv zat. Er zaten restjes van het eten in zijn baard en droge velletjes op zijn lippen die paars waren van de wijn. Ik geloof niet dat ik op hem lijk, ik weet niet eens zeker of hij mijn vader wel is. Ik haat hem als hij te veel drinkt. IK HAAT HEM.

Ik zag de schaar liggen toen ik in de keuken een glas water ging halen. Ik weet dat ik er niet aan mag komen, maar ik ben nu elf. Ik vond dat ik de dozen op mijn kamer zelf wel dicht kon plakken. Maar toen ik boven aan de trap was gebeurde er iets raars. Mijn voeten bedachten iets anders en liepen uit zichzelf naar de badkamer. Ik deed het licht aan en Jo stond in het bad, ik schrok me kapot. Ze zei dat ik de badkamerdeur dicht moest doen, dus dat deed ik. Toen keek ik in de spiegel zodat ik kon zien wat ik deed.

Er lag heel veel haar op de grond toen ik klaar was. Het was Jo's idee om het in een bob te knippen. Toen ik mijn ogen tot spleetjes kneep en in de spiegel keek, leek het net alsof Taylor me aankeek en dat maakte me blij. Ik lachte en zij lachte ook. Ik vroeg aan Jo wat zij ervan vond, en ze zei dat het heel slim van me was, want nu kon ik, als ze daar tenminste spiegels hebben, Taylor meenemen naar Wales.

Nu

Oudejaarsavond 2016

Ik word wakker van een knallende kurk ergens ver weg. Iemand is iets aan het vieren. Er flitst een herinnering door mijn hoofd: champagne met kerst, klinkende glazen, de huilende tweeling boven. Ik doe mijn best om nog meer terug te halen, maar de rest van het bestand is leeg. Ik geloof niet dat ik dronken was, maar ik kan het me echt niet herinneren. Het idee dat ik dronken geweest kan zijn voedt het schaamtegevoel waarmee ik kamp. Onze ouders dronken allebei, de alcohol maakte andere mensen van ze. Ik wilde nooit zo worden als zij, maar de geschiedenis herhaalt zich, of je het nu wilt of niet. Ik hoor gelach op de gang en ik vraag me af wat er hier te lachen valt.

Paul pakt mijn hand vast. Hij is bij me, hij heeft me nog niet opgegeven.

'Gelukkig nieuwjaar,' zegt hij en hij kust me heel teder op mijn voorhoofd.

Nieuwjaar.

Dus ik ben al een week hier. De tijd hier is net zo uittrekbaar als een accordeon: soms wordt hij helemaal platgedrukt, en soms voelt het alsof mijn opgevouwen bestaan, diep tussen de plooien van levensvormige stof en karton, oneindig is.

Ik denk terug aan de oudejaarsavonden in mijn verleden.

Ik herinner me geen enkele geslaagde avond, niet echt, hoewel ze allemaal beter dan deze moeten zijn geweest.

'Beweeg alleen je vinger even, als je me kunt horen,' zegt Paul. 'Toe.'

Ik zie voor me hoe hij strak naar mijn vingers tuurt, alsof hij ze in beweging kan kijken. Kon ik dit ene kleine dingetje maar voor hem doen.

'Hindert niet, als je het zou kunnen, zou je het doen, dat weet ik. Ze hebben een uitzondering voor me gemaakt, ik mocht tot twaalf uur blijven. Het is nu drie minuten over, dus...' Ik hoor hem zijn jack dichtritsen en raak in paniek.

Niet weggaan alsjeblieft.

'Je hoeft niet bang te zijn, ik blijf over je waken. Tegen jou kan ik het wel zeggen: ik heb een cameraatje opgehangen in je kamer, dat dingetje dat ik thuis aan de achtergevel wilde monteren. Het hangt hier, niemand die het ziet. Het wordt door beweging geactiveerd, dus als je midden in de nacht opstaat en gaat dansen, dan zie ik je op het scherm van mijn laptop. Ik weet dat je er vanbinnen nog bent, Amber. Ze geloven me niet, maar ik weet het gewoon. Je moet blijven volhouden, ik verzin wel een manier om je eruit te krijgen.' Hij geeft me nog een kus en doet het licht uit, waarna hij zachtjes de deur achter zich dichttrekt, als een vader die zijn kind naar bed heeft gebracht. Ik ben alleen. Alweer.

Het is dus 2017. Wat futuristisch klinkt dat. Toen we klein waren dachten we dat er tegen deze tijd vliegende auto's zouden zijn en dat je op vakantie naar de maan zou kunnen gaan. Er is veel veranderd sinds die tijd, misschien niet zoveel als we hadden gewild, maar de wereld is heel anders dan toen. Sneller, lawaaiiger, eenzamer. Wij daarentegen zijn niet veranderd, niet echt. Het verleden is een spiegel, we zijn gewoon oudere versies van onszelf. Kinderen vermomd als volwassenen.

Eerder

De dag voor kerst 2016 – kerstavond

'Wat doe jij hier? Hoe ben je mijn huis binnengekomen?'

Edward zit ontspannen op mijn bank en glimlacht me toe. Hij is nog bruiner dan de vorige keer, en ik herinner me de antiek aandoende zonnehemel in zijn flat.

'Rustig maar, Amber. Niets aan de hand, waarom neem je geen glas wijn? Ontspan je een beetje, vertel hoe je dag is geweest,' zegt hij. Ik zie een fles rode wijn en twee glazen op tafel staan. Onze glazen, die van mij en die van Paul. Onze wijn.

'Ik ga de politie bellen,' zeg ik.

'Nee, dat ga je niet. Tenzij je dit de manier vindt om je echtgenoot erachter te laten komen dat je het met een andere man hebt aangelegd.' Hij pakt de fles wijn en schenkt twee glazen in. Ik probeer mijn kalmte te bewaren, na te denken, te begrijpen wat er gebeurt. 'Je wilde dat ik kwam, daarom heb je je sleutels bij mij laten liggen.' Hij legt ze op tafel en even voel ik me opgelucht. Ik heb die sleutels nodig, ze zijn niet allemaal van mij. Maar dan valt het kwartje.

'Je hebt die sleutels gisteravond uit mijn tas gehaald...'

'Waarom zou ik zoiets doen? Ik vond het trouwens erg onbeleefd van je dat je zomaar bent weggegaan, zonder gedag te zeggen.'

'Je hebt iets in m-mijn drankje gedaan,' stamel ik.

'Waar heb je het over?' Zijn volmaakt witte glimlach staat nog steeds in zijn gebronsde gezicht gebeiteld.

'Dat moet wel. Anders kan ik het niet verklaren.'

Zijn glimlach verflauwt. 'Speel geen spelletje met me, Amber. Daar zijn we nu te oud voor. Je wilde zelf met me mee. Je wilde dat ik je kleren uittrok. Je hebt het allemaal zelf gewild.'

Ik voel me verschrompelen.

'Dat is niet waar.' Mijn woorden lijken van iemand anders te komen, van een klein iemand, ver weg. Hij staat op en ik doe een stap achteruit. Zijn blik wordt donker voor de glimlach terugkeert op zijn gezicht.

'Mag ik?' Zonder op antwoord te wachten buigt hij zich naar voren en pakt mijn telefoon van tafel. Hij ontgrendelt hem zonder naar de code te vragen en houdt het toestel dan zo dat ik kan zien waar hij naar kijkt. 'Ziet dit eruit alsof ik je tot iets dwing wat je niet wilt?'

Alles staat stil. Ik wil wegkijken maar dat kan ik niet.

Hij scrolt door verschillende foto's van een vrouw die erg op mij lijkt, maar zo heb ik mezelf nog nooit gezien. Mijn naakte lichaam. Mijn open mond. Een uitdrukking van puur genot op mijn gezicht. Ik sluit mijn ogen.

'Voor jou kon het niet ver genoeg gaan, maar daar ben ik te veel een heer voor. We moeten geduld betrachten en het juiste moment afwachten. Eerst moet je de relatie met je echtgenoot beëindigen – ik ben niet van plan je met hem te gaan delen. Het is jammer van de jaren die we met elkaar hebben gemist, maar nu hebben we veel om naar uit te kijken.' Hij doet een stap naar voren. Ik doe nog een stap naar achteren.

'Je bent niet goed bij je hoofd.' Ik heb onmiddellijk spijt van mijn woordkeuze als hij mijn telefoon neersmijt.

'Mocht je het je afvragen: op mijn telefoon staan nog veel

meer foto's. Een ervan is mijn favoriet, ik heb erover gedacht om die aan Paul te sturen. Zo'n sneue naam, Páúl. Zijn e-mailadres staat op zijn kleinzielige schrijverswebsite, maar toen dacht ik nee, het is beter dat jij het aan hem vertelt. Vind je dat niet attent van me?' Ik draai me naar hem toe, mijn woede is nét iets groter dan mijn angst. 'Jij vertelt aan Paul wat er gebeurd is en vraagt hem te vertrekken. Dan trek ik bij je in en kunnen we opnieuw beginnen.'

'Opnieuw beginnen? Je bent gestoord, weet je dat? Je hebt me gedrogeerd, dat moet gewoon, want dit slaat nergens op. Anders had ik het nooit gedaan.'

Zijn gezicht krijgt een onaangename uitdrukking. 'Je smeekte erom,' zegt Edward. Hij staat nu recht voor me. 'Je smeekte me al die geile gaatjes van je op te vullen.'

Ik moet hier weg. Ik moet Paul zien te vinden.

Ik schiet naar de deur, maar Edward is me voor. Met één hand gooit hij hem dicht en met de andere geeft hij me een keiharde klap in mijn gezicht.

Hij slaat me nog een keer, en ik val op de grond.

'Waarom moet je altijd alles verpesten? Wat je me jaren geleden hebt aangedaan heb ik je vergeven, maar ik laat me niet nog een keer door jou voor gek zetten.'

Ik herinner me de brieven die Claire zei aan hem te hebben geschreven toen we nog studeerden. Ik wil het uitleggen, maar nu slaat hij me zo hard dat ik geen lucht meer krijg. Ik hoor niet meer wat hij zegt als zijn handen zich om mijn keel klemmen. Hij tilt me op en het lukt me bijna niet om adem te halen. Ik beuk met allebei mijn vuisten op hem in en ik probeer hem te schoppen, maar het is net alsof hij het niet voelt, alsof ik een vlieg ben die een paard wil steken, ik ben alleen maar irritant.

Ik moet iets doen, wat dan ook, hij gaat me vermoorden…

‘Ik ben zwanger,’ pers ik eruit. De drie woorden dansen tussen ons in. Hij is niet degene aan wie ik het als eerste had willen vertellen. Ik geloof niet dat hij het heeft gehoord, ik denk dat hij het niet wil horen. Ik kan niet meer denken, niet meer ademhalen. Het begint zwart te worden voor mijn ogen, het zwart breidt zich langzaam uit, als inkt op vloeipapier.

Ik hoor de achterdeur opengaan.

Edward hoort het ook en laat me op de grond vallen. Ik blijf doodstil liggen, bang voor wat er nu gaat gebeuren. Hij stapt naar achteren, hij gaat me vast in mijn buik trappen. Ik sla mijn armen om mijn buik en doe mijn ogen dicht, maar het is niet meer nodig. Edward loopt kalm naar de voordeur, die hij stilletjes achter zich dichttrekt. Ik hoor Paul in de keuken de waterkoker aanzetten en ik weet dat ik veilig ben. Voor even. Hij mag me niet zo aantreffen. Ik hijs me met trillende benen overeind, draai de voordeur op het nachtslot, gris mijn telefoon van tafel en hol naar boven, waar ik me in de badkamer opsluit. Binnen een paar tellen staat Paul voor de deur.

‘Ben jij dat?’ vraagt hij.

‘Ja,’ zeg ik, wanhopig bedenkend hoe mijn stem normaal klinkt.

‘Hoe was het met Claire?’

De lunch met Claire lijkt zo lang geleden dat ik eerst niet begrijp waar hij het over heeft.

‘Prima. Ik ga even in bad, is dat goed?’ Ik leun tegen de deur, wat zou ik hem graag opendoen en in zijn armen vallen. Ik wil tegen hem zeggen dat ik spijt heb van alles en dat ik stapelgek op hem ben. Kon ik hem maar vertellen wat er is gebeurd, maar hij zou de echte ik niet vergeven. Ik kijk naar de telefoon in mijn hand en zie mijn gefotografeerde naakte lichaam op het scherm. Ik voel misselijkheid opkomen. Ik verwijder de foto, maar er komt een andere voor in de plaats.

'Ik heb de boel versierd voor kerst,' zegt hij.

'Ik zag het, het ziet er heel mooi uit. Ik ben blij dat je de boom toch hebt opgezet.'

'Ik kwam nog iets anders tegen op zolder, toen ik de kerstpullen naar beneden haalde.' Ik leg mijn hand tegen het hout van de deur. In mijn verbeelding zie ik zijn hand tegen de andere kant, kon ik hem maar vastpakken.

'Toch niet weer een wespennest?'

'Nee, deze keer niet. Ik heb een doos met oude schriften gevonden.'

Ik weet vrij zeker dat ik stop met ademhalen.

'Het lijken wel dagboeken.'

Wij zijn allemaal slechts een schim van de persoon die we hopen te zijn geweest, en een slap aftreksel van de persoon die we wilden worden.

'Ik hoop dat je ze niet hebt gelezen,' zeg ik. Kon ik zijn ogen maar zien, om te weten wat hij denkt, om te weten of hij eerlijk antwoord geeft.

'Natuurlijk niet. Tenminste, ik ben gestopt toen ik besefte wat het was. Het jaartal 1992 dat in grote cijfers op een van de schriftjes stond maakte me nieuwsgierig. Hoe oud was je toen? Tien?'

'Elf,' zeg ik. 'Een dagboek is niet voor andermans ogen bestemd,' vervolg ik terwijl ik me op de grond laat zakken, mijn ogen sluit en mijn hoofd tegen de muur laat rusten. 'Dagboeken zijn privé.'

Vroeger

De dag voor kerst 1992

Lief dagboek,
Ik ben nog nooit tot zo laat opgebleven. Het is één uur in de nacht en straks, als de zon opkomt, is het de dag voor kerst. Taylor kwam gisteravond en ze is er nog, ze ligt boven in mijn kamer te slapen. Papa en mama zeiden dat ze nog één keertje mocht komen logeren voordat we verhuizen. Ik had gedreigd dat ik mijn haar nog korter zou knippen als het niet mocht. Op 27 december gaan we weg, zodat papa de volgende dag bij zijn nieuwe baan kan beginnen. In januari moet ik naar alweer een nieuwe school, in een heel ander land, en ze weten nog niet eens naar welke school, zo weinig geven ze om me. Mama zegt dat Taylor ons in Wales kan komen opzoeken zodra we de boel op orde hebben. Mama zegt dat het deze keer anders wordt. Mama is een LEUGENAAR.
Taylor zei weinig onder het eten en at bijna niets van haar pizza. Dat was de schuld van mama, want ze had ons een pizza hawaï gegeven, dus moest Taylor eerst alle ananas eraf pulken voor ze kon beginnen. Taylors moeder zou zo'n vergissing nooit hebben gemaakt, zij weet wat we allebei lekker vinden. We hebben nu bijna geen geld meer, er zit zelfs geen kleingeld meer in omoes spaarpotje. Papa was in de pub. Hij heeft daar een vriend die Pof heet die al zijn drankjes betaalt en ik hoorde papa zeggen dat het niet nodig was om hem terug te betalen voor we weggingen. Om de een of andere reden werd mama toen boos, en daarom heeft

ze de pizza betaald met papa's creditcard, die alleen voor noodgevallen is, en ze zei dat we het niet tegen hem mochten zeggen. We aten dus noodpizza.
Mama ging vroeg naar bed, ze zei dat ze bekaf was. Als ze de hele tijd zo moe is, snap ik niet waarom ze elke avond slaappillen slikt, maar ik was blij dat ze ons alleen liet. Taylor en ik hebben een film gekeken, ik had hem al gezien dus ik keek naar Taylor die naar de grote tv keek. Ik had alle lampen uitgedaan, net als haar ouders doen op een filmavond, en door het schijnsel van het scherm leek het alsof haar gezicht licht gaf, ze was net een engel. Sommige grappige stukjes vond ze niet om te lachen, terwijl ik er wel om moest lachen. Dan keek ze verdrietig opzij, naar mij, en daarna weer naar het scherm. Ik hield haar hand vast omdat ik hand in hand wilde zitten en dat liet ze toe. Ik kneep driemaal in haar hand, en na een poosje kneep ze driemaal terug, maar ze wilde me niet aankijken.
Toen de film afgelopen was gingen we naar mijn kamer. We hebben even liggen praten, maar niet zo lang als anders, vooral omdat Taylor het alleen maar had over dingen die waren gebeurd waar ik niet bij was. Ze trekt de laatste tijd op met een meisje dat Nicola heet, ze zitten samen op ballet in het gemeenschapshuis. Ik zit niet op ballet, dat kunnen we niet betalen. Blijkbaar is Nicola heel grappig en kent ze heel veel moppen. Taylor zegt dat ik nog steeds haar beste vriendin ben, ik heb het maar even gevraagd, voor de zekerheid. Ik weet niet waarom ze andere vriendinnen wil, ik heb geen andere vriendinnen en ik vind het prima zo.
Taylor zei dat ze zich erg op Kerstmis verheugt. Haar hele familie komt en Taylor zegt dat haar moeder de grootste kalkoen heeft gekocht die ze ooit heeft gezien, zo groot als een struisvogel, en dat is heel erg groot. Haar omoe, die ze oma noemt, komt bij hen logeren en toen moest ik aan mijn omoe denken en werd ik verdrietig, dus heb ik een tijdje niets meer gezegd en alleen geluisterd. Ik kan goed luisteren, mensen vertellen je van alles als je ze

laat praten. En toen zei ze dat ze niet wilde dat ik naar Wales ging. Ik werd er heel blij van dat zij zo verdrietig werd van de gedachte dat ik weg zou gaan. Toen beloofde ik haar dat ik niet weg zou gaan en dat meende ik, en ik doe altijd wat ik beloof.
Papa kwam dronken thuis en maakte veel lawaai toen hij de trap op liep. Ik schaamde me maar was er ook wel een beetje blij om, hij slaapt namelijk heel diep als hij naar de pub is geweest en mama's slaappillen werken zo goed dat het bijna onmogelijk is om haar wakker te krijgen. En Taylor slaapt ook. Iedereen slaapt.
Ik mag niet aan de lucifers zitten. Ze staan op hetzelfde lijstje als scharen, maar ik heb een heel doosje vol. Ik heb ze al een hele tijd. Ik heb ze meegenomen van school na de les met de bunsenbranders, dat was een erg leerzame dag. Voor ik naar beneden ging heb ik al een lucifer afgestreken. Ergens wilde ik dat Taylor wakker zou worden zodat we het samen konden doen, maar ze lag heel stil dus heb ik haar maar laten slapen. Ik vond de brandende lucifer zo lekker ruiken dat ik hem aanliet tot ik mijn vingers brandde. Ik wilde dat het vlammetje vanzelf uit zou gaan.
In mijn rugtas heb ik alles gestopt wat belangrijk is.
De drie belangrijkste dingen voor mij zijn:

1. Mijn lievelingsboeken (*Matilda*, *Alice in Wonderland* en *De leeuw, de heks en de kleerkast*).
2. Mijn dagboeken.
3. Mijn beste vriendin Taylor. Ik ga niet zonder haar, want we zijn twee erwtjes in een dop.

Eerder

Kerstavond 2016

Ik lig in bad en wilde dat het water zo heet was dat het mijn lijf verbrandde, maar ik wil niet dat er iets gebeurt met het kindje binnen in me, dat zijn best doet om te groeien. Ik stel me voor hoe ik er over een paar weken bij zal liggen: dan steekt er een huidkleurig heuveltje boven het badwater uit, nieuw land, dat nog geclaimd moet worden. Ik leg mijn rechterhand voorzichtig op mijn buik, alsof het mij iets aan zou doen als ik het pijn doe, alsof het geen deel van mij uitmaakt. Ik voel niets. Misschien is het nog te vroeg.

Wanneer het water zo koud is dat ik het niet meer kan verdragen stap ik uit bad en droog ik me af. Het glas van de spiegel is niet meer beslagen en ik schrik als ik mijn spiegelbeeld zie – in mijn witte hals zijn duidelijk rode vingerafdrukken te zien. De kneuzingen die vanbinnen zitten zijn van wat langer geleden, maar net zo gemakkelijk te zien als je weet hoe je moet kijken.

Ik open de badkamerdeur en hoor dat Paul beneden is. Dan ruik ik het vuur en moet ik bijna kokhalzen. Ik loop stilletjes over een tapijt van leugens, want ik wil ze niet wakker maken. Zodra ik in de slaapkamer ben trek ik een coltrui aan en een lekker zittende joggingbroek, waarna ik snel naar beneden ga, naar de voorkamer.

'Daar ben je dan,' zegt Paul. 'Drankje?'

'Is het veilig?'

'Het drankje?'

'Het vuur. Moeten we de schoorsteen niet laten vegen voor we hem gebruiken?'

'Dat is niet nodig. Het leek me gezellig, op kerstavond.'

De kamer wordt verlicht door de kerstboom en de vlammen. Hij doet zo zijn best, maar het is helemaal verkeerd. Ik hoef niets te zeggen, hij ziet het aan mijn gezicht.

'Shit, het spijt me, je denkt vast aan... Sorry, wat stom van me.'

'Nee, hindert niet, het zal alleen even duren voor het went, dat is alles.'

Hij pakt de fles rode wijn die Edward heeft geopend en schenkt ons ieder een glas in. Ik wil mijn glas niet aanraken of eruit drinken, maar ik speel het spelletje mee. Er valt zoveel te vertellen en toch krijg ik er bijna geen woord uit.

'Op jou en je nieuwe boek, van harte!' zeg ik uiteindelijk, en ik proost met hem.

'Op ons,' zegt hij en hij kust me op mijn wang. Ik nip aan mijn wijn en kijk toe hoe hij in één keer een half glas achteroverslaat. We zitten een poosje zwijgzaam bij elkaar naar de vlammen te staren. Grappig dat voor verschillende mensen hetzelfde iets heel anders kan betekenen. Wist hij het maar van de baby. Hij zal het vast een wonder vinden. En dat is het in zekere zin ook. Maar vanavond ga ik het niet vertellen, er is te veel gebeurd vandaag. Ik wil een herinnering creëren die niet meteen al kapot is. Net als ik Pauls hand wil pakken, strekt hij zijn arm uit naar zijn laptop.

'Laura heeft al wat ideeën voor de tour gemaild. Het wordt fantastisch. New York, Londen uiteraard, Parijs, Berlijn. Goddank zijn we met zijn tweeën, als we gebonden waren hadden we dit niet kunnen doen.'

Mijn toekomstvisioen spat uit elkaar als een door een

kind geblazen zeepbel: het ene ogenblik lift het behoedzaam op de luchtstroom mee, het volgende is het verdwenen. Mijn woorden wijken terug en in plaats van iets te zeggen glimlach ik. Paul klapt zijn laptop dicht, zet hem op tafel en neemt nog een slok wijn. Ik staar naar de dansende vlammen in de open haard. Ze gaan wild en ongehoorzaam tekeer, ik zou het liefst heel hard de kamer uit rennen.

'Hou je nog steeds een dagboek bij?' vraagt hij.

'Wat? Nee.'

Hij reikt langs de leuning van de bank naar de vloer terwijl er een ondeugende blik op zijn gezicht verschijnt. 'Zullen we een stukje lezen, gewoon voor de lol?'

Ik zie het dagboek in zijn hand, het bekende zwierige getal 1992 op de omslag, en ondanks de warmte voel ik me ijskoud worden. 'Ik dacht dat je ze had teruggelegd.'

Hij interpreteert mijn toon als schertsend, hij denkt dat we een spelletje spelen. 'Eén fragmentje, toe.'

'Ik zei nee.' Mijn stem klinkt luider dan de bedoeling was en ik realiseer me dat ik ben gaan staan. Zijn gelaatsuitdrukking verandert en hij geeft me het dagboek aan. Ik gris het als een klein kind uit zijn hand en druk het tegen mijn borst, waarna ik weer ga zitten. Paul kijkt me strak aan, maar ik kan mijn blik niet van de vlammen losmaken, ik ben bang voor wat er gebeurt als ik dat wel doe.

'Waarom heb je ze bewaard als je er zo door van streek raakt?' vraagt hij.

Ik heb de hele avond verpest, ik heb een gruwelijke hekel aan mezelf. Ik maak alles kapot. Mijn gezicht voelt verhit en de vlammen lijken hoger dan net, alsof het slechts een kwestie van tijd is voor ze me oplikken en alles verbranden wat ik nog heb.

'Ik heb ze niet bewaard. Ik vond ze bij pa en ma op zolder toen ik vorig jaar het huis aan het leegruimen was.' Paul zet zijn lege glas op de lage tafel, naast het glas waaruit ik nauwelijks heb gedronken. Ik doe mijn ogen dicht zodat ik de vlammen niet meer zie, maar ik blijf het gegil horen.

'Ik dacht dat we geen geheimen hadden voor elkaar,' zegt Paul.

'Dat hebben we ook niet. Het zijn mijn geheimen niet. De dagboeken zijn van Claire.'

Nu

Oudejaarsavond 2016

Mijn zus is niet altijd mijn zus geweest. Vroeger was ze mijn beste vriendin. Toen noemde ze me altijd Taylor, bijna iedereen noemde me bij mijn achternaam omdat ik daar de voorkeur aan gaf. Ik heb Amber altijd een stomme naam gevonden, net zo stom als de kleur. Geelbruin. Niet het een en niet het ander, onbenullig, nikserig, net als ik. Ik was ervan overtuigd dat mijn naam er de oorzaak van was dat de kinderen op school me niet mochten, ze noemden me geen Amber, ze hadden allerlei andere namen voor me. Ik dreef mijn ouders tot wanhoop, ze praatten op me in en zeiden dat amber, barnsteen, een waardevolle steen was, maar ik wist dat ik van weinig waarde was. Wekenlang reageerde ik alleen nog maar als ze Taylor tegen me zeiden, met als gevolg dat ook zij me zo gingen noemen. Pas toen ik trouwde veranderde dat. De naam Taylor werd uitgegumd en vervangen door Reynolds. Toen begonnen ze me weer Amber te noemen. Het voelde alsof ik een nieuw persoon was.

Ik herinner me dat mijn moeder de telefoon neerlegde en tegen me zei dat ik nog één keer bij Claire mocht gaan logeren voor ze ging verhuizen. Ik wilde niet, ik was boos dat ze wegging, maar mama zei dat ik moest gaan, dat dat de juiste beslissing was. Ze had ongelijk. Het was de grootste vergissing van mijn leven, eentje die ik tot op de dag van vandaag heb moeten bezuren.

Claires moeder had die avond pizza voor ons gehaald, ze hield niet zo van koken. Ik weet nog hoe Claire tegen haar stond te schreeuwen dat ik geen ananas lustte. Ik was bang voor haar als ze zo was, zo onbeheerst. Zo'n toon sloeg ik nooit aan tegen mijn ouders, ik heb het altijd vreemd gevonden wat zij allemaal kon maken thuis. Haar vader was er meestal niet, hij hield van gokken en verloor niet alleen het beetje geld dat ze hadden, maar ook voortdurend zijn baan. Haar moeder kon niet van de drank afblijven en leek altijd triest en moe, alsof ze het leven niet aankon. Uiteindelijk zag ze het niet meer zitten, Claire niet en het leven niet, en dat deed me beseffen dat mensen die niets doen net zo gevaarlijk zijn als mensen die wel iets doen.

Claire was niet populair op school, ze was een boos meisje, boos op de wereld en op bijna iedereen. Ze verhuisde vaak en ze werkte zich op bijna elke school in de nesten. Ze was heel slim. Te slim. Het leek wel alsof ze mensen meteen bij de eerste ontmoeting al zat was, alsof ze onmiddellijk doorhad wie en wat ze waren en alles één grote teleurstelling was. Ze verkoos het lezen van verhalen boven het echte leven, haar beste vrienden woonden dan ook op de bladzijdes van haar boeken. Ik was haar enige echte vriendin. Ik hoefde alleen maar over iemand anders te praten en ze was al jaloers, dus deed ik dat niet meer.

Ik denk nog elke dag terug aan wat er is gebeurd. Ik vraag me af of het allemaal mijn schuld was, of ik iets had kunnen doen om het te voorkomen. Ze was nog maar een klein meisje, maar dat was ik ook. Meisjes zijn anders dan jongetjes; ze zijn lief en fel, en de littekens die ze oplopen gaan nooit meer weg. Ik heb mijn littekens ook nog, het feit dat ze aan de binnenkant zitten betekent niet dat ze er niet zijn.

Ik hoorde haar die nacht opstaan en door de kamer sluipen. Ik lag met mijn rug naar haar toe, maar ik had mijn ogen open. Ik hoorde haar een lucifer afstrijken en rook de brandende zwavel. Ik dacht dat ze een kaars aanstak of zo, bij haar thuis viel de stroom af en toe uit, omdat haar ouders niet alle rekeningen konden betalen. Toen ging ze de kamer uit. Ik bleef even liggen, maar toen ze niet terugkwam, stond ik op om te kijken waar ze bleef. Het was altijd koud daar, daarom had mama me mijn nieuwe roze badjas meegegeven. Ik trok hem strak om me heen en knoopte de ceintuur stevig dicht.

Ik sloop de overloop op, liep op mijn tenen langs de kamer van Claires moeder en bleef boven aan de trap staan. Alle deuren waren dicht, op de badkamerdeur na, en ik kon zien dat ze daar niet was. Ik hoorde een geluid beneden en ging een paar treden de trap af, zo zachtjes als ik kon. En toen zag ik haar, en ze deed zo vreemd. Ik liet me op de traptree zakken en keek tussen de spijlen door de keuken in, waar ze rondliep met haar schooltas op haar rug, over haar pyjama heen. Opeens bleef ze stokstijf voor het oude witte fornuis staan. Ze draaide aan een van de knoppen en stond naar het fornuis te staren alsof ze op iets wachtte, en draaide toen aan een andere knop. Ik zat als verlamd op de trap. Toen draaide ze haar hoofd heel langzaam mijn kant op, ze zou me kunnen zien zitten. Het was alsof ze me recht aankeek, haar ogen lichtten op in het donker, zoals die van een kat. Ik herinner me dat ik de aanvechting kreeg te gaan gillen. Had ik het maar gedaan. Ze wendde haar hoofd weer af naar het fornuis en draaide aan weer een andere knop.

Ik kwam zo stil als ik kon overeind en sloop terug naar boven. Ik begreep niet echt waar ze mee bezig was, maar ik wist wel dat het slecht en verkeerd was. Ik drukte de klink van haar moeders slaapkamerdeur omlaag, maar die zat op slot. Ik had op de deur moeten bonzen, iets moeten doen, wat dan ook, maar ik ging terug naar Claires kamer en kroop weer in bed, met mijn badjas nog aan. Ik denk dat ik hoopte dat het gewoon een nare droom was.

Algauw begon het naar gas te ruiken, zelfs boven in de slaapkamer, alsof er een onzichtbare wolk in huis dreef die zich tot in alle hoeken en gaten uitbreidde. Ik trok het dekbed over mijn hoofd, in de hoop dat dat me zou kunnen redden, maar het werd van me afgetrokken. Ik opende mijn ogen en zag Claire over me heen gebogen staan, nog steeds met haar schooltas op haar rug. Ze schudde aan me alsof ze me wakker moest maken, terwijl ik klaarwakker was, en ik zag dat ze naar me glimlachte. Ik zal nooit vergeten wat ze toen zei.

Ik blijf altijd over je waken, Amber Taylor, geef me je hand.

Ik deed altijd wat Claire zei, dat doe ik nog steeds. In de deuropening bleef ze staan met een blik alsof ze een geest had gezien. Het was donker en eerst zag ik niet waar ze naar staarde. Toen bukte ze om de gietijzeren deurstopper van haar oma te pakken, die ze in haar rugtas stopte. Het stelde een roodborstje voor, maar deze zou nooit kunnen wegvliegen. Ze trok me achter zich aan de overloop op, bleef weer staan, en keek toen om, met een vinger tegen haar lippen.

Shhh.

Ze hield mijn hand stevig vast en trok me mee, de trap af. Met elke stap maakte de gaslucht die mijn neus binnendrong het zwaarder om te ademen. Onder aan de trap gingen we naar rechts, naar de voorkamer, weg van de keuken. Ze zette me in een stoel en liep naar de open haard. Haar moeder stapelde altijd wat kachelhoutjes op, zodat alles klaarlag om een vuurtje te maken, maar dat deden ze alleen op zondag. Meestal was het niet meer dan een hoopje krantenpapier met een paar houtjes, en af en toe lag er een bijna opgebrande kaars tussen. Claire bukte zich, streek een lucifer af en hield hem bij het stapeltje aanmaakhout. Toen gooide ze het hele doosje op de hoop, greep mijn hand en nam me mee naar buiten, de voordeur achter zich dichttrekkend. Ik had geen pantoffels aan en ik herinner me dat ze me meetrok en dat het koude grind zeer deed aan mijn voetzolen. Ze hield mijn hand heel stevig vast, alsof ik zou wegrennen als ze me los zou laten. Toen zei ze dat ik niet moest huilen. Ik wist niet eens dat ik dat deed.

We gingen op het tuinmuurtje zitten van het huis aan de overkant, de kou van de stenen drong zelfs door mijn badjas heen. We zaten ik weet niet hoe lang op dat muurtje. Ze zei geen woord, hield alleen mijn hand stijf vast en keek glimlachend op naar het huis. Ik durfde niet al te lang naar haar te kijken, ze maakte me bang, dus staarde ik naar mijn blote voeten die blauw werden van de kou. Ook toen ze begon te zingen keek ik niet op.

Twinkle, twinkle, little star,
How I wonder what you are.
Up above the world so high,
Like a fire in the sky.

Claire was dol op kinderliedjes. Ze zei dat ze haar aan haar omoe deden denken, maar ze zong altijd de verkeerde woorden. Claire is iemand die ziet wat ze wil zien, of het nu echt is of niet.

Het was niet echt een explosie. Het leek alsof het huis aan de achterkant langzaam uit elkaar barstte. Er klonk een knal, niet zo hard als in films, maar meer alsof de stilte onder de stenen vandaan werd getrokken. Aan de voorkant leek er eerst niets aan de hand, maar algauw zag ik likkende vlammen achter de ramen. We hoorden de sirenes al ruim voor we de brandweerauto zagen. Toen hield ze op met zingen. De glimlach gleed van haar gezicht en de tranen stroomden over haar wangen. Ze heeft urenlang om haar ouders gehuild, de kraan kon niet meer dicht. Ik ben altijd om hen blijven huilen.

De rook had die nacht tot in mijn vezels bezit van me genomen. Hoe vaak ik mijn haren ook waste of mijn huid boende, ik bleef het ruiken. Het spiraalde om mijn DNA en veranderde me voorgoed. Zij zei dat ze hen had doodgemaakt voor mij. Ze zei dat ze dacht dat ik dat wilde, zodat we bij elkaar konden blijven, zodat zij mij kon blijven beschermen. Sindsdien heb ik me elke dag afgevraagd hoe iemand tot zo'n daad kan komen. Zij zei dat ze niet van haar hielden. Ik weet niet of dat waar is. Liefde heeft vele gedaanten, ze is niet in één woord te vangen. De ene liefde is gemakkelijker te voelen dan de andere, en er zijn er ook die gevaarlijk zijn. Ze zeggen wel dat de liefde van een moeder voor haar kind de hoogste vorm van liefde is – haal je die weg, dan is de haat van een dochter de hoogste vorm van haat.

Het geluid van een ambulance buiten doet me opschrikken en verwaait alle herinneringen in mijn hoofd. Ik staar naar een plaat van het ziekenhuisplafond die iets afwijkt van de andere en pas na enkele seconden besef ik dat mijn ogen open zijn. Het voelt niet als een droom, het voelt echt. Mijn oogleden hebben zelfstandig besloten om zich te openen. Het is donker in de kamer, en ik kan mijn hoofd niet bewegen, maar ik kan zien, ik weet het zeker. Ik knipper met mijn ogen, en nog een keer. Elke keer dat mijn ogen dichtgaan ben ik bang dat ze niet meer open zullen gaan, maar ze gaan wel open. Langzaam beginnen mijn ogen aan het donker te wennen en zie ik mijn kamer. Het raam is precies daar waar ik had gedacht, maar het is kleiner dan ik me had voorgesteld. Ik zie een tafel naast mijn bed staan met een paar beterschapskaarten erop, niet veel. Vlak achter mijn nutteloze, gebroken lichaam zie ik de deur. Ik hoor iemand aan de andere kant en zie de deurkruk omlaag bewegen. Mijn instinct zegt me mijn ogen te sluiten en ik daal weer af in de duisternis, in mijn eigen wereld, waar ik wel gezien maar niet gehoord word.

Nu

Oudejaarsavond 2016

Er staan mensen voor mijn deur. Het wordt me niet duidelijk wie het zijn dus houd ik mijn ogen dicht. Ik probeer de woorden te interpreteren, die eigenlijk niet meer zijn dan gescheiden geluidsfragmenten die door de smalle kier naar binnen sijpelen. De deur gaat een fractie verder open en de elkaar snel opvolgende zinnen filteren zich net genoeg uit om helder te maken dat dit niet de stemmen zijn die ik wil horen.

'Nee, ik weet het zeker. Ga nou maar, pak een paar uur slaap. We hoeven niet allemaal onze oudejaarsavond op te offeren. Tot morgenochtend.'

Het is Edward.

Ik houd mijn ogen dicht en probeer rustig te blijven. Hij doet de deur dicht en ik hoor dat hij hem op slot draait. Het licht laat hij uit, hij loopt langzaam naar het bed.

'Zo, daar ben ik weer, mevrouw Reynolds. Hoe gaat het ermee vanavond? Geen verandering, zie ik. Ach, wat jammer nou toch.' Hij loopt naar het raam en ik hoor het geluid van gordijnen die worden gesloten. Ik kan me mijn directe omgeving veel beter voorstellen nu ik hem heb gezien. Het voelt niet meer alsof ik droom, meer alsof ik door een blinddoek probeer te kijken.

'Het is oudejaarsavond. Of wist je dat al? Ik had zoveel

verwacht van het nieuwe jaar. Ik had gedacht dat ik de jaarwisseling zou vieren met een meisje dat ik nog van vroeger ken, maar... Ze. Heeft. Het. Verkloot. Dus heb ik aangeboden een extra nachtdienst te draaien, zodat ik toch nog bij haar kon zijn. Eindelijk zijn we alleen, met zijn tweetjes, zoals altijd de bedoeling is geweest.'

Ik hoor dat hij in de buurt van het bed met iets bezig is, maar ik heb geen idee met wat.

'Ik heb de afgelopen dagen veel over je echtgenoot nagedacht en ik moet zeggen: hij is niet helemaal wat ik had verwacht. De politie denkt trouwens nog steeds dat hij je dit heeft aangedaan, maar dat is niet zo gek na alles wat ik hun heb verteld. Het verbaast me wel dat hem de toegang tot het ziekenhuis niet is ontzegd. Ik heb ze wijsgemaakt dat ik hier als arts werk, en dat geloofden ze. Maar ja, jij geloofde me ook, hè?'

Hij is nu vlak naast me en begint me over mijn hoofd te aaien. Onwillekeurig houd ik mijn adem in. Hij strijkt mijn haren achter mijn oren, waarin ik mijn hart als een razende tekeer hoor gaan, alsof het probeert alarm te slaan.

'Hij is geen onaantrekkelijke man, die Paultje van je, je echtgenoot, maar hij doet weinig aan zichzelf, hij ziet er niet uit, als ik zo vrij mag zijn. Kwam je daarom weer naar mij? Wilde je een echte man in plaats van zo'n mager scharminkel?'

Zijn vinger volgt de contouren van mijn gezicht, streelt mijn wang en dan voel ik zijn hand op mijn mond.

'Ik vind het niet erg als je niet wilt antwoorden, dat snap ik best. Bovendien heb ik door bittere ervaring geleerd dat alles wat uit deze mond komt gelogen is.'

Hij buigt zich voorover, zodat hij rechtstreeks in mijn oor praat.

'Hou op met liegen, Amber. Ik kom er toch wel achter.'

Ik krijg geen lucht meer en ik krijg het zo benauwd dat ik hem weg wil duwen, maar dan bedenk ik dat ik dat niet kan. Hij haalt zijn hand van mijn mond.

'Hij lijkt echt van je te houden, dat moet ik hem nageven. Maar dat was nooit genoeg voor jou, hè?'

Ik probeer kalm te blijven, rustig te ademen, mijn evenwicht te hervinden. Ik vraag me af of hij me straks weer gaat zoenen, de gedachte aan zijn tong in mijn mond maakt me onpasselijk.

'Neukte hij je niet lekker? Was dat het? Ik herinner me hoe gek je was op een goeie beurt, weet je nog, Amber? Nu we het er toch over hebben: het is vast moeilijk om hier al die tijd maar te liggen zonder dat iemand zich om je behoeften bekommert. Ik wil dat best op me nemen. Als medewerker van deze medische instelling zie ik het als mijn taak om je verblijf hier zo aangenaam mogelijk te maken.'

Zijn hand streelt mijn rechterdij en glijdt dan onder het laken. Zijn vingers vinden hun weg tussen mijn benen, hij duwt mijn bovenbenen met gemak uit elkaar. Ik begin inwendig te gillen wanneer zijn vingers bij me naar binnen dringen.

'Hoe voelt dat? Beter?' vraagt hij. 'Praat eens wat harder, ik hoor je niet.' Zijn vingers stoten naar voren. 'Ik zal je zwijgen maar als nee uitleggen. Wat jammer nou. Het is ook niet eenvoudig om mensen beter te maken als je eigenlijk geen arts bent. En het is niet eenvoudig om arts te worden als een domme teef je carrière saboteert met het versturen van bullshitbrieven.'

Zijn gefluister is inmiddels aangezwollen tot geschreeuw. Dat moeten ze vast horen. *Waar blijven ze? Waarom komt niemand me redden?*

'Je hebt mijn hart gebroken, mijn carrière kapotgemaakt en je dacht er nog mee weg te komen ook, hè?'

Er daalt een fontein van speekseldruppeltjes op me neer als hij me zijn woorden toespuugt.

'Dankzij jou mag ik nu patiënten vervoeren of de receptie bemannen, maar dat komt me op dit moment niet verkeerd uit. Ik heb de sleutels van het hele ziekenhuis, ik kan elke deur afsluiten en elke medicijnkast openmaken. En ik weet nog wel wát. Ik ben niet alles vergeten wat ik heb geleerd. Ik weet hoe ik je hier kan houden zonder dat iemand iets vermoedt.'

Hij is sneller gaan ademen. Ik houd mezelf steeds voor me niet te verroeren, geen geluidje te maken.

'Heb je hier iets op te zeggen? Nee?' Hij hijgt als een hond. 'En toch vergaf ik het je, bleef ik je volgen, wachtte ik tot je zou beseffen dat je een grote vergissing had gemaakt en alles weer goed zou komen. Ik bleef denken dat we nog een kans maakten. Maar vrouwen zoals jij leren nergens van, en daarom moest ik je maar eens een lesje leren, vind je ook niet?' Hij houdt op met waar hij mee bezig is en heel even denk ik dat het voorbij is, maar nee. 'Twee jaar geleden zag ik je terug, hier in het ziekenhuis, toen die bitch van een zus van je moest bevallen. Je liep straal langs me heen. Tweemaal. Alsof je me niet zag staan, alsof ik je niets zei. Ik ben je die dag naar huis gevolgd. Al bijna twintig jaar hield ik van je, en je herkende me niet eens. Maar goed, misschien komt het op deze manier terug.'

Ik hoor hem zijn riem losmaken. Ik hoor een rits. Hij knipt een lamp aan boven het bed, trekt met een ruwe beweging het laken weg en mijn ziekenhuishemd omhoog.

'Gatverdamme wat een haar,' zegt hij terwijl hij met zijn vinger tussen mijn benen wriemelt. 'Toen we nog studeerden waxte je je, maakte je je mooi. En moet je jezelf nu eens zien. Eigenlijk bewijs ik je een dienst. Je zou me dankbaar moeten zijn.'

Het bed schudt als hij boven op me klimt, als zijn huid mijn huid raakt, zijn gewicht me vastpint, zijn adem in mijn gezicht blaast. Hij dringt bij me naar binnen en ik probeer me af te sluiten. Het voelt niet meer of ik degene ben die het overkomt, ik word alleen gedwongen met mijn ogen dicht toe te kijken. Het hoofdeind van het ziekenhuisbed bonkt tegen de muur terwijl een metronoom van walging in mijn hoofd het ritme slaat. Ik weet dat ik hem niet kan afweren, hij is te sterk, ik zou het verliezen.

'Hoe is de pijn nu, op een schaal van tien?'

Hij doet me pijn, en daar komt hij op klaar. Ik moet zo stil mogelijk blijven liggen. Als ik dat niet doe, vermoordt hij me, dat weet ik nu wel zeker. Om te blijven leven moet ik me dood houden.

Zodra hij klaarkomt, klimt hij van me af. Het blijft een poosje stil en ik begin te denken dat hij zo wel zal weggaan, maar hij blijft over me heen gebogen staan. Ik hoor zijn gejaagde ademhaling. Ik ruik hem. Het klinkt alsof hij aan mijn infuus zit te morrelen. Zonder waarschuwing duwt hij zijn vingers nog een keer bij me naar binnen, en als hij ze terugtrekt veegt hij ze af aan mijn gezicht, stopt hij ze in mijn mond. Zijn lange, dikke vingers wrikken mijn lippen open, wrijven over mijn tanden, mijn tandvlees, mijn tong.

'Proef je dat? Dat zijn jij en ik, dat is ons smaakje. Het was niet zo lekker als ik had gehoopt, maar ja, achteraf gezien was het eigenlijk altijd al alsof ik een lijk naaide.'

Ik hoor hem zijn riem vastgespen. Hij trekt het laken weer over me heen.

'Dag, Amber. Slaap lekker.'

Hij doet het licht uit en gaat de kamer uit.

Het voelt alsof ik op een punt ben aanbeland waarna niets meer komt. Ik ben bang dat het me niet meer lukt mijn ogen open te doen. Ik ben bang voor wat ik zal zien als het wel lukt. Ik voel helemaal niets meer, dus begin ik te tellen. Als ik bij twaalfhonderd ben probeer ik te geloven dat de kust veilig is. Twintig minuten hebben zich aaneengesmeed om een muur tussen hem en mij te bouwen. Dat is niet afdoende, maar wanneer ik mijn ogen open, kan ik in elk geval vaststellen dat hij fysiek niet meer aanwezig is. Pas nu besef ik dat mijn vingers hebben bewogen. Ik heb ze gebruikt om mee te tellen. Ik kan mijn handen bewegen. Het is nog donker, mijn ogen moeten nog aan het duister wennen. Het enige wat ik op dit moment zie voorbij de rand van mijn bed is een grijze wolk pijn. Ik vraag me af of ik behalve mijn handen nog iets kan bewegen. Heel langzaam, alsof hij zo kan breken, til ik mijn rechterarm op. Hij voelt zwaar, moeilijk in balans te houden, als een te zwaar beladen dienblad. Ik zie dat er een dun buisje boven in mijn hand zit en ik trek het eruit terwijl ik gil van de pijn. Ik heb hulp nodig en ik moet haast maken, maar alles lijkt heel erg langzaam en heel erg moeizaam te gaan.

De rest van mijn lijf kan ik nog steeds niet bewegen. Ik kijk om me heen naar wat ik kan zien vanuit mijn positie in bed, tot mijn ogen een rood koord vinden. Het ziet eruit als iets waaraan je moet trekken als je hulp nodig hebt, en dat heb ik. Ik stuur mijn rechterarm aan, hij gaat trillend omhoog en botst onderweg tegen de infuusstandaard. Ik houd mijn arm stil en kijk naar de halflege zak heldere vloeistof die zachtjes heen en weer wiegt. Ik ben ervan overtuigd dat daar de medicatie in zit waarmee hij me heeft gedrogeerd. Ik ruk hem los en gooi hem op het kastje in de hoop dat iemand hem zal vinden en snapt wat er aan de hand is. Er is iets heel erg mis, mijn ogen willen dicht en laten zich niet meer opensperren. Ik reik weer omhoog naar het rode koord, en deze keer lukt het me mijn vingers eromheen te vouwen en eraan te trekken. Ik zie dat er boven het bed een rood lampje gaat branden en ik laat mijn arm terugvallen. Mijn handen pakken het laken zo stevig vast dat mijn nagels in mijn handpalmen dringen. De slaap trekt me de diepte in. Ik laat mijn oogleden dichtvallen en voel dat ik op zwart ga.

Ik vraag me af of ik aan het doodgaan ben, maar ik ben zo moe van het leven dat dat misschien maar goed is ook. Ik laat mijn hoofd leeglopen. Ver boven me, voorbij de koude zwarte golven, hoor ik stemmen, maar de woorden laten zich niet ontwarren. Drie zwemmen er naar beneden, op zoek naar mij.

'Haal de crashkar.'

Ik ben gecrasht!

Eerder

Eerste kerstdag 2016

Met kerst hoor je verdraagzaam te zijn jegens familie die je niet zelf hebt gekozen.

'Wat een mooie sjaal,' zegt Claire terwijl ze ons naar binnen gebaart. Paul en ik lopen achter haar aan de gang in. Er is geen spoortje spanning te bekennen na onze ruzie van gisteren op de kerstmarkt, maar daar zijn mijn zus en ik heel goed in. Toneelspelen is iets wat we altijd met elkaar gemeen hebben gehad. Ik vraag me wel af of ze zo rustig zou blijven als ze zou weten dat Paul haar oude dagboeken had gevonden. Ze weet niet eens dat ik ze heb gevonden. Het is een vreemde sensatie om door de ogen van een ander je eigen verleden terug te lezen. Je eigen versie van de waarheid is een beetje vervormd, omdat die niet langer die van jou alleen is.

We lopen de nieuwe open woonkeuken in. Overal ligt speelgoed, maar afgezien daarvan is alles spic en span. Ze hebben veel aan het huis gedaan sinds de dood van pa en ma, ik ken het amper terug, wat een hele prestatie is aangezien ik er vanaf mijn geboorte heb gewoond. Claire heeft het helemaal opnieuw ingericht en een fris behangetje geplakt over de scheuren in ons gezin. Nog steeds zeg ik tegen mezelf dat het logisch is dat mijn ouders het huis aan Claire en David hebben nagelaten. Zij hadden het harder nodig dan wij en zijn garage ligt er pal naast – zo hebben ze elkaar leren kennen.

'David is boven, de tweeling aan het verschonen, hij komt eraan. Wat willen jullie drinken?' Claires lange blonde haren zijn uit haar gave gezicht getrokken en ze ziet er stralend uit. Haar haar is niet altijd blond geweest, natuurlijk, maar ze bleekt het al jarenlang zo deskundig dat je er niets van ziet. Haar zwarte jurkje oogt nieuw en past als een handschoen om haar lichaam. Ik voel me een slons vergeleken bij haar, ik had me niet gerealiseerd dat ik me op moest tutten. Ik ben de oudste, maar zij lijkt veel jonger, ook al is ze maar een paar uur later geboren.

'Ik niets, dank je,' zeg ik.

'Doe niet zo mal, het is Kerstmis,' zegt Claire. 'Ik wilde een fles bubbels opentrekken om in de stemming te komen.'

'Dat klinkt goed,' zegt Paul.

'Oké dan, één glaasje,' zeg ik terwijl ik naar de provisiekast kijk. Tot in mijn tienerjaren werd op de binnenkant van de deur jaarlijks bijgehouden hoeveel ik was gegroeid. Claire heeft hem over laten schilderen.

We gaan zitten op de hoekbanken, en ik voel me een rekwisiet op een foto uit een van Claires woontijdschriften. De keuken oogt alsof er nooit in wordt gekookt en toch ruik ik iets waanzinnig lekkers. Mijn zus: goddelijk, maar bepaald geen huisvrouw. David stapt naar binnen met onder elke arm een kind. Hij is extreem lang en loopt altijd een beetje gebogen, alsof hij voortdurend bang is zijn hoofd te stoten. Zijn haargrens wijkt in een rap tempo terug, je begint nu echt te zien dat Claire en hij tien jaar in leeftijd verschillen.

Toen we zestien waren, heeft hij pa's auto een keer gerepareerd, wat zich dubbel uitbetaalde, omdat hij Claires maagdelijkheid erbij kreeg. Ik vond het schokkend indertijd, en ook een beetje smerig. Zij dacht dat ik jaloers was, maar dat was niet zo. Ik vond het juist walgelijk dat hij van die dingen met haar deed. Ik weet nog dat ze geheime afspraakjes maakte om hem te kunnen zien. Ik ging vaak met haar mee, dan bleef ik wachten en deed ik mijn best om niet te luisteren naar wat ze zeiden, terwijl zij bezig waren met weet ik wat. Op een van die avonden waren Claire en ik samen in het speeltuintje achtergebleven nadat David naar de pub was gegaan, waar wij niet naar binnen mochten omdat we te jong waren. Toen de flesjes cider die hij voor ons had meegebracht leeg waren, wankelden we uit de beschutting van de bomen vandaan. Het was zo laat dat het speeltuintje al dicht was, er zat een dikke ketting met hangslot om het hek.

Dat hinderde ons niet, met onze tienerlijven waren we er zo overheen, maar Claire zei dat ze eerst even op het betonnen pad wilde gaan liggen om uit te rusten. Ik ging naast haar liggen en ze pakte mijn hand vast. Ze kneep er zachtjes in, driemaal achter elkaar, en ik kneep driemaal terug. We lagen dronken in het maanlicht om alles en niets te lachen, tot ze zich opeens op haar zij draaide, haar hoofd steunend op haar elleboog. Ze sprak op een fluistertoon, alsof het gras en de bomen ons zouden afluisteren. Ik had niet gevraagd wat ze hadden gedaan terwijl ik stond te wachten, maar ik kreeg alles te horen. Ze zei dat het lekker voelde. Ik herinner me dat het me misselijk maakte en ook verwarde en dat ik me op de een of andere manier ook behoorlijk verraden voelde. Volgens mij maakte ze een enorme fout. Een huwelijk, twee kinderen en bijna twintig jaar later moet ik misschien mijn ongelijk toegeven. Ze heeft nooit iets met een andere man gehad. Nooit naar een ander gekeken. Als Claire ervoor kiest van je te houden, dan is het voor altijd.

'Jullie zijn er,' buldert hij. David heeft de neiging luider te spreken dan nodig is. 'Als jullie je nuttig willen maken, hou deze twee dan maar even bezig.' Hij geeft ons ieder een kind en loopt naar de koelkast terwijl hij en passant een handvol getrainde yogabillen meegrijpt. Ze lijkt het niet te merken, of erg te vinden. Ik heb Katie, Paul heeft James.

De twee kinderen voelen niet eigen, ook al zijn ze familie van me. Paul is goed met kinderen, misschien is dat de reden waarom hij ze zo graag wil. Hij maakt de juiste geluidjes, hij voelt aan wat hij moet doen. Ik moet er echt moeite voor doen en dan nog lukt het me niet altijd. Ik probeer op zachte toon tegen Katie te praten en vraag haar of ze denkt dat de Kerstman al is geweest. Qua cadeautjes en kerstversiering heeft Claire dit jaar alles uit de kast getrokken, voor de tweeling, zegt ze, alsof die het zich later zullen herinneren. Katie grijpt mijn sjaal vast en begint eraan te trekken. Ik maak de stof voorzichtig los uit haar knuistje. Hij moet blijven zitten, hij bedekt de handvormige blauwe plekken in mijn hals. Dat vindt ze niet leuk en ze begint te huilen. Wat ik ook doe, niets helpt, dus biedt Paul aan van kind te ruilen. Hij geeft James aan mij en zodra Katie zijn armen voelt houdt ze op met krijsen. Ze staart me aan, alsof ze het niet vertrouwt, alsof ze meer weet dan ze kan weten. Ik controleer of mijn sjaal nog goed zit.

Paul wordt een fantastische vader. Vanavond ga ik het hem vertellen. Het is mijn kerstcadeautje voor hem, er is verder niets wat ik hem kan geven wat hij niet al heeft. Ik ben blij dat ik het nog niet heb verteld, hij zou het niet hebben kunnen verzwijgen voor Claire en zij mag het nog niet weten. Ik vertel het zodra we straks thuis zijn, met zijn tweeën.

De middag sleept zich voort terwijl we ons door te veel gangen heen eten en de tussenpozen vullen met gesprekken over koetjes en kalfjes en verhalen waarmee we elkaar al te vaak hebben verveeld. Ik stel me voor hoe in ontelbare huizen door het hele land hetzelfde toneelstukje wordt opgevoerd. Gedurende de middag speel ik verschillende rollen: de zorgzame zus, de liefhebbende echtgenote, de vertederde tante, en ik nip slechts van mijn wijn om maar niet te worden bijgeschonken. Als Claire naar de keuken loopt, benut ik het moment waarop ik heb gewacht en bied ik aan haar te helpen. Paul werpt me een boze blik toe, hij vindt het vervelend om alleen te zijn met David, hij zegt dat ze niets gemeen hebben. En dat hebben ze ook niet.

'Er is iets gebeurd,' fluister ik zodra we in de keuken zijn.

'Wat?' vraagt Claire met haar rug naar mij toe.

'Iets wat niet had mogen gebeuren.'

'Waar heb je het over?' vraagt ze terwijl ze de borden in het gelid in de vaatwasser zet. De moed die ik had verzameld zakt me in de schoenen.

'Niets, laat maar. Ik los het zelf wel op.'

Ze maakt af waar ze mee bezig is en draait zich dan naar me toe. 'Is er iets, Amber?'

Dit is mijn kans. Ik weet dat ze me zal helpen als ik haar over Edward vertel. Ik observeer haar gezicht, ik wil zo graag aan iemand vertellen hoe bang ik ben, maar de woorden komen niet. Dit is niet het juiste moment, en ik bedenk dat ik ook bang ben voor haar. Misschien dwingt ze me wel naar de politie te gaan. Misschien vertelt ze het aan Paul. Misschien doet ze iets nog ergers.

'Nee, er is niets.' Nu is het haar beurt om mij onderzoekend aan te kijken. Ze weet dat er iets is. Ik moet iets zeggen. 'Ik ben gewoon moe, ik heb rust nodig, meer niet.'

'Ik denk ook dat je moe bent. Je blijft jezelf maar druk maken om niets.'

De rest van de dag trekt in een waas aan me voorbij. De tweeling eet, slaapt, speelt, huilt, in herhaling. De volwassenen zouden het liefst hetzelfde willen doen. Pa en ma lieten ons altijd wachten tot het middag was voor we de cadeautjes mochten uitpakken, en die ellendige traditie zetten we blijkbaar voort. We kijken toe hoe de twee kinderen aan het papier van de prachtig ingepakte cadeautjes trekken, natuurlijk meer geïnteresseerd in de verpakking dan de inhoud. Dan zijn de grotemensenpakjes aan de beurt, fraai ingepakt met een naamkaartje erbij. Ik maak er een van Paul open en het duurt even voor ik het begrijp. Ik bedank hem en ga zo snel mogelijk met iets anders verder.

'Wacht even, wat is het?' vraagt Claire. Ze wil dat we om de beurt iets uitpakken, zodat iedereen elkaars cadeaus ziet.

'Het is een dagboek,' zeg ik.

'Een dagboek? Ben je soms Anne Frank?' zegt David lachend. Ik zie dat Paul zich opgelaten voelt.

'Ik dacht dat ze er wel blij mee zou zijn, want...'

'Ik ben er heel blij mee, dank je wel,' zeg ik voordat hij zijn zin kan afmaken, en ik geef hem een kus op zijn wang.

'Ik hield vroeger een dagboek bij,' zegt Claire. 'Ik vond het heel therapeutisch. Ik heb gelezen dat zorgelijke types er echt iets aan kunnen hebben om alles op te schrijven. Probeer het maar eens, Amber.'

Wanneer we allemaal meer dan genoeg hebben van het gezellige familiesamenzijn breng ik met David de tweeling naar bed. Ik lees ze een verhaaltje voor dat ik al eerder heb voorgelezen en verbaas me erover hoe snel ze in slaap vallen. Bij het verlaten van hun slaapkamer valt mijn oog op het roodborstje van gietijzer dat de deur openhoudt. Hij is van Claires oma geweest. Ze heeft hem dus nog steeds, het is het enige oude ding in een huis waarin alles nieuw is gemaakt. Weer beneden zie ik Paul en Claire, die in de keuken zachtjes zitten te praten. Maar zodra ze mij in de gaten hebben, vallen ze stil en duurt het net even te lang voor Paul naar me glimlacht.

Eerder

Eerste kerstdag 2016 – vroeg in de avond

Paul en ik lopen zwijgend naar huis. Hij zet er de pas in, zodat ik mijn best moet doen om hem bij te houden. Een fijne nevel van regendruppeltjes verspreidt zich door de koude lucht, maar dat kan me niet schelen, ik ben blij dat ik buiten ben, weg uit Claires huis. Want dat is het enige wat het huis nog is: van haar. Binnen zie ik niets van mijn oude huis terug, zelfs de herinneringen zijn niet van mezelf. Het is een leven dat ik zo langzamerhand achter me zou moeten laten, maar op de een of andere manier lukt het me niet om verder te gaan. Angst voor het onbekende wint het altijd van angst voor het bekende.

De straten zijn leeg. Ik vind die stilte wel prettig. Vrede voor alle mensen in hun rijtjeshuizen. Opgesloten met familieleden die ze de rest van het jaar niet hoeven te zien. Ze proppen zich vol kalkoen, kijken naar onzinprogramma's op de televisie, pakken cadeautjes uit die ze niet willen en niet nodig hebben. Ze drinken te veel. Zeggen te veel. Denken te weinig.

Het begint serieus te regenen als we het tankstation passeren. Het is gesloten, alles is gesloten. Ik ben er pas twee keer binnen geweest. De eerste keer was een paar weken geleden, om iets te vragen. Dat kon ik rustig doen, ze krijgen genoeg vragen. De man achter de kassa keek me even onderzoekend aan toen ik uitgesproken was, maar kwam algauw tot de conclusie dat ik niet van plan was een overval te gaan plegen. Daar zag ik niet naar uit. Hij vertelde dat de beelden van de bewakingscamera een week werden bewaard en daarna automatisch werden gewist. Ik bedankte hem en wachtte nog even voor het geval hij zich zou afvragen waarom ik dat had willen weten. Maar hij vroeg zich niets af, dus draaide ik me om. Voor ik bij de deur was, was hij me al vergeten.

De tweede keer is iets korter geleden.

Madeline was niet bepaald dankbaar toen ik haar naar huis had gereden nadat ze onlangs zo beroerd was geworden. Nadat ik haar naar binnen had geholpen, stak ze me haar creditcard toe en beval me de tank vol te gooien bij het benzinestation om de hoek. Ze was niet blij met het feit dat er bijna niets meer in de tank zat en deelde me mee dat ze daar de volgende dag voor haar werk geen tijd voor had. Omdat ze er natuurlijk van uitging dat ik zou balen van al haar eisen, paste ik mijn gezichtsuitdrukking aan haar verwachting aan, maar stiekem was ik erg in mijn nopjes met mezelf. Ik had die ochtend dus niet voor niets met een mond vol diesel gestaan toen ik in de parkeergarage haar tank leeg hevelde. Ik had het nog uren geproefd, ondanks het feit dat ik het meteen had uitgespuugd. Het was een trucje dat ik vroeger op school had geleerd, toen ik mocht helpen met het schoonmaken van het aquarium.

'Dat anderen in die Florence Nightingale-act van je trappen betekent niet dat ik erin trap,' mompelde ze vóór ze zichzelf tree voor tree de trap op begon te hijsen. Halverwege stond ze stil en keek ze om, naar mij. Er trok een triomfantelijke glimlach over haar klamme, ronde gezicht. Madeline nam nooit een blad voor de mond, maar de woorden die zij die middag koos klonken nog lang na.

'Ik kijk dwars door je heen, Amber. Het is maar dat je het weet. Werkschuw en onnozel, net als de rest van je generatie. Daarom zal het ook nooit wat met je worden.' Dat gezegd hebbende vervolgde ze haar weg naar boven, over de trap die ik kende van vroeger, waarop ik ooit had gezeten. Het huis zag er totaal anders uit dan voor de brand van vijfentwintig jaar geleden, logisch natuurlijk, maar de nieuwe trap bevond zich op dezelfde plaats waar de oude had gezeten, en als ik mijn hoofd naar rechts draaide zag ik bijna weer voor me hoe Claire het gas opendraaide. Claire had het huis moeten erven na de dood van haar biologische ouders, ze wist zeker dat haar oma dat zou hebben gewild, maar haar peettante, Madeline Frost, zorgde ervoor dat ze geen cent kreeg.

Terwijl ik stond te tanken dacht ik aan wat Madeline net tegen me had gezegd, en ook toen ik de jerrycans kocht die ik voltankte en achter in de kofferbak zette. Ik dacht aan wat Madeline had gezegd terwijl ik met haar creditcard afrekende, en ik hoorde haar woorden rondmalen door mijn hoofd toen ik met een katoenen doek het stuur schoonpoetste plus alles wat ik verder nog had aangeraakt.

Als Paul en ik samen, maar alleen, de straat passeren waar Madeline woont, kijk ik even opzij om een glimp van haar huis op te vangen. Voor het eerst realiseer ik me dat het een huis is als alle andere. Er zou een gezin kunnen wonen, misschien zijn ze Christmas crackers aan het opentrekken, of een spelletje aan het doen, of herinneringen met en aan elkaar aan het creëren. Misschien zijn er kinderen bij, kleinkinderen, huisdieren, is het er druk en gezellig. Dat zou allemaal kunnen, maar ik weet dat het niet zo is. Er woont maar één iemand, dat weet ik zeker. Een sneu, eenzaam, treurig iemand. Iemand die alleen geliefd is bij vreemden die geloven in het personage dat ze op de radio horen. Iemand die niet zal worden gemist.

Vroeger

Donderdag 7 januari 1993

Lief dagboek,
Vandaag was de begrafenis. Het was vreemd want er waren weinig mensen, heel anders dan bij begrafenissen op tv. Mijn tante Madeline was wel uitgenodigd, maar is niet gekomen. Ze is de enige familie die ik nog heb, maar ik weet niet eens hoe ze eruitziet. Maakt niet uit, ik heb nu nieuwe familie. Ik huilde toen ik de kisten zag omdat ik weet dat dat zo hoort, maar ik mis papa en mama niet. Ik ben blij dat ze er niet meer zijn, zonder hen gaat alles veel beter. Sinds de brand woon ik bij Taylor en dat is super. Het is net alsof mijn vroegere leven één grote vergissing is geweest, alsof ik eigenlijk in dít gezin geboren had moeten worden. Het enige waarom ik echt moet huilen is dat ik nooit meer terug kan naar het huis van omoe, dat ik nooit meer in haar lievelingsstoel kan zitten en in haar bed kan slapen. Alles wat ik nog van haar had was daar. Ze zeggen dat het huis nu van tante Madeline is, wat er nog van rest.
Ik heb heel veel nieuwe kleren en boeken en ik heb zelfs mijn eigen slaapkamer bij Taylor. In het begin sliepen we op haar kamer, maar ze haalde me elke nacht uit mijn slaap. Ze droomt voortdurend over de brand en wordt dan gillend wakker. Dat is heel irritant. Soms kan ze helemaal niet slapen. Dan zing ik het liedje voor haar dat omoe altijd voor me zong als ik niet kon slapen: *The wheels on the bus go round and round*. Ik geloof niet dat het helpt.

Taylor doet echt heel vreemd sinds die nacht. Ik heb geen idee waarom, er is niets met haar gebeurd, en er is niemand omgekomen om wie ze gaf. Ze zei dat ze me zou verraden, maar dat doet ze niet. Ik heb tegen haar gezegd wat er zou gebeuren als ze het wel zou doen. Toch blijft ze zich raar gedragen. Ze gaat bijvoorbeeld voor het fornuis staan en blijft er een hele tijd naar staren. En ze pulkt tegenwoordig ook velletjes van haar lippen, soms pulkt ze zo hard dat ze ervan bloeden. Echt heel goor. Taylors moeder zegt dat iedereen op zijn eigen manier met een situatie omgaat, dat ik haar wat tijd moet gunnen. Ze is met haar naar het ziekenhuis gegaan, om haar met iemand te laten praten over hoe ze zich voelt. Ze denkt dat dat kan helpen. Ik vraag het me af. Ik heb met bendes mensen moeten praten sinds de brand. Ik heb met dokters in het ziekenhuis gepraat en toen met de politie en twee keer in de week moet ik naar een vrouw die Beth heet. Beth is maatschappelijk werkster, dat betekent dat ze mensen probeert te helpen. Ze heeft grote, droevige ogen die vergeten te knipperen en een harige hond die Gypsy heet. Ik heb haar hond nog nooit gezien, maar ze zit altijd onder de haren en als we praten plukt ze al zijn haren van haar kleren en gooit ze op de grond. Ze spreekt heel langzaam en rustig alsof ik haar anders niet begrijp en ze wil altijd weten of alles goed is zonder dat ze werkelijk vraagt of het goed met me gaat.
Beth vertelde me hoe het zat met tante Madeline. Ik denk dat mijn tante misschien ziek is, want ze kon niet naar de begrafenis komen en ze kan haar eigen brieven niet eens schrijven. Een notaris schrijft ze voor haar en Beth leest er stukjes uit voor. Soms lezen haar grote ogen door maar houdt haar mond op met praten. Ik vraag me elke keer af welke woorden ze me niet wil laten horen. Ik had echt geen idee wat ze bedoelde toen ze zei dat tante Madeline mijn peettante was. Haar ogen keken weg en vertelden aan de vloer dat dat gewoonlijk iemand was die voor je ging zorgen als je ouders dat niet meer konden. Ik zei niets. Ik wilde niet dat er

iemand anders dan Taylors moeder voor me zorgde. Toen zei Beth dat Madeline veel van me hield maar niet dacht dat ze voor me kon zorgen. Beth bleef maar heel droevig kijken, maar ik voelde me heel erg opgelucht, tot ze zei dat ik misschien naar een kindertehuis moest tot er een pleeggezin voor me was gevonden. Toen opa naar een tehuis moest ging hij dood. Ik wil niet dood. Ik nam het mijn tante Madeline opeens heel erg kwalijk dat ze niet voor me wilde zorgen. Of ik blijf leven of doodga kan haar niet boeien, maar ik weet niet eens wie ze is. Mijn boosheid wordt vanbinnen almaar groter omdat hij niet naar buiten kan, en daar krijg ik buikpijn van.

Beth liet me alleen en zei dat ik maar even moest gaan spelen. Daar had ik geen zin in, ik ben geen klein kind, maar ze zei dat ik het toch maar moest doen en ging toen weg. Ik wist dat ze door een spiegel naar me keek, ik heb films gezien waarin ze dat doen, dus ik stond op en liep naar de speelgoedkist. Er lag een pop in, hij zag er duur uit, het was niet zo'n plastic geval. Ik nam de pop op schoot en vertelde aan haar hoeveel verdriet ik had om mijn papa en mama en hoe dankbaar ik was dat Taylors ouders zo aardig voor me waren. Daarna deed ik een gebedje, ik zei zelfs 'Amen' toen ik klaar was omdat ik dacht dat Beth wel iemand zou zijn die daar blij mee zou zijn. En dat was ook zo. Ze kwam weer naar binnen en zei dat ik weg mocht, ze zei zelfs dat ik de pop mee mocht nemen. *Omdat ik zo dapper was geweest.* Ik bedacht dat ik hem aan Taylor kon geven. Dat ik tegen haar kon zeggen dat de pop haar in de gaten zou houden, ook als ik er niet was. Dat vond ik een heel goed idee, ik moest erom lachen en toen ging Beth ook lachen omdat ze dacht dat ze me blij had gemaakt.

Ik ben niet gek, ik wist wat me te doen stond. Die avond begon ik te huilen toen ik in bed lag, net hard genoeg voor Taylors moeder om het te horen. Ze kwam binnen zonder te kloppen, maar dat vond ik niet erg want het is een andere deur in een ander huis en ze is een andere moeder. Ze stopte me weer lekker in, net zoals omoe vroeger deed, ging toen op de rand van mijn bed zitten en streelde een tijdje over mijn haren. Ze had een witte kamerjas aan en ze had haar make-up van haar gezicht gehaald, maar ze was nog steeds mooi en ze geurde naar de roze douchegel die ze altijd gebruikt. Als ik groot ben wil ik net als zij worden. Ik zei dat ik bang was dat ik bij vreemde mensen moest gaan wonen en begon weer te huilen. Ze zei tegen me dat ik niet meer moest piekeren en kuste me op mijn voorhoofd voor ze de kamer uit ging en het licht uitdeed. Ik hoorde ze nog uren praten, niet schreeuwen zoals mijn vader en moeder deden, maar gewoon praten, in de slaapkamer waar ze met zijn tweeën sliepen, wat hoort als je getrouwd bent. De volgende dag lagen de adoptiepapieren op de eettafel. Beter had het niet kunnen uitpakken.

Nu

Maandag 2 januari 2017

Ik leef nog.

Dat is de eerste gedachte die zich laat horen in mijn hoofd. Ik weet niet hoe, maar ik leef en ik ben weer terug, alleen weet ik niet waar ik ben geweest. Het is even schakelen om te bepalen of ik er wel of niet blij mee moet zijn, en hoe ik alles moet duiden. Edward heeft geprobeerd me te doden, zoveel weet ik zeker, maar ik leef nog. Het zal wel moeilijk zijn om iets te doden wat al dood is.

Mijn intense afkeer van ziekenhuizen in aanmerking genomen, heb ik dit ziekenhuis aardig vaak bezocht. Met Paul, toen we probeerden zwanger te worden, toen mijn zus moest bevallen, en toen mijn grootmoeder stierf. Zij is niet aan kanker overleden, zoals de oma van Claire. Ze stierf van ouderdom, vermomd als longontsteking, toen we dertig waren. Haar sterven was een traag proces en eiste veel van ons gefragmenteerde gezin. Tijdelijk vonden we elkaar in onze te lang uitgerekte rouw en vertwijfeling. Maar bij Claire ging er een knop om die niet meer uitgezet kon worden. De woede die ze als kind had gevoeld toen haar omoe stierf keerde terug. De razernij die ze al die tijd had onderdrukt was door deze herbeleving alleen maar groter geworden. De haat zocht nog steeds een uitlaatklep. Claire zocht nog steeds een zondebok. En op dat moment kwam ze Madeline op het spoor. Denk je onze verbazing eens in toen ze ontdekte wie haar peettante was, en waar ze nog steeds woonde. Madeline kapotmaken, daar raakte Claire door geobsedeerd, en ik op mijn beurt ook. Ze werd weer onberekenbaar en wantrouwend jegens iedereen in haar omgeving. De verandering in haar humeur maakte dat mijn rituele handelingen toenamen, om ervoor te zorgen dat er geen ongelukken konden gebeuren als Claire weer eens boos werd.

Ze noemen het een compulsieve dwangstoornis. Er valt mee te leven, maar het werd erger naarmate ik ouder werd. In mijn tienerjaren moest ik elke week naar een kleine man, ook in dit ziekenhuis, die te veel praatte en te weinig luisterde. Hij had altijd dezelfde schoenen aan, grijs leer met paarse veters. Ik heb er heel wat uren naar gestaard. Na vier maanden zei hij dat ik dwanggedachten had, en dat ik dwanghandelingen uitvoerde om met een onverklaarbaar diepe angst om te kunnen gaan. Ik zei dat hij een slechte adem had. Een paar bezoeken later hield ik het voor gezien. Mijn ouders wisten niet meer wat ze voor me konden doen en richtten al hun aandacht op Claire, het schattige, puntgave vervangingsdochtertje dat zij hadden opgenomen, en vergaten het origineel met het barstje dat ze niet konden repareren – mij.

Ik doe mijn best om mezelf van het verleden terug naar het heden te sleuren, hoewel ik eigenlijk niet daar en niet hier wil zijn. En dan hoor ik haar huilen. Het duurt even voor ik de tranen kan interpreteren en ik het waar en wanneer duidelijk heb.

'Ik heb zo'n spijt, Amber. Van alles,' zegt Claires stem ergens in de verte. De woorden lijken over het wateroppervlak te golven, terwijl ik nog in de diepte zweef. Het geluid van haar stem trekt me omhoog van waar ik ook was en het voelt alsof ik wakker ben geworden uit een diepe slaap. Er is iets veranderd. De licht- en donkerschakeringen zijn verschoven. Het voelt verwarrend, alsof iemand, zonder het eerst te vragen, het meubilair in mijn hoofd heeft verplaatst.

'Je bent over hem begonnen, hè? Maar ik luisterde niet. Dat spijt me echt,' zegt Claire. Ze klinkt dichterbij, alsof ik haar zo zou kunnen aanraken. Het duurt even voor ik begrijp wat ze zegt, maar uiteindelijk geef ik Edward de rol van 'hem'.

Ik zak weer weg. Het is te veel om in één keer te verwerken.

Edwards naam voelt als een donkere zwaarte aan de grenzen van mijn ruimte. Er is iets gebeurd, iets ergs. Erger dan wat ik me kan herinneren. Wat het ook is, Claire weet ervan, dus misschien komt het nu goed. In het verleden zorgde ze er ook altijd voor dat niemand me kwaad kon doen.

'Is er iets veranderd?' Ik hoor Pauls stem.

'Nee, nog niet. Hebben ze hem al?' vraagt Claire.

'Nee. Ze zijn naar zijn flat gegaan, maar daar was hij niet.'

Ik probeer me te concentreren en hun woorden op werkelijkheid te filteren, maar dat lukt niet altijd. Kon ik een aantal verdrietige en nare herinneringen die boven beginnen te komen maar wissen, maar het voelt alsof ik ben aangezet en ik me alles in één klap herinner. Zelfs de gedeeltes die ik me liever niet herinner.

Ik herinner me Edward in mijn ziekenhuiskamer.

Ik herinner me wat hij met me heeft gedaan.

Ik snap niet hoe zij dat weten.

Dan herinner ik me Paul, die zei dat hij een beveiligingscameraatje in mijn kamer had bevestigd. Hij heeft dus gezien wat er is gebeurd. Die gedachte maakt me onpasselijk.

Het voelt nog steeds alsof ik onder water ben, maar de

troebele vloeistof wordt helderder, ik kom steeds dichter bij het oppervlak. Er komt nog meer boven.

Ik herinner me de nacht van het ongeluk, ik weet alles weer.

Ik weet weer wat er is gebeurd – ik zat niet achter het stuur met kerst en het was ook geen ongeluk. Ik ben weggeweest, ik weet niet hoe lang, maar ik ben weer terug en ik herinner me alles.

Eerder

Eerste kerstdag 2016 – vroeg in de avond

'Gaat-ie?' vraag ik als Paul op de bank ploft en de afstandsbediening van de tv pakt.

'Wat? Ja hoor, prima.'

'Iets drinken?'

'Whisky, graag.'

Ik aarzel even. Paul heeft al heel lang geen whisky meer gedronken. Er is een tijd geweest dat hij niets anders dronk, maar de amberkleurige vloeistof deed iets met hem en zijn verslaving eraan deed iets met ons. Het werd een deel van hem. Een lelijk deel. Hij dacht dat het hem aan het schrijven zette, hij haalde hele nachten door in zijn schuurtje, alleen met zijn laptop en fles. Het literaire driemanschap van de nacht, een teleurstellend cliché. We werden onafhankelijke staten met vloeibare grenzen en ik was boos, eenzaam, bang. Hij schreef inderdaad, maar het verkeerde soort woorden – ze hoorden niet bij elkaar. Toen het ons niet lukte om zwanger te worden, liep het uit de hand. Whisky werd zijn favoriete medicijn tegen de pijn en hij goot het in de zuiverste vorm naar binnen. Puur. Maar het effect was verre van smaakvol. Alsof je op de eerste rij zat bij een langzame zelfdoding. Toen ik het niet meer kon aanzien, dreigde ik weg te gaan. Hij zei dat hij zou stoppen, maar dat deed hij niet. Hij werd gewoon een stille drinker. Ik ging, en bleef tien dagen weg. Toen is hij gestopt. Dat was meer dan een jaar geleden en naar die tijd wil ik nooit meer terug.

'Volgens mij hebben we geen whisky, lieverd...'

'Ma heeft me een fles gegeven, hij staat in de kast,' antwoordt hij zonder op te kijken. Hij blijft van kanaal naar kanaal zappen, blijkbaar kan hij niet vinden wat hij zoekt.

Ik loop naar de keuken en doe de koelkast open. Ik negeer zijn verzoek en haal de fles champagne eruit die ik voor dit doeleinde in de koeling heb gelegd. Ik ga hem vertellen dat ik zwanger ben. Zodra hij dat hoort, zal zijn stemming omslaan en krijgen we een kerst die we nooit zullen vergeten. Ik heb al meer gedronken dan goed voor me is, maar een klein glaasje zal niet veel uitmaken.

'Maar goed dat we geen kinderen hebben, hè?' hoor ik Paul vanuit de woonkamer zeggen.

'Hoezo?'

'Het geeft zo'n chaos. Ze nemen je de hele dag in beslag, je kunt geen gesprek voeren dat niet onderbroken wordt door weet ik wat allemaal.'

'Zo erg was het toch niet?' zeg ik terwijl ik de kamer weer in loop.

Er rolt een traan uit mijn linkeroog, ik kan hem niet terugdringen.

'Nee, de kinderen zijn leuk. Maar van Claire word ik bloedchagrijnig. Ik heb er meer dan genoeg van dat zij ons voorschrijft hoe we ons leven moeten leiden, ze bemoeit zich overal mee en jij spreekt haar er nooit op... Waar is dat voor?' vraagt hij, naar de champagne wijzend.

'Ik wilde iets vieren.'

'We hebben mijn boekdeal toch al gevierd? Ben je nou aan het huilen?'

'Niets aan de hand.'

'Als het te maken heeft met dat Claire niet wil dat je met

me mee naar Amerika gaat: dat zal me worst zijn. Ze kan best wel een paar weken zonder je.'

'Heb je het aan Claire verteld, van je boek? Wanneer?'

'Het ontglipte me toen jij boven was om de tweeling een verhaaltje voor het slapengaan voor te lezen.'

Nu snap ik die blik van haar vlak voor we weggingen. Het was een waarschuwing. Paul praat gewoon door, hij heeft geen idee wat hij heeft gedaan.

'Waarom zouden we het eigenlijk niet aan iedereen vertellen? En je hebt gelijk: het is iets om te vieren.' Hij pakt de fles van tafel en opent hem.

'Wat heb je haar precies verteld?' vraag ik. Ik hoor dat mijn stem trilt.

'Kunnen we alsjeblieft ophouden over je zus, haar saaie man en hun verschrikkelijke tweeling?'

'Wat heb je tegen haar gezegd, Paul? Het is belangrijk.'

'Maak je toch niet zo druk, zij deed ook al zo gestoord.'

'Omdat ze overstuur raakte door het idee dat ik wegging. Ik wist dat ze zo zou reageren. Ik had je nog zo gezegd het nog niet aan haar te vertellen.'

'Daar kwam het niet door, het kwam door die stomme dagboeken van haar. Ze vroeg waarom ik een dagboek voor je had gekocht en toen ik zei dat dat kwam doordat ik die van haar op zolder had gevonden sloeg ze compleet op tilt.'

Het wordt heel lawaaiig in mijn hoofd.

'Ik had je gevraagd niets over die dagboeken tegen Claire te zeggen én ik had je gevraagd ze niet te lezen.'

'Ik heb ze ook niet gelezen, niet echt. Ik heb alleen die zin gelezen over dat jullie erwtjes in een dop waren. Die haalde ik aan omdat ik het grappig vond, maar dat vond zij duidelijk niet.'

Twee erwtjes in een dop.

'Dit wordt je dood.'

Hij lacht. Hij snapt niet dat ik geen grapje maak. Ze zal niet toestaan dat iemand me bij haar weghaalt, dat heeft ze nooit gedaan. De vreselijke dingen die ze mensen heeft aangedaan door de jaren heen – vrienden, collega's, minnaars, niemand was in haar ogen goed genoeg voor me. Elke keer weer dacht ze me te moeten redden. Toen de tweeling er was en ze een eigen gezinnetje had dacht ik dat dat wel zou veranderen, maar dat gebeurde niet, ze zit boven op me, meer dan ooit. Volgens mij was ze zelfs stiekem blij dat het me niet lukte om zwanger te worden, bang dat mijn liefde voor een kind mijn liefde voor haar zou aantasten. Met Paul, de gevierde auteur, lag het anders. Zij bepaalde dat hij goed genoeg voor me was en tot haar grote plezier vond hij het geen probleem om dichtbij te komen wonen. Het was een soort test, en hij slaagde omdat hij me niet bij haar probeerde weg te halen. Maar deze keer is hij gezakt.

Ik krijg een naar gevoel in mijn buik. Ik weet waartoe ze in staat is. Ik loop de kamer uit, zoek mijn telefoon en bel Claires nummer.

Niets.

Ik probeer het nog een keer maar opnieuw krijg ik meteen haar voicemail.

'Hij heeft ze niet gelezen. Doe het niet, het is niet nodig,' zeg ik zo zacht als ik maar kan.

'Waar slaat dit allemaal op?' vraagt Paul, die de gang in komt lopen. 'We hebben het over de dagboeken van een kind. Misschien had ik ze wel moeten lezen.'

'Als ze je belt of hier ineens op de stoep staat, zeg dan dat ik ze al heb verbrand. Doe de deur niet open, laat haar niet binnen. Waar zijn je autosleutels?'

'Waar heb je het over?'

Ik hol naar het kastje en trek de lades open die propvol met van alles en nog wat zitten.

'Wat er ook gebeurt, vertrouw haar niet, hoor je me?' Ik vind de reservesleutel, pak mijn handtas en ren zonder de inhoud te controleren naar de voordeur.

'Amber, wacht even...' Hij is te laat, ik loop al in de regen over het donkere pad, tastend naar de knopjes van de centrale deurvergrendeling op de sleutel. Ik heb geen jas aan en ik ben nu al doorweekt. Paul komt achter me aan, op zijn nieuwe kerstpantoffels. Hij heeft zijn telefoon aan zijn oor.

'Met mij... Je zus is vreselijk over haar toeren. Volgens mij heeft het met jou te maken. Wil je me even bellen, zodat we kunnen proberen...' Ik draai me om en sla het toestel uit zijn hand, dat op het pad uit elkaar valt.

Met open mond staart hij naar zijn telefoon, en dan richt hij zich op, naar mij. 'What the fuck?'

'Blijf uit de buurt van Claire.'

'Hoor je wel wat je zegt? Je gedraagt je compleet gestoord! Je kunt niet rijden. Je hebt echt te veel...'

'Ik ben zo helder als wat!'

In het huis naast ons gaat het licht aan en ik zie dat onze buurvrouw naar buiten komt. Blijkbaar stonden we te schreeuwen. Ik keer me om naar de auto om in te stappen, maar ik laat de sleutel vallen. Mijn handen trillen als ik door mijn knieën zak om hem op te rapen, rondtastend in het donker. Als ik hem te pakken heb probeert Paul te voorkomen dat ik achter het stuur ga zitten. Ik duw hem weg, stap in en trek het portier dicht, voor hij zijn hand teruggetrokken heeft. Hij gilt van de pijn, rukt hem los en ik trek het portier opnieuw dicht. Ik steek de sleutel in het contact en rij weg.

Nu

Dinsdag 3 januari 2017

'Ik ga maar even naar huis, kijken of David de tweeling niet de nek heeft omgedraaid, of andersom,' zegt Claire.

'Moet je doen,' antwoordt Paul.

'Shit, sorry, het was niet mijn bedoeling om over de kinderen te beginnen, laat staan…'

'Hindert niet.'

'Weet je zeker dat je geen lift wilt?'

'Ja. Ik laat haar niet nog een keer alleen. Geen haar op mijn hoofd.'

Ik hoor de deur opengaan.

'Claire?'

'Ja?'

'Het is jouw schuld niet.'

Hij bedoelt het goed, maar hij zit er helemaal naast. Het is wel de schuld van Claire. Alles wat er mis is met mijn leven is de schuld van Claire. Ik hoor haar weggaan. Gelukkig.

Pauls hand houdt mijn hand vast, hij voelt sterk en warm en veilig.

'Het spijt me zo,' fluistert hij. 'Ik laat je steeds maar weer in de steek. Ik had hier moeten blijven.'

Ik stel me Paul voor, hoe hij zag gebeuren wat Edward in deze kamer met me aan het doen was. Hoe hij daar zat, thuis, zo ver weg, en zag hoe een onbekende man zijn hand onder mijn laken stak. Ik zat opgesloten in mijn nachtmerrie, maar Paul was buitengesloten, gedwongen gade te slaan wat mij overkwam. Hij wilde net zo hard naar binnen als ik naar buiten wilde.

'Ik hou zoveel van je,' zegt hij en hij kust me op mijn voorhoofd.

Hij heeft in zijn eigen hel geleefd terwijl ik in de mijne sliep. Kon ik maar tegen hem zeggen hoe erg ik het vind dat hij dit allemaal moet doormaken en dat ik ook van hem hou. Ik blijf de woorden in mijn hoofd herhalen, tot ze vetgedrukt en echt klinken.

'Ik hou van je.'

'Mijn god,' zegt Paul en hij laat mijn hand los. Mijn instinctieve reactie is kijken wat er aan de hand is, dus probeer ik mijn ogen open te doen. Het felle licht overvalt me en schiet pijnlijk door mijn hoofd.

'Paul.' Ik hoor een stem en besef dat het mijn eigen stem is.

'Hier ben ik,' zegt hij en ik kan hem zien. Hij huilt en ik huil nu ook. Hij kust me en ik kan hem zien. Dit is echt. Mijn ogen zijn open. Ik ben wakker.

Eerder

Eerste kerstdag 2016 – avond

Ik rij de oprit van Claires huis op en zie haar voor de deur staan. Ze verwachtte me al. Ik stap uit en been door de regen naar haar toe, zonder het portier van de auto te sluiten. Mijn jurk is doorweekt en plakt aan mijn benen vast. Het is net alsof de stof me probeert tegen te houden, probeert te voorkomen dat ik daar naar binnen ga.

'Hallo, Amber,' zegt ze. Armen over elkaar geslagen. Ontspannen gezicht. Lichaam volkomen stil.

'We moeten praten.'

'Ik denk dat je eerst even tot bedaren moet komen.'

'Hij heeft niets gezien. Hij weet niets.'

'Ik weet niet waar je het over hebt.'

'Als je hem iets aandoet, als hem ook maar iets overkomt...'

Ze doet een stap naar voren. 'Wat dan? Wat doe je dan?'

Ik wil haar slaan. Ik wil haar ongelooflijk veel pijn doen maar ik kan het niet. Nog steeds houd ik meer van haar dan dat ik haar haat. Dit is geen gesprek om buiten te voeren. Je weet maar nooit wie er meeluistert.

'Mag ik alsjeblieft binnenkomen?'

Ze staart me een poosje aan, alsof ze een risicoanalyse doet.

Voor haar ogen de uitkomst meedelen, zakken haar armen al langs haar lichaam. Ze knikt en gaat naar binnen, net genoeg ruimte voor mij overlatend om ook naar binnen te stappen.

'Je bent nat, doe je schoenen uit.'

Ik duw de deur zachtjes achter me dicht en doe wat ze zegt. Op blote voeten sta ik op haar nieuwe, roomkleurige tapijt, zonder goed te weten hoe het nu verder moet. We bevinden ons ergens waar we nog nooit zijn geweest. Ik vraag me af waar David is, of hij ons kan horen.

'David is boven. Hij ging plat kort nadat jij en je echtgenoot naar huis gingen,' zegt ze, alsof ze mijn gedachten kan lezen. Mijn echtgenoot, in plaats van Paul. Ze is zichzelf al aan het dissociëren van de persoon die ze als probleem heeft aangemerkt. Haar ogen zijn donker, kil. Ik kan zien dat ze al vertrokken is naar die plek binnen in haar waarvoor ik zo bang ben.

'Ik wil ze terug,' zegt ze. Ik hoef niet te vragen wat ze terug wil.

'Ik heb ze verbrand.'

'Dat geloof ik niet.'

'Hij heeft ze niet gelezen.'

'Hoe kom je er eigenlijk aan?'

'Ze lagen hier, op zolder. Ik vond ze na het overlijden van pa en ma. Van jou hadden ze alles bewaard. Van mij lag er niets.'

'Dus heb je ze maar gestolen.'

'Nee. Ik wilde gewoon iets hebben. Ze hebben alles aan jou nagelaten. Het voelde alsof ik niet eens meer bestond.'

'Je had ze niet mee mogen nemen en je had ze niet aan Paul mogen laten lezen. Of wílde je soms dat hem iets zou overkomen?'

'Nee! Hij heeft ze niet gelezen. Waag het niet!'

'Je moet een beetje tot bedaren komen.'

'En jij moet godverdomme eens ophouden.' Ik geef haar een zet. Het ging vanzelf. Ze wankelt achteruit, een flits van iets wat ik me herinner in haar ogen. Ze doet een stap naar voren, haar gezicht pal voor het mijne. Ik voel haar adem.

'Hij heeft ze gelezen dus moeten er maatregelen worden genomen,' zegt ze beheerst.

'Hij weet het niet.'

'Hij heeft ze gelezen.'

'Nee, dat heeft hij niet.' Ik blijf het zeggen, terwijl ik weet dat haar oren al dichtzitten voor de waarheid.

'*Twee. Erwtjes. In. Een. Dop.* Dat is wat hij tegen me zei. Hij heeft ze gelezen.' Ze spuugt me de woorden toe, en met elk woord neemt de pijn in mijn buik toe, zo erg dat ik denk dat ze me met een mes heeft gestoken. En dan zie ik het bloed. Ik kijk naar allebei haar handen, maar die houden niets vast, ik zie geen mes. Zij kijkt omlaag, net als ik, naar het dunne streepje rood dat langs de binnenkant van mijn rechterbeen sijpelt. Mijn handen gaan naar mijn buik en ik klap dubbel van de pijn.

'O god,' weet ik nog uit te brengen voor mijn knieën doorbuigen en ik steeds meer wegzak in de pijn.

'Wat is dit?' vraagt Claire.

'O god, nee.'

'Ben je zwanger?' Ze kijkt op me neer, een blik van vrees en afschuw in haar ogen. Ze wacht mijn antwoord niet af. 'Hoe kun je zoiets voor me verzwijgen? Vroeger vertelden we elkaar alles.' Haar hersens, overvallen door dit nieuwe stukje informatie, maken overuren. Ze is een nieuwe koers aan het uitzetten.

'Het spijt me,' mompel ik, voor haar. Haar gezichtsuitdrukking verandert niet.

'Het is maar een beetje bloed. Het komt wel goed. Geef me je autosleutel.'

Ik schud mijn hoofd. 'Bel Paul.'

'Geef de sleutel nou maar. Het is een kwartiertje rijden naar het ziekenhuis, dat is sneller dan een ambulance laten komen. We bellen hem onderweg wel.'

Ik doe wat ze zegt, zoals ik altijd heb gedaan.

Nu

Dinsdag 3 januari 2017

'Wil je iets eten?' vraagt Paul. Ik ben in slaap gevallen, in een slaap waaruit je wakker kunt worden. Ik ga rechtop zitten en laat hem de kussens in mijn rug schikken. De deur staat open, vlak ervoor staat een kar.

'Ze moet langzaam beginnen, beetje bij beetje,' zegt zuster Noord tegen Paul terwijl ze hem een dienblad met eten overhandigt. Ik herken haar stem. In het echt ziet ze er anders uit dan ze er in mijn hoofd uitzag. Ze is jonger, slanker, en oogt minder vermoeid. In mijn verbeelding lachte ze nooit, maar in het echt wel, voortdurend. Sommige mensen maken vanbuiten een blije indruk, maar pas als je niet alleen kijkt maar ook naar ze luistert merk je dat ze vanbinnen gebroken zijn.

Paul pakt het blad aan en zet het voor me neer. Kip, aardappelpuree en sperzieboontjes. Een pakje sap en een soort aardbeiendrilpuddinkje. Ik heb flinke trek, maar nu ik zie wat er op het blad staat vergaat me de eetlust. Paul pakt mijn mes en vork en houdt me een hap puree voor.

'Dat kan ik zelf wel,' zeg ik.

'Sorry.'

Ik pak de vork uit zijn hand.

'Dank je.'

Ik eet bijna alles op. Ik neem kleine hapjes die ik goed

kauw voordat ik ze doorslik, mijn keel voelt nog steeds rauw van de beademingsslang. Het zag er niet bijster aantrekkelijk uit, maar op dit moment voelt het alsof ik misschien wel het lekkerste maal van mijn leven heb gegeten. De kip was taai en in de aardappelpuree zaten klontjes, maar dat ik weer kon kauwen en slikken en proeven maakte van elke hap een feest. Omdat het betekent dat ik leef.

'Kun je je nog meer herinneren?' vraagt Paul.

Ik schud nee en kijk weg. 'Niet echt.'

Hij kijkt opgelucht. Hij praat over de toekomst alsof we er werkelijk een hebben en dat geeft me het gevoel dat ik echt terug ben. Ik kan me niet voorstellen hoe het moet zijn geweest om te zien wat Paul heeft gezien, dat een man zoiets met me deed. Maar hij lijkt er niet door veranderd, voor zover ik het nu kan beoordelen. Mijn gedachten worden rechtgetrokken, zijn woorden strijken de kreuken glad tot ik niet meer struikel over alles wat ik denk. Hardnekkige vouwen perst hij net zolang tot de imperfecties verdwenen zijn en alles gloednieuw oogt, ongebruikt en onbezoedeld.

Ik hoor de zoemtoon van Pauls telefoon op het nachtkastje. Hij buigt zich opzij, leest het bericht en kijkt dan naar mij.

'Wat is er?' vraag ik.

'Er is bezoek voor je.'

Ik voel dat ik wegtrek.

'Wie?'

'Claire.' Hij wacht even tot ik iets zeg, maar ik zeg niets. 'Vind je dat goed? Het hoeft niet, hoor, als je het niet wilt. Jij bepaalt wie je wilt zien. Ik weet niet wat er tussen jullie is voorgevallen, maar wel dat ze er erg mee zit.'

'Het is goed.'

'Oké. Ze heeft net geparkeerd, dus ze is zo hier. Ik laat haar even weten dat ze naar boven kan komen.' Ik kijk weg als hij mijn zus een sms'je stuurt. Paul weet niet dat ik me herinner wat er die avond is gebeurd. Ik heb nog niet bedacht wat ik ga doen, of ik ga voorwenden dat ik bepaalde dingen niet meer weet.

'Kan ik nog iets voor je halen?' vraagt Paul.

'Ik lust wel een glas wijn.'

Hij lacht, wat klinkt dat heerlijk. 'Dat geloof ik, maar ik denk dat het nog ietsiepietsie te vroeg is voor druivensap. Dit is dag één.'

Hij pakt het dienblad en zet het in de gang op de grond, alsof we in een hotel zijn en gebruikmaken van de roomservice. Ik heb zin om er even uit te gaan als dit achter de rug is. Om het echte leven even achter ons te laten. Naar een plek waar je overdag de zon op je huid voelt en 's nachts de sterren kunt zien. De deur staat open, maar ze klopt toch.

'Hoi,' zegt ze, wachtend tot ze naar binnen wordt genodigd.

'Kom verder,' zegt Paul.

'Hoe gaat het met je?' vraagt ze terwijl ze ergens tussen ons in kijkt, hoewel ze het tegen mij heeft.

'Best, hoor,' zeg ik.

Paul komt overeind van zijn stoel. 'Oké. Ik laat jullie even alleen, goed? Kunnen jullie bijpraten.'

Ik knik om hem te laten weten dat het goed is. Claire en ik staren elkaar aan, achter onze ogen is het gesprek al begonnen. Ze laat zich op de stoel zakken waarvan Paul net is opgestaan en wacht tot ze zeker weet dat hij buiten gehoorsafstand is.

'Het spijt me,' zegt ze dan.

'Wat spijt je?'

'Alles.'

Vroeger

Zondag 14 februari 1993

Lief dagboek,
Vandaag is het Valentijnsdag. Ik heb geen kaarten gekregen, maar dat kan me niet schelen. Ik hoor bij een gezin, nu een echt gezin, en meer kan ik me niet wensen. Ik heb zelfs een nieuwe naam. Claire Taylor. Ik vind hem goed klinken. Ik zeg mama tegen Taylors moeder, en tegen Taylors vader zeg ik papa, en volgens mij vinden ze dat wel leuk. Iedereen vindt het leuk, behalve Taylor. Ze is de hele ochtend al chagrijnig, ze zit in haar kamer als een klein kind met de pop te spelen die ik haar heb gegeven. Ze heeft de pop Emily genoemd, en als ze denkt dat niemand haar kan horen, praat ze tegen haar.

Na de lunch vroeg ik of ik naar mijn kamer mocht gaan en mama zei ja. Ik zei dat ik mijn nieuwe boek wilde gaan lezen en dat geloofde ze. Omdat het zondag is hebben we warm gegeten tussen de middag. We eten op zondag altijd vlees uit de oven. Vandaag hadden we kip, een hele, met gebakken aardappeltjes en iets wat ze yorkshirepudding noemen, en lekker veel jus. Ik heb mijn hele bord leeggegeten, Taylor liet bijna alles staan. Ik had haar portie ook nog wel willen hebben, maar ik had me al helemaal te barsten gegeten. Ik hoorde mama aan Taylor vragen of er iets was toen ik de trap op ging. Ze vragen voortdurend aan haar of er iets is, dat maakt me woest. Er is niets. Ze zou net zo blij moeten zijn als ik en eens moeten ophouden met de boel verpesten.

Ik liep langs Taylors kamer en zag Emily op bed zitten, haar glazen ogen keken me recht aan. Ik dacht aan toen ik haar had uitgekozen, bij die maatschappelijk werkster naar wie ze me hadden gestuurd. Eigenlijk was het mijn pop, ik kon haar zo terugpakken als ik dat wilde. Ik had nog nooit een pop gezien die er zo echt uitzag. Ze had glanzend zwart haar, roze wangen, en ze droeg een mooie blauwe jurk met bijpassende schoentjes. Ze zag er schattig uit. Volmaakt. Ik vond haar niet leuk. Ik kan me niet herinneren dat ik haar pakte en mee naar mijn kamer nam. Ik herinner me alleen dat ik omlaagkeek en dat ik de passer uit mijn pennendoos in mijn hand had en Emily op mijn schoot, en dat haar ogen eruit waren gekrabd.
Ik wist niet goed wat ik moest doen, dus heb ik het handje van Emily vastgepakt en haar mee naar de voortuin genomen. Ik ben te oud om met poppen te spelen, dus ik legde Emily op de grond. Op het wegdek, met haar poppenvoetjes netjes tegen de stoeprand. Ik zat zo vol van het middageten dat ik erbij ging zitten, in de voortuin, waar ik plukjes gras uit het gazon begon te trekken. De zon scheen en de lucht was blauw maar het was wel koud. Dat kon me niet schelen. Ik wilde buiten zijn, ik wilde het zien.
Opeens kreeg ik het gevoel, je kent het wel, dat je weet dat er iemand naar je kijkt, en toen ik omkeek zag ik dat Taylor boven voor het raam van haar kamer naar ons tweeën stond te kijken. Haar blik ging van mij naar de pop en weer terug. Ze draaide zich om en ik vroeg me af of ze zou gaan huilen, ze deed niet anders de laatste tijd.
De eerste auto raakte Emily niet eens en daar baalde ik van, zoveel auto's rijden er niet door onze straat. Taylor was net op tijd in de tuin om de tweede auto te zien, dat was dan wel weer goed. En die miste haar niet. De linkervoorband reed over Emily's gezicht waardoor haar haren vast kwamen te zitten in het wiel. Ik keek naar hoe ze ronddraaide, omhoog en omlaag, omhoog en omlaag. Toen reed de achterband ook over haar heen, maar die liet

haar liggen waar hij haar had gevonden, met haar gezicht op het asfalt. Taylor stond naast me, haar ogen gericht op de pop in de verte. Haar uitdrukking veranderde niet, ze verroerde zich niet, ze stond daar alleen maar. Ik trok grassprietjes uit en rolde ze op tussen mijn vingers. En toen begon ik te neuriën, het ging helemaal vanzelf.

The wheels on the bus go round and round, all day long.

'Heb je het tegen iemand gezegd?' vroeg ik.

Ze vroeg niet wat ik bedoelde, ze schudde alleen haar hoofd en keek naar haar voeten. 'Goed zo,' zei ik. 'Er gebeuren nare dingen als je iemand verklikt.' Toen keek ze me aan, haar blik was een beetje neutraal, niet blij maar ook niet verdrietig. Ik klopte op het gras naast me en uiteindelijk kwam ze naast me zitten. Ze had geen jas aan en ik wist dat ze het koud moest hebben, dus greep ik haar hand vast en dat liet ze toe. Ik kneep er driemaal in en zij gaf drie kneepjes terug. Toen wist ik dat het goed zat tussen ons, dat er niets was veranderd, niet echt. Ze was zichzelf een beetje kwijtgeraakt, maar ik had haar teruggevonden. We zijn dan wel zussen geworden, maar we blijven altijd erwtjes in een dop.

Eerder

Eerste kerstdag 2016 – laat op de avond

Claire steekt haar hoofd onder mijn arm door om mijn benen zo veel mogelijk te ontlasten, en sleept me dan mee naar buiten, naar de auto. Ik laat haar begaan, want ik geloof niet dat ik mezelf overeind zou kunnen houden. Ik loop nog steeds op mijn blote voeten als ik over de oprit wankel, het natte gravel snijdt in mijn tenen. Ze laat me in de passagiersstoel zakken en ik zie dat ze rood leren handschoenen aanheeft die ik nooit eerder heb gezien. Ik zit met mijn benen opzij en ik hoor iemand huilen in de auto, het duurt een paar tellen voor ik doorheb dat ik het ben. Ze gaat achter het stuur zitten, klikt haar gordel vast en trekt het portier dicht.

'Waar zijn de dagboeken, Amber?'

'Dat heb ik je al gezegd, ik heb ze verbrand.'

'Dat lieg je.'

'Breng me in godsnaam naar het ziekenhuis.'

Ze heeft nog nooit in Pauls MG gereden, maar ze rijdt achteruit de afrit af alsof het haar eigen auto is. Eén rode handschoen op het stuur, de andere op de pook, als een coureur, als iemand die alles onder controle heeft. Ik sluit mijn ogen en leg mijn handen op mijn buik, alsof ik haar binnen probeer te houden. Ik ben ervan overtuigd dat het een meisje is.

Claire en ik zeggen geen woord tegen elkaar als we haar straat uit rijden. De enige stemmen die ik hoor komen uit de radio, maar zelfs die zijn niet echt, want het is een van tevoren opgenomen programma. Af en toe doe ik mijn ogen open om uit het raam te kijken, om er zeker van te zijn dat ze de goede weg neemt, maar het is stikdonker buiten. Als we een hoek omgaan moet ik me met één hand aan het dashboard vasthouden.

'Ik dacht dat je niet zwanger kon worden,' zegt ze, naar de tweede versnelling schakelend. Volgens mij zitten we op de grote weg, het kan nu niet lang meer duren.

'Dat dacht ik ook.'

Derde versnelling.

'Weet Paul het al?'

'Nee.'

Vierde versnelling.

'Waarom heb je het niet tegen me gezegd?'

'Jij zei altijd dat we genoeg aan elkaar hadden.'

Vijfde.

Ik open mijn ogen en besef dat de kramp in mijn buik weg is. Ik weet niet wat dat betekent.

'De pijn is weg,' zeg ik en ik probeer wat meer rechtop te gaan zitten. 'Volgens mij is alles nog goed.' Ik voel een spoortje van opluchting. Ik kijk naar Claire, maar haar gezichtsuitdrukking is niet veranderd, alsof ze niet gehoord heeft wat ik zei. 'Jij hebt ook een keer bloed verloren toen je zwanger was van de tweeling, hè?' vraag ik.

'Laat het toch maar even nakijken in het ziekenhuis, voor alle zekerheid.'

'Daar heb je gelijk in. Maar je kunt het nu wel wat rustiger aan doen.' Ze reageert niet, ze blijft strak voor zich uit staren. 'Claire, ik zei dat het wel wat rustiger mag. Volgens mij is alles goed.' Mijn handen gaan instinctief naar mijn buik.

'Je had het moeten vertellen,' zegt ze zo zacht dat ik niet weet of ik het wel gehoord zou hebben als ik haar mond niet had zien bewegen. Haar gezicht heeft een lelijke uitdrukking gekregen. 'Vroeger vertelden we elkaar alles. Als je gewoon had gedaan wat ik zei en opgehouden was met liegen, dan zouden we hier nu niet rijden. Je hebt het aan jezelf te wijten als het dood is.'

'Het is niet dood,' zeg ik. De tranen springen in mijn ogen en rollen over mijn wangen. Ik weet het zeker, ik durf te zweren dat ik niet alleen mijn eigen hart maar ook dat van mijn ongeboren kind voel kloppen. Claire knikt. Ze gelooft ook dat het kindje nog leeft. Ik sluit mijn ogen en grijp me nog steviger vast aan de zijkant van mijn stoel. We gaan nu zo snel dat het niet lang meer kan duren voor we er zijn.

'Amber.'

Claire legt haar gehandschoende hand op de mijne. Hij voelt koud, en als ik mijn ogen opendoe zie ik dat ze niet naar de weg maar naar mij kijkt. Ze glimlacht, en onmiddellijk slaat er een verlammende angst door me heen.

'Ik hou van je,' zegt ze voor ze weer voor zich kijkt, met twee handen aan het stuur.

Ik hoor de remmen gieren, en dan vertraagt alles. Mijn lichaam komt omhoog van de stoel en ik vlieg. Ik knal door de voorruit, met uitgestoken handen, alsof ik door een watervlak van glas duik. Duizend splintertjes rijten mijn huid open. Het doet geen pijn, al mijn pijn is verdwenen. Ik vlieg hoog de donkere nacht in. Ik zie de sterren, zo dichtbij dat ik ze bijna kan aanraken, maar mijn hand klapt op het asfalt, gevolgd door mijn schouder en borst, en ik maak een schuiver die mijn huid openschaaft, waarna ik abrupt tot stilstand kom. Alles staat stil. Ik vlieg niet meer.

De pijn keert terug, alleen zit hij nu overal en is hij veel en veel erger dan eerst. Ik ben kapot, vanbinnen en vanbuiten, en ik ben bang. Ik huil niet, dat kan ik niet, maar ik voel het bloed als rode tranen over mijn gezicht stromen. Ik hoor een autoportier dichtslaan en het zwakke geluid van een radio, een kerstliedje dat gewoon doorgaat. De pijn wordt zo erg dat alles zwart wordt. En dan voel ik geen pijn meer. Ik voel niets meer, ik kan alleen nog maar slapen.

Nu

Dinsdag 3 januari 2017

'Je liet me liggen.'

'Ik had gedronken. Ik had niet achter het stuur mogen zitten. Ik was bang.'

'Jíj was bang? Heb je eigenlijk wel om hulp gebeld?'

Ze kijkt weg. 'Ik dacht dat je dood was.'

'Je hoopte dat ik dood was.'

'Dat is niet waar, dat mag je niet zeggen, ik hou van je.'

'Je houdt niet van me, je hebt me nodig. Dat zijn twee verschillende dingen.'

'Weet je wat er gebeurd zou zijn als ze hadden ontdekt dat ik reed? Ik heb twee kleine kinderen die me nodig hebben.'

'Ik was zwanger. En dat ben ik nu niet meer.'

'Ik weet het. Ik vind het heel erg voor je. Ik zou je nooit opzettelijk iets aandoen, dat weet je best.'

'Heb je het aan Paul verteld?'

'Wat?'

'Dat jij reed.'

'Nee. Jij wel?'

'Denk je dat hij je anders had binnengelaten?'

Dan sist haar woede naar buiten. 'Het was een ongeluk, Amber. Ik wilde je helpen. Ik wilde je naar het ziekenhuis brengen. Dat weet je toch nog wel?'

'Ik weet nog dat je je eigen gordel vastmaakte, dat je heel

hard reed, en toen plotseling op de rem ging staan. Ik weet nog dat ik door de lucht vloog.'

'Ik moest stoppen.'

'Nee, dat hoefde niet.'

'We hadden haast en jij huilde van de pijn en opeens zei je iets over een klein meisje in een roze badjasje. Ik dacht dat er een kind de weg op was gelopen. Je gilde dat ik moest stoppen.'

Ze stort haar woorden uit in mijn oren en uiteindelijk vinden ze me. Ik weet niet meer wat echt is en wat niet. Ik weet niet meer welke versie van het verhaal ik moet geloven. Die van mijn zus of die van mezelf. Er valt een stilte waarin mijn wonden tot rust proberen te komen, tot Claire de hechtingen eruit trekt.

'Er was geen meisje toen ik uit de auto stapte. Ik heb geen meisje gezien. Dus het was je verbeelding, of ze was al weg,' zegt ze.

Allebei.

Ik draai mijn hoofd om, ik wil haar niet meer zien. Er is veel liefde voor nodig geweest om haar zo te gaan haten.

'Ik had je niet moeten laten liggen. Maar jij had me moeten vertellen dat je zwanger was. En je had me over hem moeten vertellen. Nu zie je wat er gebeurt als we tegen elkaar liegen.'

'Ik heb niet gelogen.'

'Maar je bent ook niet eerlijk geweest. Ik heb hem opgezocht, Edward Clarke. Kort nadat jij het had uitgemaakt is hij van de universiteit getrapt.'

'Door de brieven die jij had geschreven.'

'Dat kan. Hoe dan ook, ik had gelijk, ik wist dat er iets mis was met hem. Hij heeft allerlei baantjes gehad in verschillende ziekenhuizen voor hij hier kwam werken. Ik denk dat hij dit ziekenhuis koos om dicht bij jou te zijn. Begrijp je wat ik zeg? Ik denk dat hij je al jaren volgt en ik denk niet dat het nu voorbij is. Vertel me waar hij woont.'

'Dat herinner ik me niet.'

'Jawel, je herinnert je het wel. Zeg op. Ik sta niet toe dat hij je nog een keer kwaad doet. Niemand mag je ooit nog kwaad doen.'

'Ik wil graag even slapen,' zeg ik en ik sluit mijn ogen.

'Ik heb iets voor je meegebracht,' zegt ze en ik hoor dat ze iets op het nachtkastje legt. Ik open mijn ogen, even maar, om te kijken wat het is, maar ik kijk haar niet aan. 'Ik dacht, misschien herinnert het je aan wie we waren, aan wie we weer zouden kunnen zijn,' zegt ze. Ik zeg niets. Het gouden armbandje lijkt zoveel kleiner dan ik het me herinner, het verbaast me dat het ooit om mijn pols heeft gepast. Het is het armbandje dat ze vroeger van me heeft gestolen. Met mijn geboortedatum in het goud gegraveerd. Ook haar geboortedatum. De verschrikkelijke tweeling. Het veiligheidsspeldje waarmee ik het had gerepareerd toen zij het kapot had gemaakt zit er nog steeds aan. Zo fragiel. Het verbaast me dat ze het heeft bewaard. Ik wil het aanraken, maar ik doe het niet. Ik sluit mijn ogen en ga op mijn zij liggen, met mijn rug naar haar toe. Ik snak naar stilte, ik wil weer opgeslokt worden door het duister. Ik wil niets meer horen. Mijn wens wordt vervuld. De deur gaat dicht en ik ben weer alleen. Het armbandje is weg, evenals mijn zus.

Later

Woensdag 15 februari 2017
Zes weken verder

Ik sta aan het voeteneind van ons bed en kijk naar Pauls gezicht terwijl hij slaapt. Ik zie zijn ogen bewegen onder zijn gesloten oogleden, en zijn mond is een beetje opengezakt. Hij is ouder geworden de afgelopen paar maanden, de lijnen hebben zich dieper in zijn gezicht gekerfd, de wallen onder zijn ogen zijn een tint donkerder geworden. Ik waak over een volwassen man, maar wat ik zie is het toonbeeld van kwetsbaarheid. Ik sta in de schitterende stilte die alleen de nacht kan verschaffen en ga goed bij mezelf na of ik de juiste keuze heb gemaakt. Ik kom tot de conclusie dat dat zo is. Ik wil niet dat mijn verleden onze toekomst gaat bepalen.

Ik ben iets meer dan een maand thuis. Na zo'n lange periode in het verstilde duister voelde het in het begin alsof ik werd overladen met prikkels. De wereld leek te snel, te lawaaiig en te echt. Misschien was hij altijd zo geweest, maar was het me nooit zo opgevallen. Het kostte tijd om eraan te wennen, om het allemaal te verwerken. Ik ben teruggegaan naar de plaats van het ongeluk, een traumatherapeut van het ziekenhuis dacht dat dat wel een goed idee zou zijn. Er lag een bos verdorde bloemen naast de boom. Een aardig iemand had blijkbaar gedacht dat ik die avond dood was gegaan. Ik denk dat dat voor één versie van mij ook waar is.

Ik probeer het achter me te laten. Ik heb Claire nu ook vergeven, we hebben gisteren zelfs vrijwillig op de tweeling gepast zodat Claire en David een romantische Valentijnsdag konden vieren. Ik vond dat ze wel wat tijd met elkaar verdiend hadden, ik heb zelfs speciaal voor ze gekookt.

Het was leuk om de tweeling hier te hebben. Ze hebben een middagdutje gedaan in onze logeerkamer, het was de eerste keer dat ze hier sliepen en ik ging om de haverklap controleren of alles nog goed was. Vanuit de deuropening keek ik naar hun roze wangetjes en schattige piekjes haar, terwijl zij heerlijk lagen te dromen, als twee erwtjes in een dop. Ik had glow in the dark-sterren op het plafond geplakt, die ze geloof ik prachtig vonden. Om ze te laten zien dat sterren alleen in het donker kunnen stralen heb ik een aantal keren het licht aan en uit geknipt. Ze waren vandaag minder huilerig dan anders. Paul wist precies hoe hij ze zoet kon houden. Hij slaat de juiste toon tegen hen aan, elke keer met succes. Nu is de stilte weergekeerd. Ik kijk hoe laat het is: 03.02.

Zelfs nu, weken later, ben ik nog niet helemaal hersteld van mijn coma. Sinds ik ben bijgekomen heb ik last van afschuwelijke nachtmerries, ik slaap sowieso niet goed. Ik sluip naar beneden, waar Digby kwispelend naar me toe komt. We hebben een pup, een zwarte labrador. Een idee van Paul. Ik loop naar de keuken en kijk nog een keer hoe laat het is voor ik mijn ritueel afwerk: 03.07.

Ik begin bij de achterdeur, waar ik een paar keer de deurkruk naar beneden duw om me ervan te verzekeren dat hij op slot zit.

Op, neer. Op, neer. Op, neer.

Dan stel ik me op voor het grote fornuis, mijn armen licht gebogen. Mijn vingers nemen de vertrouwde positie in:

mijn wijs- en middelvinger tegen de duim, links en rechts. Ik fluister zacht in mezelf terwijl ik controleer of alles in de uit-stand staat, waarbij mijn vingernagels een tikkend geluid maken. Ik doe het nog een keer. Ik doe het een derde keer.

Digby kijkt toe vanuit de deuropening, zijn kop een beetje schuin. Ik blijf nog even aarzelend staan, me afvragend of ik het hele proces nog een keer moet herhalen voor ik wegga. Ik kijk naar de klok: 03.15. Geen tijd. Ik trek mijn jas aan, pak mijn tas en controleer de inhoud. Telefoon, portemonnee, sleutels. Plus nog wat andere spulletjes. Ik controleer alles nog tweemaal voor ik Digby's riem aan zijn halsband haak, en dan moet ik gaan. Ik controleer driemaal of de voordeur op slot zit voor ik het maanverlichte pad afloop.

Lopen helpt, merk ik, en de hond vindt het altijd leuk, of het nu licht is of donker. Na een blokje om en wat frisse lucht kan ik gewoonlijk de slaap wel weer vatten. Het is het enige wat lijkt te werken. Ik loop over de hoofdstraat, waar in geen enkel huis nog licht brandt, alsof iedereen verdwenen is en ik de enige mens op de aardbol ben.

Onder een donkere nachthemel vol fonkelende sterren loop ik door de slapende straten. Het zijn dezelfde sterren als die ik meer dan twintig jaar geleden aan de hemel zag staan, maar ik ben niet meer wie ik toen was. Er is geen maan, dus ik ben volledig in het donker gehuld als ik de straat in ga waar Claire woont. Ik kijk omhoog en laat mijn blik over de voorgevel glijden, alsof ik het huis nu pas voor het eerst echt zie. Het had van mij moeten zijn, ik ben er geboren. Ik bind Digby aan een lantaarnpaal vast, haal mijn sleutel tevoorschijn en ga naar binnen.

Eerst neem ik een kijkje bij Claire en David. Ze liggen er heel vredig bij, volslagen stil, met hun rug naar elkaar toe.

The wheels on the bus go round and round.

Ik denk dat het iets zegt dat ze zo liggen. Iets over hun verhouding, maar ik weet niet wat en bovendien doet het er nu niet toe.

Round and round.

Ik controleer Davids pols. Ik voel niets, hij is al koud. Ik loop naar de andere kant van het bed om die van Claire te voelen. Haar pols is zwak, maar haar hart klopt nog. Hij zal wel meer hebben gegeten van de maaltijd die ik voor hen had gekookt. De zak medicijnen van het ziekenhuis lijkt zijn werk te hebben gedaan. Ik had mijn twijfels, maar aan de andere kant: als een patiëntenvervoerder zoiets kan uitdokteren, dan kan iemand als ik, zeker met wat hulp van het internet, dat minstens zo goed.

Round and round.

Ik loop even naar de kinderkamer, waarna ik Claire nog een keer controleer.

The wheels on the bus go round and round.

Het geluid van de huilende tweeling verbreekt de stilte. Ik buig me over het bed heen, hopend dat ze ze kan horen.

All day long.

Ik fluister in haar oor: 'Twee erwtjes in een dop.'

Haar ogen gaan open en ik spring geschrokken naar achteren. Ze kijkt in de richting van het geluid van haar krijsende kinderen, dat van de overloop komt. Ik haal gerustgesteld adem wanneer ik besef dat ze alleen haar ogen kan bewegen. Ze zijn wijd opengesperd en staan wild en kijken mijn kant op met een blik erin die ik er nog nooit in heb gezien. Angst. Ik houd de jerrycan met diesel omhoog zodat hij in Claires gezichtsveld komt. Ze kijkt ernaar, en dan naar mij. Ik bestudeer het gezicht van mijn zus nog een laatste keer, pak haar hand en geef er drie kneepjes in voor ik hem loslaat.

'Ik heb het nooit zo op gas gehad,' zeg ik voor ik de slaapkamer uit ga.

Later

Woensdag 15 februari 2017 – 04.00

Via een andere route, een kleine omweg, loop ik met Digby weer naar huis. Het is koud en ik loop wat steviger door als ik de brandweer hoor. Ik denk aan Edward, misschien door het geluid van de sirenes – de politie heeft hem nooit gepakt. Ik herinner me de middag dat rechercheur Handley langskwam om te vertellen wat ze hadden ontdekt. Hij ging op de bank zitten, zo voorzichtig dat het leek alsof hij de lucht in de kamer niet in beroering wilde brengen, de kussens niet wilde indeuken. Op mijn vraag of hij thee wilde schudde hij beleefd zijn hoofd en aarzelde toen heel lang, alsof hij naar de juiste woorden zocht en afwoog in welke volgorde hij ze moest uitspreken. Zijn huid werd een tint bleker toen hij de sporen van bloed en verbrande huid beschreef die in de zonnehemel in Edwards flat waren aangetroffen. Claire had geen alibi voor de avond waarop de buren een man hadden horen schreeuwen. Ik ook niet, maar dat gaf niets, niemand heeft ons gevraagd waar we die avond waren. Mogelijk een ongeluk, dacht de rechercheur, hij opperde dat het iets met kortsluiting te maken kon hebben. Ik herinner me dat ik knikte toen hij daarmee kwam. Iemand met kortsluiting kon ook. Er was geen lichaam. Geen duidelijke conclusie. Soms moet het eerst een zooitje worden voor je kunt opruimen.

Terwijl ik een hoek omga en de hoofdstraat in loop, verplaatsen mijn gedachten zich naar Madeline. Sinds ik uit mijn coma ben is ze veel in mijn gedachten. Ik passeer het tankstation waar ik ruim twee maanden geleden de diesel heb gekocht. Het bandje van de bewakingscamera zal tegen deze tijd wel gewist zijn, maar uit hun gegevens zal blijken dat hij betaald is met een creditcard van Madeline Frost. Ik kreeg altijd haar creditcard mee als ik iets voor de lunch moest halen, of voor haar langs de stomerij moest, maar ik heb hem voor heel wat andere dingen gebruikt, zoals voor een extra huissleutel toen ze me vroeg er een van de voordeur te laten bijmaken voor haar nieuwe schoonmaakster. Voor dat soort dingen was mijn baan, die duidelijk onder mijn niveau was, erg handig, maar het beste ervan was dat ik, als PA, Madelines agenda beheerde en haar afspraken regelde. Ik wist al weken van tevoren tot op de dag en de minuut af waar ze was en ik wist dus ook wanneer ze geen alibi had.

De laatste chantagebrief, die ik voor kerst had afgeleverd, had ik ondertekend met Claire, zodat er geen onduidelijkheid over zou bestaan wie hiervoor verantwoordelijk was. Madeline kon het wel schudden na haar epische afgang tijdens haar nieuwsshowinterview. Het was veel beter gegaan dan gepland, het had mijn verwachtingen overtroffen. Het gezicht van Crisis Child had live op tv zoveel verschrikkelijke dingen gezegd, dat het feit dat ze haar verweesde peetdochter aan haar lot had overgelaten en ook nog eens van haar erfenis had beroofd daarbij vergeleken een kleinigheidje leek. Maar ik was nog niet klaar met Madeline. Ik had chantage altijd heel lelijk gevonden, maar dit was anders, dit was mooi. Dit was gerechtigheid. Goed en slecht worden vaak als tegengesteld gezien, maar dat is niet zo, ze zijn elkaars spiegelbeeld, in gebarsten glas.

Ik heb gerepeteerd wat ik tegen de politie ga zeggen. Ik heb in naam van Madeline een brief aan Claire geschreven waarin ze dreigt zich op dezelfde manier van Claire te ontdoen als Claire zich van haar ouders heeft ontdaan. Als Madelines PA ben ik zeer ervaren in het schrijven van brieven uit haar naam, en ik ben ervan overtuigd dat het handschrift een perfecte match zal zijn. Claire wist er niets van, uiteraard, maar als het moment daar is haal ik hem tevoorschijn en zeg ik dat ze me gevraagd heeft hem voor haar te bewaren, voor het geval zoiets ondenkbaars ooit zou gebeuren. Iedereen verwachtte dat Madeline het spoor bijster zou raken als ze haar werk niet meer had, want haar baan was haar leven. Ze zullen dus allemaal denken dat ze het bij het goede eind hadden als de politie haar schuurtje openbreekt en de veilig opgeborgen lege jerrycans vindt. Op het eiken bureau in haar voorkamer vinden ze de pen waarmee ze de brief aan Claire heeft geschreven. Ze zullen alles vinden wat ze moeten vinden.

Ik ben weer thuis. Ik laat mezelf zachtjes binnen en hang mijn jas op. 04.36. Iets eerder dan ik had gedacht, maar ik kan nog niet naar bed, niet meteen. Ik voel me vies, bezoedeld, dus besluit ik eerst te gaan douchen als ik boven ben. Ik doe de badkamerdeur op slot en draai me om naar de spiegel. Wat ik zie, bevalt me niet, dus doe ik mijn ogen dicht. Ik rits het lichaam van wie ik ben geweest open en stap uit mezelf, als een kersverse matroesjka, iets kleiner dan mijn vorige versie. Ik vraag me af hoeveel versies van mezelf er nog in me verborgen zitten. Ik draai de douchekraan open en stap iets te snel onder de straal. Het water is ijskoud maar ik geef geen krimp, ik draai de thermostaat langzaam hoger, zodat ik bijna niet voel dat het water mijn huid verbrandt als het te heet wordt. Ik weet niet hoe lang ik zo ben blijven staan, ik herinner het me niet. Ik herinner me niet dat ik me heb afgedroogd en ook niet dat ik mijn badjas om me heen heb geslagen. Ik herinner me niet dat ik de badkamer ben uitgegaan en naar beneden ben gegaan. Ik weet alleen dat ik weer terug ben in de woonkamer en in de grote spiegel boven de open haard kijk en tevreden ben met de vrouw die terugkijkt. Ik pak Digby op, neem hem op schoot en aai hem in het donker over zijn zachte zwarte vacht. Nu hoef ik alleen nog maar te wachten.

Een van de twee kinderen begint te huilen. Ik zet Digby op de grond en haast me de trap op om ze gerust te stellen. Toen ik een paar uur geleden het geluid van hun gehuil wilde opnemen, konden ze alleen maar lachen, maar uiteindelijk was het me gelukt. Het is alweer licht in hun kamer. Ik trek de gordijnen open en zie hoe de nieuwe ochtend zich uitrolt door de straten en langs de huizen onder me. Paul slaapt nog, dus neem ik de tweeling mee naar beneden en geef ze iets te eten. Ik zet ze in hun kinderstoelen en vraag me bezorgd af of het in ons oude huis niet te koud voor ze is. Ik krijg nog een idee, en een goed idee ook, ik snap eigenlijk niet waarom ik er niet eerder aan heb gedacht.

In de open haard dansen vlammen, ze strooien hun licht en warmte door de hele kamer. De tweeling kijkt er gebiologeerd naar, alsof ze nog nooit een haardvuur hebben gezien, en ik realiseer me dat dat heel goed kan. Ik pak de dagboeken een voor een op en blader ze een stukje door voor ik ze in de vlammen gooi. Over het laatste dagboek doe ik wat langer. Ik strijk met mijn wijsvinger over het jaartal op de kaft, 1992, en dan sla ik de laatste bladzijdes op. Ik kan de woorden niet lezen, ze blijven steken in mijn keel, maar ik dwing mezelf ertoe. Voor de allerlaatste keer laat ik mijn ogen Claires woorden van die nacht vertalen, de nacht die alles veranderde.

Ik moest het doen van Taylor.

Ik scheur de bladzijde eruit en verfrommel het papier tot een prop die ik in het vuur gooi. Als hij helemaal is opgebrand, gaat het laatste dagboek van Claire erbij. Samen met de tweeling blijf ik zitten kijken tot er van alles wat hun moeder heeft geschreven niets meer rest dan rook en as.

Later

Voorjaar 2017

Ik heb de vrije val tussen slapen en ontwaken altijd ervaren als een moment van vervoering. Die wonderlijke, halfbewuste seconden voor je je ogen opent, wanneer je je laat begoochelen en denkt dat je droom je werkelijkheid is. Deze keer gun ik mezelf een extra seconde en laat ik me meevoeren door de uit mijzelf voortkomende waan die me laat geloven dat ik iedereen kan zijn, overal kan zijn, dat er van me gehouden kan worden.

Ik voel dat er een schaduw over mijn oogleden valt, mijn ogen gaan onmiddellijk open. Het licht is zo fel dat ik in eerste instantie niet meer weet waar ik ben. Even denk ik dat ik terug ben in de ziekenhuiskamer, maar dan hoor ik het geruis van de zee, van kalme golven die in de verte zachtjes het witte zand op kabbelen. Ik houd mijn hand voor mijn ogen om ze af te schermen tegen het licht van de zon en kijk tegen de in mijn hand geëtste lijnen en de patronen van mijn vingertoppen aan die mijn huid al die jaren heeft onthouden. Mijn huid weet wie ik ben, hoe oncomfortabel hij ook om me heen heeft gezeten.

Ik ga rechtop zitten wanneer ik de kinderen hoor, hun aanstekelijke lach danst in mijn oren en tekent een brede glimlach op mijn gezicht. Het maakt niet uit dat ik ze niet zelf heb gebaard, ze zijn nu van mij en ik weet dat de rok nader kan zijn dan het hemd als je daarvoor openstaat. Ik mopper op mezelf omdat ik in slaap ben gevallen terwijl ik ze in de gaten had moeten houden, maar na een snelle blik op het strand voel ik me beter. Op een groepje palmbomen na hebben we het strand helemaal voor onszelf. Er zijn geen andere mensen. Niemand om bang voor te zijn. Ik probeer me te ontspannen. Ik leun naar achteren in de stoel en leg mijn handen gevouwen in mijn schoot. Als ik omlaagkijk, zie ik mijn moeders handen. Ik kijk naar mijn neefje en nichtje en besluit dat ik altijd van deze kinderen zal blijven houden, wat ze ook doen, hoe ze ook veranderen, wie of wat ze ook worden.

De warmte van de zon laat mijn huid gloeien en verlicht ons nieuwe leven. Ons eigen kleine hoekje van het paradijs voor een paar weken, een tussenstop bij onze reis naar Amerika. Ik kijk achterom naar het hotel en vraag me af waar Paul uithangt. We hebben een kamer op de begane grond, direct aan het strand, zodat we overdag zo de zon in kunnen stappen en 's avonds onder de sterren kunnen zitten. Hij is gigantisch, eigenlijk meer een suite dan een kamer, en we zien zelden iemand. Omdat dit het regenseizoen is zijn er weinig gasten, hoewel het nog niet één keer heeft geregend sinds we hier zijn.

De luiken staan open, erachter ontwaar ik Pauls silhouet, hij zit op het bed. Aan de telefoon. Alweer. Hij heeft zich niet zo snel aan ons nieuwe leven aangepast als ik had gehoopt, maar hij is dol op de kinderen, hij houdt van ze alsof ze van hemzelf zijn. Eindelijk heb ik hem het gezin geschonken dat hij zo graag wilde en niemand kan het nog van ons afpakken. Ik werp nogmaals een blik op de kinderen. Ze zijn zoet aan het spelen. Met lichte tegenzin kom ik overeind uit de ligstoel om even bij Paul te gaan kijken, ik moet niet vergeten dat ik hem ook in de gaten moet houden.

Precies op het moment dat ik naar binnen stap hangt Paul op en zet hij het toestel terug op het nachtkastje. Hij kijkt niet op en ik heb het gevoel dat ik zijn gesprek heb onderbroken.

'Wie was dat?' vraag ik.

'Niemand,' zegt hij, nog steeds zonder oogcontact te maken. Het bed is bedolven onder een berg witte A4'tjes, met zwarte geprinte letters en aantekeningen in rode pen. Het eindeloze redactieproces neemt de boel weer over.

'Toch had je iemand aan de telefoon.' Ik moet moeite doen om niet geïrriteerd te klinken, want dit is per slot van rekening onze vakantie. Een kans om leuke dingen te doen als gezin, niet om binnen naar woorden zitten te staren en met je agent aan de telefoon te hangen. Ik kijk achterom, naar de kinderen, ze zitten lief te spelen, en keer me dan weer naar Paul. Nu kijkt hij me wel aan, zijn mondhoeken krullen omhoog.

'Het moest een verrassing zijn,' zegt hij terwijl hij opstaat en naar me toe komt om me een kus te geven. 'Je schouders zijn rood, moet je je niet nog een keer insmeren?'

'Wat voor verrassing?'

'Ik heb iets besteld bij de roomservice.' Hij kan me nog meer vertellen.

'Hè? Waarom? Over een paar uur gaan we al eten.'

'Dat is zo, maar we drinken altijd champagne op onze verjaardag.'

'Maar het is onze trouwdag niet.'

'Dat zei ik ook niet.' Hij glimlacht. Ik weet welke verjaardag hij bedoelt en ik lach ook.

'Ik dacht dat je weer met je agent aan het bellen was.'

'Deze keer ben ik onschuldig,' zegt hij terwijl hij defensief zijn handen heft. 'Maar nu je het zegt... Misschien moet ik haar even skypen om nog een paar dingen met haar te bespreken voor onze fles komt, dan ben ik daarna geheel de jouwe.' Ik rol met mijn ogen. 'Vijf minuutjes, dat is toch niet te veel gevraagd?'

'Goed dan, vijf minuten,' zeg ik en ik kus hem op de wang.

Ik wil me opfrissen, maar eerst kijk ik nog even naar de tweeling, zij zijn mijn nieuwste ritueel, ik moet ze driemaal controleren. Ze zitten nog net zo als toen ik wegliep. Ze bouwen zandkastelen, slaan alles plat en beginnen weer opnieuw. Ze zijn zo tevreden samen. Ik vraag me af of dat ongewoon is. Ik vraag me af of dat altijd zo zal blijven.

'Moet je zien,' zegt Paul. Hij zit al aan het bureautje in de hoek van de kamer, met zijn laptop open. Ik zie dat het labeltje uit de hals van zijn T-shirt steekt. Ik loop naar hem toe om het naar binnen te vouwen, maar bedenk me. Ik weet niet waarom. Ik tuur dus maar over zijn schouder naar het scherm. 'Van de hondenoppas, zo te zien heeft Digby ook echt vakantie.' Ik lach naar de foto. De hond hijgt, maar het lijkt alsof hij naar de camera lacht.

'Ik weet dat je hem mist, maar voor je het weet zijn we weer terug,' zeg ik. Paul is gek op die hond, hij vindt het verschrikkelijk om hem achter te laten. We hebben allemaal iets of iemand nodig om van te houden, anders kun je de liefde die je in je hebt niet kwijt. 'Hou jij even een oogje in het zeil? Dan spring ik snel onder de douche,' zeg ik, omkijkend naar de tweeling.

'Geen probleem.'

Op weg naar de badkamer zie ik dat Paul de tv aan heeft laten staan, zonder geluid, maar ik zie iets bekends en blijf roerloos staan, niet in staat me los te maken van het beeldscherm. Ik zie een verslaggever die ik me van vroeger herinner voor een rechtbank staan, en rondom haar tv-ploegen en nog meer verslaggevers, vechtend om een stukje ruimte. Het beeld gaat over naar een politiebusje dat door een poort rijdt om tot vlak voor het gebouw te komen. Dan zie ik shots van het huis van Claire, het huis waarin we zijn opgegroeid. Verkoold en tot op de grond toe afgebrand. Ik lees de tekst die onder in beeld voorbijschuift, een balk van aaneengeregen hoofdletters die me stil toeschreeuwen:

VANDAAG BEGINT HET PROCES TEGEN DE VAN MOORD VERDACHTE MADELINE FROST.

Zelfs zonder geluid staat de tv veel te hard. Ik weet niet wat hem beweegt om hem de hele tijd aan te hebben op de achtergrond, het lijkt wel een obsessie. Ik zet hem uit en draai me om om iets tegen Paul te zeggen, maar hij heeft Skype al opgestart. Het inbelgeluidje dat me maar al te bekend in de oren klinkt stopt en voor ik de kans krijg iets te zeggen zit hij al tegen zijn laptop te praten. Ik laat hem maar en ga naar de badkamer. Ik zie mezelf in de spiegel. Ik zie er goed uit. Ik zie eruit als de ik die ik hoor te zijn, in het leven dat ik hoor te hebben. Het leven dat van me was afgepakt.

Ik doe de deur dicht en draai de douche open. Even snel. Alleen het zand en de zonnebrand van me afspoelen, mijn haren wassen en andere kleren aandoen. Ik trek mijn bikini uit, stap de douchecabine in en hef mijn gezicht naar de verkoelende waterstralen. Ik hoor dat er op onze kamerdeur wordt geklopt en vervloek hun timing.

'Binnen,' zegt Paul. Ik hoor dat hij nog met Londen aan het skypen is, maar ik ben blij dat hij het afhandelt. Vijf minuten voor mezelf beschouw ik tegenwoordig als pure verwennerij, als iets wat niet meer vanzelfsprekend is. 'Geweldig, bedankt, zet daar maar neer,' zegt hij. Zijn woorden klinken gesmoord, vanwege de douche, maar hij klinkt alsof hij zijn aandacht er niet bij heeft, bijna onbeleefd. Hopelijk heeft hij aan een fooi gedacht.

Ik kleed mezelf vlug aan, haal een borstel door mijn in

de knoop zittende haren en smeer wat aftersun op mijn gezicht en schouders. Paul zit al op het terras voor de kamer, dat uitkijkt op de blauwgroene zee. Hij heeft de kinderen een beetje dichterbij gehaald, ze zitten nu op een kleed in de schaduw. Ik hou van hem omdat hij van ze houdt op de manier zoals ik had gehoopt.

'Hè, hè, ik dacht dat je verdronken was,' zegt hij als ik naar buiten stap om bij hen te gaan zitten. 'Mag ik u inschenken, mevrouw?' Hij haalt de fles champagne uit de zilverkleurige koeler die op een blad op de tafel staat.

'Heerlijk, graag.' Ik ga naast hem zitten en voel de warmte van de houten stoel door mijn rok heen. Katie kijkt om als ze me hoort, en lacht.

'Mammie,' zegt ze, en ze gaat verder met spelen. Zo heeft ze me nog nooit genoemd, en dat geeft me een heel blij gevoel. Ik was hun peettante. Is het dan zo verkeerd om meer dan dat te willen zijn? Paul maakt een kerf in het goudfolie rond de hals van de fles, trekt het eraf, en draait met zijn vingers het metalen draadje van de kurk, die hij vakkundig verwijdert. Geen knal, geen overdreven gedoe, geen rommel. Hij schenkt onze glazen vol en ik besef dat ik gelukkig ben. Het gaat zoveel beter tussen ons. Het is weer net als vroeger. Dit is wat ik altijd heb gewild. Ik ben in het paradijs met mijn gezin en dit is hoe geluk voelt. Ik geloof niet dat ik dit ooit heb gekend.

Wanneer hij de fles terugzet op het ronde blad zie ik er iets blinkends naast liggen.

'Wat is dat?' vraag ik terwijl ik naar het sliertje goud op het zilverkleurige blad kijk.

'Wat is wat?' vraagt hij, mijn blik volgend. Ik glimlach: nog een verrassing, een cadeautje, een spelletje.

Dat is het niet.

Ik kan even geen woorden formuleren.

'Heb je gezien wie dit bij ons heeft afgeleverd?'

'Ik was nog aan het skypen, er kwam iemand binnen en die heeft het op de bijzettafel gezet. Hoezo? Is er iets?'

Ik antwoord niet. Ik staar gebiologeerd naar het dunne armbandje op het blad, een armbandje voor een kinderpols. Het wordt bijeengehouden door een oude, ietwat roestige veiligheidsspeld, en in het goud is mijn geboortedatum gegraveerd.

Mijn naam is Amber Taylor Reynolds. Er zijn drie dingen die je over me moet weten:

1. Ik heb in coma gelegen.
2. Mijn zus is op een tragische manier om het leven gekomen.
3. Soms lieg ik.

Dankwoord

Er zijn veel mensen die ik graag zou willen bedanken voor hun bijdrage aan de totstandkoming van dit boek.

Allereerst dank ik mijn fantastische agent, Jonny Geller, dat hij het met me aandurfde. Ook dank ik Catherine Cho, Kate Cooper en alle plezierige mensen bij Curtis Brown. Kari Stuart van ICM is een mirakel, ook haar ben ik eeuwig dankbaar.

Ik prijs me gelukkig dat *Sometimes I Lie* is ondergebracht bij HQ/HarperCollins in het VK en Flatiron/Macmillan in de VS. Ik heb twee geweldige redacteuren die ik veel dank verschuldigd ben: Sally Williamson in het VK, die met heel haar hart in dit boek geloofde en ook nog een prachtige lach heeft, en Amy Einhorn in de VS, een wervelwind en een goochelaar met woorden.

Dan wil ik nog enkele woorden richten tot de beste docent die ik ooit heb gehad: Richard Skinner. Hij heeft me meer geleerd dan ik hier op kan sommen, maar bovenal leerde hij me genoeg in mezelf te geloven om door te zetten. Ik ben je voor altijd erkentelijk.

Verder wil ik alle deelnemers aan de Spring 2016 Faber Academy bedanken – jullie hebben allen deel uitgemaakt van mijn reis door het schrijfproces, en een aantal van jullie zijn vrienden voor het leven geworden. Ik dank vooral Kelly Allen, Dan Dalton, Giles Fraser, Alison Marlow, Trisha Sakhlecha en Helen Trevorrow. Zij waren mijn eerste lezers en zorgden voor briljante feedback.

Dank ook aan de medewerkers van Milton Keynes University Hospital, die me hun wereld binnenlieten en antwoord gaven op mijn vele, vele vragen, met name Maureen Peskett, Josie Warner en Amanda Wilson. En dank je wel Wayne Moulds, voor je adviezen en hulp bij mijn research.

Ik dank mijn ouders, die me van jongs af aan hebben gestimuleerd om te lezen en van boeken te houden – je kunt geen schrijver worden als je geen lezer bent. Al mijn andere familieleden en vrienden: dank jullie wel voor jullie voortdurende liefde en steun. In het bijzonder dank ik Charlotte Essex, mijn oudste schrijfvriendin. Zij duwde me jaren geleden een steile rots in Bolivia op en geeft me nog steeds een duwtje in de rug wanneer ik iets moet doen wat ik eng vind. Een bedankje voor Jasmine Williams, omdat je in me gelooft, en voor mijn dierbare vrienden Anna MacDonald en Alex Vanotti: jullie maken me aan het lachen, helpen me mijn kalmte te bewaren en zijn er altijd als ik jullie nodig heb.

Als laatste bedank ik mijn man, Daniel, een collegaschrijver die beter dan wie ook weet hoe lang deze reis heeft geduurd. Ik had hem met niemand anders willen maken. Mijn eerste lezer, mijn beste vriend, mijn alles, zonder jou was ik niet zover gekomen. Dank je wel voor je geduld en dank dat je ook van mij houdt.